講談社文庫

人形館の殺人

〈新装改訂版〉

綾辻行人

JN269165

講談社

目次

プロローグ 賀田藤子のこと

第一章 十二月 9
第二章 十一月 13
第三章 十月 51
第四章 九月 69

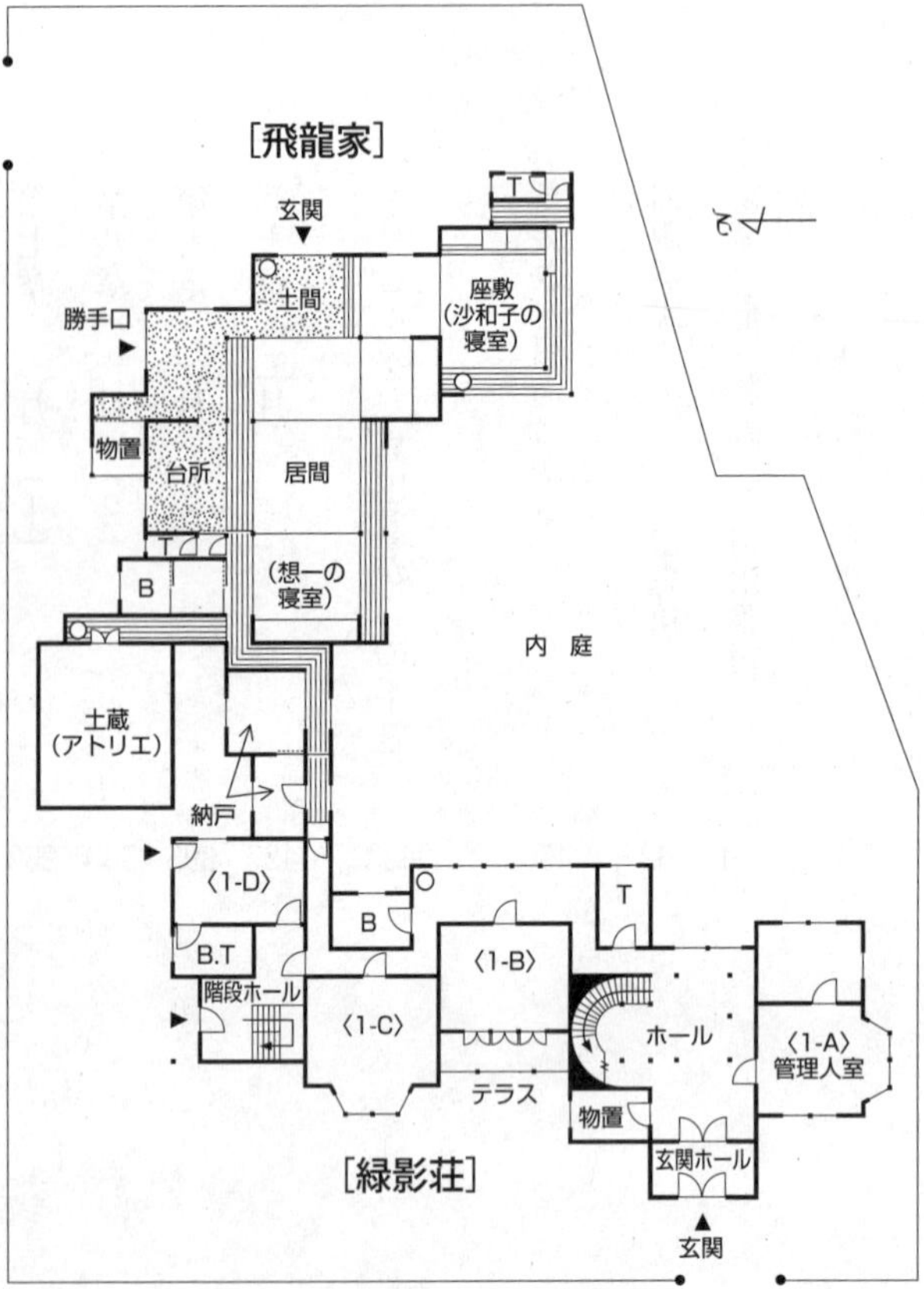

Fig.1　人形館 平面図／一階

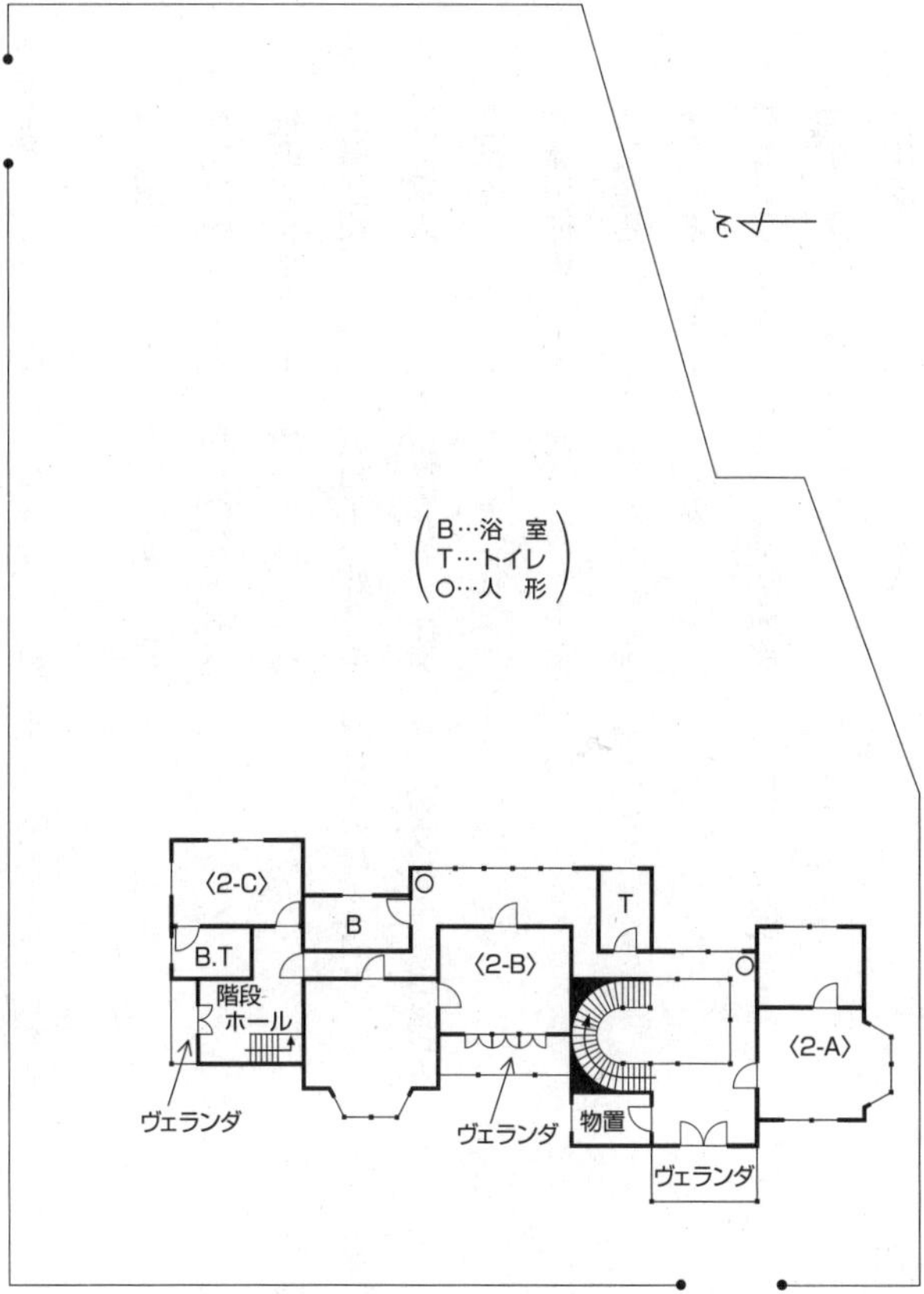

人形館 平面図／二階

＊主な登場人物［（　）内の数字は、一九八七年七月時点での満年齢］

飛龍想一《ひりゅうそういち》……画家。「私」。（34）
飛龍高洋《こうよう》……想一の父。故人。
飛龍実和子《みわこ》……想一の母。故人。
池尾沙和子《いけおさわこ》……実和子の妹。想一の育ての母。（54）
辻井雪人《つじいゆきひと》……「緑影荘《りょくえいそう》」の住人。想一の又従弟《またいとこ》。小説家。（28）
倉谷誠《くらたにまこと》……同。大学院生。（26）
木津川伸造《きづがわしんぞう》……同。マッサージ師。（52）
水尻道吉《みずじりどうきち》……「緑影荘」の管理人。（68）
水尻キネ……その妻。（61）
架場久茂《かけばひさしげ》……想一の幼馴染《おさななじ》み。大学助手。（34）
道沢希早子《みちざわきさこ》……大学生。（21）
島田潔《しまだきよし》……想一の友人。（38）

人形館の殺人

〈新装改訂版〉

——竹本健治さんに——

プロローグ　島田《しまだ》潔《きよし》からの手紙

前略

ぶじ退院したそうですね。先日、母上よりお手紙をいただきました。大事に至らなくて何よりです。

本来なら快気祝いに駆けつけたいところなのですが、いろいろと野暮用が多くて当面それもままなりません。とりあえずは書面にて、失礼。

いつまでも若いつもりでいたら、この五月で僕ももう三十八歳になってしまいました。君と知り合ったのが二十二の時だから、かれこれ十六年。陳腐な云《い》い方になるけれど、まったく時間が経つのは早いものです。

いまだに結婚の予定はなく、定職に就いてもいません。いずれ実家の寺を継ぐことになるのかもしれませんが、うちの親父ときたら、まだまだ元気で引退の気配などまるでなくてね。困ったものだ、なんて云ったらバチが当たるかな。

で、息子はと云うと、相も変わらずあちこちを飛びまわり、よけいな問題に首を突っ込んでは顰蹙《ひんしゅく》を買っています。旺盛なる好奇心に任せて、などと云えば聞こえは悪くないけれども、要は昔からの野次馬根性が治らないわけで。まあ、年を取ったぶん多少、抑えが利くようになったつもりではいるのですが。

この四月にも、ひょんなことからまた、とんでもない事件に巻き込まれてしまいました。丹後《たんご》半島のT＊＊という村落の外れにある「迷路館《めいろかん》」なる家で起こった殺人事件です。マスコミもわりに騒いでいたみたいだから、もしかすると何かで目にして知っているかもしれませんね。

縁起の悪い話だけれど、ここ二、三年、僕は行く先々でそういった事件に遭遇してしまうのです。

何だか自分が死神にでも取り憑《つ》かれたような……いや、そうじゃない。死神に魅入られているのは僕ではなくて、かの建築家の手に成る「館」たちなのだ――と、半ば本気で思いたい気持ちですらあります。

去年の秋、病院へ見舞いにいった時に話したでしょう？　中村青司《なかむらせいじ》という奇矯《ききよう》な建築家のこと。彼が各地に建てた風変わりな建物のこと。そして、それらの「館」で起こったいくつかの事件のこと。……

あの時は、岡山の「水車館《すいしやかん》」事件に関係した直後だったから、僕もずいぶんと興奮していたようです。場所柄もわきまえず、あれこれ喋《しやべ》りすぎてしまったかもしれません。入院中は読書も禁止されていて、君はたいそう退屈そうな様子だったし、それにそう、あの藤沼一成《ふじぬまいつせい》や藤沼紀一《きいち》の名を君が知っていると云うものだから、つい……。

中村青司という人物とその〝作品〟については、君もかなり興味を持ったようでしたね。同じ芸術家として、やはり何か心惹《こころひ》かれるものがあるのでしょうか。

ところで、また絵は描きはじめるのでしょう？

嫌なことは忘れて、良い作品を描いてください。学生時代から僕は、君の描く絵が好きです。美術に関してはほとんど素人の僕ですが、君の絵には確かに、ある独特の魅力があると思う。たとえばそう、「水車館」で見た藤沼一成画伯の幻想画にも通じるような、何かしら妖しい魅力が。

長々とくだらぬことを書いてしまいました。いずれまた、そちらに足を延ばす機会もあるだろうと思います。

何かあれば、遠慮なく連絡してください。喜んで相談に乗ります。

それでは、今日はこの辺で——。

母上によろしく。

草々

島田潔

一九八七年　六月三十日（火）

飛龍想一《ひりゅうそういち》　様

第一章　七月

1

私が京都にやって来たのは七月三日、金曜日の午後のことだった。

六月が終わってもいっこうに梅雨《つゆ》が明ける気配はなくて、この日も、重く垂れ込めた灰色の空からは生温《なまぬる》い雨が降りつづいていた。

線路沿いに建ち並ぶ新旧のビル。ぼんやりと黒くその背景に滲《にじ》んだ山影。狭い道路を埋めた車の群れ。白々と、場違いに高くそびえる駅前のタワー。……列車の曇った窓から見る風景は、まるでぶれたストップモーションのようだった。

(何て暗い街だろう)

街は自然とは逆だ、と感じる。長い雨に打たれることによって、どんどんと生気が失われていくのだ。

季節と天候が作り出すイメージを、私はそのまま古都の第一印象として持った。

京都にはずっと昔に一度、来ているはずだった。記憶にないほどの遠い昔……季節がいつだったのかも忘れたけれど、おおかたその時にもこの街には雨が降っていて、今日と同じような印象を抱いたのに違いない。

「嫌な雨……」

練色《ねりいろ》の絣《かすり》を着た母が、白い額に浮いた汗をハンカチで拭《ぬぐ》った。

「タクシーを拾ってしまいましょうね。——気分は大丈夫？ 想一さん」

私は乗り物に、特に列車に弱い。静岡からの新幹線の車中、名古屋を過ぎたあたりから、だいぶ胸が悪くなっていたのである。

「大丈夫です」

小さく答えて、荷物を持ち直す。だが、階段へ向かうせわしない人の流れに、たいそう足がふらついた。

駅舎から出ると、改めて空を仰いだ。

雨は強く降りしきっていた。周囲の喧騒を吸い込んで、雨音が絶え間なく鳴りつづいていた。母は「嫌な雨」と云ったけれども、私にはむしろ、この雨の音がありがたく思えた。

古都、京都。

私の父が生まれ、そして死んだ街……。

だからと云って、さしたる感慨が湧きはしなかった。

大学時代に何年か暮らした東京はもちろん、かつて訪れたことのあるいくつかの街にも、生まれ故郷である静岡の街にさえ、私はこれまで愛着というものを感じた経験がない。

街は街。どれも同じような、見知らぬ人間たちの群れ集う空間だ。そしてそれはいつも、私にとって心安らぐ場ではなかったのだから。——いつも。いつだって。

「想一さん」

斜めに空を見上げて佇《たたず》む私に、母が心配げに問いかけた。

「どうしました。やっぱり気分が？」

昨年の夏から先月の中頃まで、私は健康を害して長期間の入院生活を強《し》いられていた。そのせいもあってだろう、退院以来、彼女はことのほか私の体調を気遣《きづか》ってくれる。

「ああ、いえ」

私は緩《ゆる》くかぶりを振って、小柄な彼女の、こちらを見上げる切れ長の目に向かって微笑を返した。

「何でもないんです。タクシー乗り場は……ああ、あっちですね。行きましょう、お母さん」

父が生まれた街。

父が死んだ街。

父――飛龍高洋《こうよう》がこの世を去ったのは昨年の暮れ。六十二歳だったという。私が最後に彼と会ったのは、しかしはて、いつのことだっただろう。二十五年前……いや、もっと前になるのか。

その顔も、その声さえ、はっきりと憶《おぼ》えていない〝父親〟。遠い日の記憶が鮮明に見せてくれるのはただ、その男がいつも自分の息子に向けていた、冷たく燃える眼差《まなざ》しだけだ。

2

白川通《しらかわどお》りという名の大通りから山手へ入り、いくつかの角を曲がる。京都駅から車で三十分ほどの場所だった。

左京区北白川《さきょうくきたしらかわ》。——と云っても、京都の地理にまったく疎《うと》い私には、そこが街のどういう位置に当たるのかよく分らなかった。すぐ近くまで山が迫っているから、市内でもかなり端っこになるのだろうな。漠然とそう考えたくらいである。

閑静なお屋敷町、といった風情だった。

いくぶん急な傾斜を含んだ道路を挟むのは、長く延びた土塀や生け垣。どの家も相当に広い敷地を持っている。大通りの騒音はほとんど聞こえてこない。雨のせいか、道で遊ぶ子供たちの姿もない。

「いいところでしょ」

タクシーを降りた私の頭上に傘《かさ》を差しかけながら、母が云った。

「静かだし、交通の便もいいいし」

雨は小降りになっていた。細かな雨滴が、緩い風に白く揺れて霧のように見えた。

「さ」

と、母が足を踏み出す。

「ここよ」

云われるまでもなかった。濃い緑色をたたえた山茶花《さざんか》の生け垣——その切れ目にこしらえられた石造りの門柱に、［飛龍］という色褪《いろあ》せた表札が貼られていたからだ。

古い平屋の日本建築である。

長らく手入れをしていないのだろう、下草が丈高く伸びた前庭に、玄関まで続く灰色の飛び石。葉を茂らせた桜の木立の隙間《すきま》に、黄ばんだ漆喰《しっくい》の壁が覗《のぞ》いている。鼠色《ねずみいろ》の屋根瓦《やねがわら》は雨に濡れて黒々と光り、家全体は何かしらうねるような感じで地面にへばりついている。

傘を私に預けると、先に母が、飛び石を伝って中へ進んだ。あとを追って私が家の軒下に着いた時にはもう、彼女の手によって玄関の引き違い戸の鍵が外されていた。

「荷物を置いて」

と云いながら、母が戸を開く。

「まずアパートのほうへ。水尻《みずじり》さんにご挨拶《あいさつ》しておかなくちゃね」

戸をくぐった一瞬、視界が暗転した。そのくらい家の中は暗かったのだ。

広い玄関の土間。それを「広い」と実感できる程度に目が慣れるまでに、いくらか時間がかかった。饐《す》えたような黴臭《かびくさ》いような、古い家にはつきものの臭《にお》いが、澱《よど》んだ闇の中を我がもの顔で漂っていた。

右手の奥へと、さらに土間は続いている。

正面奥と左手には白い襖《ふすま》が見えた。どちらもきっちりと閉まっている。

私は薄闇を横切り、正面の襖を開いた。何も家具が置かれていない、がらんとした小部屋がその向こうにはあった。

ここに——この暗い家に、父はずっと一人で住んでいたのか。

提《さ》げていた旅行鞄《かばん》をその部屋に放り込むと私は、もはやこの世の者ではない彼の、あるはずのない視線から逃れようとするように、急いで踵《きびす》を返した。——と。

思わず足をすくませた。危うく叫び声を上げそうにすらなった。

「これは……」

玄関を入ってすぐ右手の壁ぎわに、それは立っていた。薄暗いのに加えて、その場所がちょうど死角に入っていたため、今まで気がつかなかったのだ。

それは、女性——恐らく若い——だった。

「若い」というのは、彼女の身体つきから察するところだ。すらりと背が高く、均整も取れている。豊かに膨らんだ乳房。くびれた腰。……ただ。

彼女には〝顔〟というものがなかった。

頭部は存在するのだが、そこには髪の毛がなく、目も鼻も口もない。斜めにこちらを向いた顔面は、白い、起伏のないのっぺらぼうなのである。

さらには——。

衣服を一枚もまとっていない彼女の身体には、片方の腕が欠けていた。右肩の部分で、ぶつりと不自然に途切れた線……。

「……マネキン？」

彼女は生きた人間ではなかった。マネキン人形。デパートの売り場やブティックのショーウィンドウなんかに並べられている、あれ——のようなもの——なのだ。

「何でこんなところに、こんな」

戸口に立っていた母が、私の疑問に答えた。

「お父様が作られたものです」

「父が？」

「ええ。この家には、他にもたくさんあるんですよ」

逆光で、彼女の表情は窺《うかが》えなかった。

「どうして彼がこんな、マネキンみたいなものを」

「さあ。詳しい事情は私も知りませんけれど」

私の父、飛龍高洋は、一時期わりあいに名を知られたことのある彫刻家であり、画家だった。普通の〝父親〟としてではなく、一人の〝芸術家〟としての彼に関する知識ならば、私もある程度は持っている。

一九二四年、京都に生まれる。実業家であった父、飛龍武永《たけなが》の意向に逆らって美術を志す。

一九四九年、二十五歳の年に結婚。このとき親元を離れて静岡市に居を移すが、武永の死後また京都へ戻り、創作活動の場とする。

彫刻では、オーソドックスな素材を用いつつも非常に抽象的で難解な作品を制作。一方、緻密《ちみつ》な筆致で写実的な静物画を描いた。極度に人付き合いが嫌いで、関係者の間でも変人視されていたが、神戸《こうべ》市在住の著名な幻想画家・藤沼一成とは例外的に親しい交流があったという。

その彼がこんな人形を作っていたとは、まったくの初耳だった。しかも、よりによってマネキン人形とは。それはおよそ、彫刻における飛龍高洋の作風や志向から懸け離れたところにある〝作品〟のように、私には思える。

いつから彼は、このようなものを作るようになっていたのだろう。そして、それはいったい何故《なぜ》なのだろう。

あるいは、彫刻家飛龍高洋に対する基本的な認識不足ゆえの疑問なのかもしれなかった。とにかく、私が彼について知っていることと云ったら、本当に高が知れてるのだ。特にこの十数年、自分が彼にとってどういう存在であるのかを理解しはじめて以降ずっと、私は極力、彼に対して想いを向けないよう努めてきたのだから。

息子として。

また一人の、みずからも絵筆を持つ芸術家の端くれとしても。

「行きましょう、想一さん。初めてだから、外からまわったほうが」

立ち尽くす私を、母が促した。

私は右腕のない〝彼女〟の裸身から目をそらし、その声に従った。

3

いったん門を出て、道を左へ進んだ。

山茶花の生け垣はその区画の角までまっすぐ続き、角を折れるとさらに前方に、先ほどと同じような石造りの門が見えた。あれが「アパート」のほうの入口らしい。

古びた木の表札――［緑影荘《りょくえいそう》］。

広い石畳の奥に建つその家に目を上げて、私は少なからず驚いた。〝母屋《おもや》〟に当たる日本家屋とは打って変わって、そこにある〝離れ〟が、典型的な二階建ての洋館だったからだ。

濃い灰色に塗られた下見板張りの壁。緑青《ろくしょう》で覆《おお》われた銅葺《どうぶ》きの屋根。正面二階に広いヴェランダが見える。蔦《つた》の絡まった柵状のフェンスと大きなフランス窓が、いかにもそれらしい。

庭に植えられた桜や楓《かえで》の木が、建物を包み込むように緑の葉を茂らせている。長らく庭師が入っていないと思われるその様子は、けれども「荒れ放題」といった感じとはまた違う。奔放に育った樹木が、何やらすでにその古い洋館の一部分になってしまっているような……そんな印象なのだ。これは、先ほどの母屋についても同じように感じるところだった。

この家はもともと、私の祖父に当たる飛龍武永の所有物だった。それを父、高洋が相続し、みずからの仕事場兼住居としたわけだが、実際に彼が使ったのはその母屋だけで、こちらの離れはかなりの改築を施したうえ、賃貸アパート——と云うよりもむしろ、主に学生向けの下宿——として開放していたという話だった。「緑影荘」なる名称も、だから高洋の命名なのだろう。

「大きな家ですね、こっちも。いくつくらい部屋があるんですか」

足を止めて、同じ傘の下に並んだ母に問うた。

「ええと、全部で十ぐらいあるかしらね。でも、二間続きで一部屋にしてあるのもあるから、アパートとしては六部屋だけ」

「入居者は揃《そろ》ったんですか」

「三部屋は、もう。どういう方たちか、気になりますか」

「いえ。別に」

降りつづく小雨の中、私たちは石畳の上を玄関へ向かった。

黒い両開きの扉を抜ける。スリッパに履《は》き替え、まっすぐ奥へ進むと、そこは畳敷きにすれば二十数畳はありそうなホールになっていた。

こちらの建物の中もやはり、ずいぶんと暗かった。

床にはモスグレイの絨毯《じゅうたん》、壁はアイボリーの布《クロス》張りである。正面に大きな白枠の窓。ホールの中央から左手奥の階段部にかけては吹き抜けになっており、二階の廊下がその周囲を取り巻いている。二階部分の正面にも一階と同様の窓が見えたし、手前――玄関の真上――にはヴェランダがある。採光は充分なはずだから、この暗さはおおむね天候のせいなのだろう。

母がつっと歩を進め、向かって右側にあるドアの前に立った。茶色いドアの鏡板には〈1―A　管理人室〉と表示がある。

「水尻さん。おられますか」

ノックとともに声をかけると、ややあってドアが開いた。

「どなた……あれまあ、奥様」

顔を出したのは、白髪の老婦人だった。年は六十過ぎだと聞いているが、母よりもひとまわり大きな体格で、姿勢も肌の色も良い。

「いらっしゃいまし」

皺《しわ》だらけの顔をくしゃりと崩し、彼女は深々とお辞儀をした。

「いま着かはったんですか」

「ええ。たった今」

母はそして、斜め後ろに立っていた私のほうを示し、

「想一です。今日からよろしくお願いしますね」

「想一さん……」

感慨深げに丸い目をしばたたくと、老婦人はくるりと室内を振り返り、

「あんたぁ。飛龍のぼっちゃんが着かはったよ」

少し嗄《しわが》れた、高い声を張り上げた。

元気そうな夫人に対して、呼ばれて出てきた夫はひどく腰の曲がった、見るからに

年老いた男だった。上背はわりにあるほうなのだろうが、姿勢のせいでずいぶんと小さく見える。

「おお。よう来はったの」

聞き取りにくいがらがらした声で云いながら、老人は目を細め、私と母のほうへ亀のように首を突き出した。

「想一です」

と、母はもう一度私を示し、それから今度は私に向かって、

「水尻さんご夫婦よ。道吉《どうきち》さんとキネさん」

祖父の代から飛龍家に仕えてきたという夫妻である。父が家を継いでからは、この緑影荘の管理人を務めてきた。今回ここへ越してくるに先立ち、私たちはアパートの経営を続けると決めたうえで、引き続きその管理を彼らに任せることにしていた。

「よう来はったの、ぼっちゃん。まあまあ、大きいならはって」

云いながら、老管理人はゆっくりとこちらへ歩み寄ってきた。曲がった腰を伸ばし、突き出した首をくいと持ち上げて、私の顔に目を近づける。

「ほんま、大きいならはったのぉ。ちょっと、よう顔を見せてくれなはれ」

「すんませんね、ぼっちゃん。この人もう、年で目が弱くなってきてはって」

夫人が申し訳なさそうに頭を下げるのを気にするふうでもなく、

「いやあ、ほんま、大きいならはった」

道吉老人はしきりに頷《うなず》きながら、同じ台詞《せりふ》を繰り返した。

「この前に来はった時は、まだほんの子供やったのになあ」

「この前？」

老人の吐きかける生暖かい息から顔をそらしながら、私は訊《き》いた。

「それは、いつの」

「憶えてはりませんか」

「一度だけ京都に来た記憶はあるんですけど、かなり昔のことなので、はっきりとは
……」

「何年前になりますかなあ。武永様のお葬式の時でしたかいなあ」

祖父の葬儀の時――と云うと、確か私がまだ小学校へ上がったばかり、三十年近くも前の話である。

「わたしもよう憶えてますわ」

夫人が、しみじみとした調子で相槌《あいづち》を打った。

「亡くならはった実和子《みわこ》奥様に手ぇ引かれて、お坊さんのお経の声、怖がって泣いて

はったねえ」

「いやあ、それにしてもよう似てはる」

と、道吉老人が云う。

「似てる？　父にですか」

「そうやなあ、高洋様にも似てはるが、それよりか武永様のお若い頃にそっくりや。

――な、お前」

「ほんまに」

祖父の顔はまったく知らない。写真すら見たことがないのだ。

そのせいだろうか、血のつながった孫なのだから似ていても別に不思議ではないはずなのに、私は何だかひどく妙な心地になった。

4

お茶を飲んでいかないか、夕飯を一緒にどうか……と、老いた管理人夫妻はしきりに私たちをもてなしてくれようとした。そのいちいちを、母が丁寧《ていねい》に断わった。

人見知りの激しい私だが、彼ら夫妻の誠実そうな人柄には、いくらかほっとするものを感じた。もう少しいろいろと——特に父や祖父のことについて——話したい気もしたのだけれど、それにしては母も私も疲れていた。

「どうです、あの人たち」

夫妻が部屋に引っ込むと、母が私の耳許に口を寄せた。

「優しそうな人たちだと思いますけど」

「想一さんは『おぼっちゃん』だものね。ええ。いい人たちよ。それに、道吉さんのほうはともかくね、キネさんのほうはまだとってもしっかりしてるから、アパートのことは任せておいて間違いないでしょう」

私は曖昧《あいまい》に頷きを返しながら、吹き抜けのホールの中央に身を移し、何となく上方に目を向けた。

高い天井からは大きなシャンデリアがぶらさがっている。相当な年代物のようだ。弧を描いて二階へ向かう幅広の階段から、ホールの二階部を巡る廊下の手すりへ、ぐるりと視線を運ぶ。

「お母さん」

ふと衝動にかられ、私は母を振り向いた。

「ちょっと、階上《うえ》へ行ってみていいですか」

「あら。一緒に見てまわりましょうか」

「いや、お母さんは先にあちらへ戻っててください。僕一人で見てきますから」

「そうなの?」

母は少し心配そうな顔をしたが、すぐに「じゃあ……」と表情を和らげ、

「ああ、そうそう。この奥の廊下、ずっと行ったら母屋に通じてるから、そっちを通って戻ってきたらよろしいわ。靴は持っていってあげますから」

「ええ」

それじゃあ、と目配せして、母は玄関に向かった。いまだ若々しく豊かな髪を結い上げた彼女の後ろ姿……白いうなじの色がそのとき何故かしら、先ほど母屋の玄関で出会ったマネキン人形の色に重なった。

私は独り階段を昇った。

昇りきったところは、表のヴェランダに出るフランス窓を前にちょっと広いスペースが取ってあり、この部分にも、ここから左まわりにホールを取り巻く廊下にも、階下と同じモスグレイの絨毯が敷かれていた。

クリーム色の塗装がかなり剝《は》げ落ちたフランス窓を開けて、私はヴェランダに歩み出てみた。雨がまたいくらか強くなってきていたが、庇《ひさし》の下まで吹き込んでくること

はない。

さっき外にいた時には感じなかったのだけれども、外気に触れたとたん、強い緑の匂いが鼻腔《びこう》を刺激した。前庭に植わった樹木の枝が、濡れた葉の重さでしなり、鼻先で揺れている。

私は大きく息を吸い込みながら、ヴェランダの中央へ進み出た。

雨に煙《けぶ》って遠くまでは見渡せないが、建物自体が高台にあるおかげで、眺めはなかなか良い。梅雨《ばいう》に濡れそぼった家並み。通りを流れる車の影。……東京や他の大都市のような高層建築はほとんど見られない。

低い家々の屋根にのしかかった鉛色の空を見ながら、何て暗い街だろう、とまた私は思った。

父が生まれ、死んだ……この街、この家。

今、私はやって来た。

今、私はここにいる。

私、飛龍想一は一九五三年の二月五日、父高洋と母実和子の間に生まれた。故郷は静岡市。すでに将来の志望を巡って祖父と対立していた父が母と駆け落ちし、二人の生活を始めた街である。実和子は当時、京都の料亭で働いていた娘で、二人の結婚は当然のごとく、祖父の猛反対を受けたのだった。

父には弟が一人いた。祖母は戦時中に亡くなっていた。祖父は長男と縁を切り、この次男を自分の跡取りにするつもりだったらしいが、ちょうど私が生まれた頃、次男は未婚のまま病死してしまった。そういうわけもあって、まもなく祖父と父とは一応の和解を成立させることになる。

やがて祖父が逝《ゆ》き、父はその莫大《ばくだい》な遺産のすべてを相続した。それが今から、確かそう、二十八年前——私が六歳の年のことだったという。

当時、父は三十五歳。ようやく彫刻家として世に認められはじめていた頃だった。夫婦は、母の生まれ故郷でもあった静岡から、近いうちにまた京都へ住まいを移そうと決めたらしいのだが……。

そんな時だった。母実和子が、不慮の事故で命を落としたのは。

そして——。

父は独り、この京都に戻った。

一人息子の私は、その父の強い意向で、同じ静岡に住んでいた母の妹、沙和子《さわこ》とその夫、池尾《いけお》祐司《ゆうじ》の許に預けられる運びとなった。以来、一度とて私は、実の父である高洋の顔を見ることなく、声を聞くことすらなく、育てられてきたのだった。

私は子供ながらに、自分を残して去った父の心中に想いを巡らせ、自分に向けられた冷たい感情をそこに察知しつつ、池尾の叔父と叔母を「お父さん」「お母さん」と呼ぶようになった。子供のいなかった池尾夫妻は、文字どおり実の息子のように私を愛し、育ててくれた。

いま私が「母」と呼んでいる女性は、だから私の本当の母ではない。実母の実和子とは五つ年の違う妹、沙和子叔母である。育ての父である池尾の叔父は、十年前に他界している。

祖父が死に、父はこの家に帰ってきた。そうしてその歴史を繰り返すように、今度は父が死に、私がここに……。

駅に降り立った時にはまるで湧いてくることのなかったある種の感慨が、ようやっと今、胸の奥深くで首をもたげようとしていた。

父の死は、自殺だった。昨年末の雪の降る夜、この家の内庭で、桜の木に首を吊《つ》って死んでいたのだという。

思い出すことがあまりにも多くある。考えなければならないことがあまりにも多くある。父のこと、実和子と沙和子——二人の〝母〟たちのこと、そしてこの私自身のこと……ああ。

どうにも複雑な想いに囚《とら》われながら、私はしばし、雨に煙る風景にぼんやりと目を馳《は》せていた。

風が急に勢いを増し、こちらに向かって吹きつけてきた。それに乗って、大粒の雨滴がいくつか、ぴちゃりと頰《ほお》を打つ。

いつのまにかヴェランダのフェンスに身を寄せていた私は、はっと後ろへ退き、頰を伝う滴《しずく》を拭った。——その時。

視界の隅にふと、黒い人影が……。

(……えっ)

門の前の路上だった。

透明なビニール傘を差してそこに立ち、じっとこの家を見ている。黒いシャツに黒いズボン。服装からして、男性のようである。

とりたてて不審な行為に思えたわけではない。はっきりと顔の造作が見て取れたわけでもなかったのだけれど、何故かしらその人物の様子は、私を落ち着きのない気分にさせた。

(誰だろう)

(何をしているのだろう)

特別な「何か」をしているわけではない。ただ家を見ているだけだ。このヴェランダに私がいることに気づいているのか、いないのか。それも分からない。

（誰……）

………ん！

いつか、どこかで会ったことがある？　そんな気がした。

もっとよく顔が見えれば、誰なのか思い出せそうな気も。

……くん！

やがてしかし、その人物はおもむろに向きを変え、雨の降る道を静かに歩み去っていったのである。

5

ヴェランダから中に戻ると、ホールの周囲を巡る二階の廊下の、向かって右奥の隅に誰かがいた。

瞬間どきっとしたが、すぐにそれは人間ではなく、母屋の玄関にあったのと同じようなマネキン人形だと分かった。全裸の若い女性の。ここから見る限りその顔は、これも母屋にあった人形と同様ののっぺらぼうである。なおかつ、斜めに正面奥の窓のほうを向いた彼女の身体には、今度は左の腕が欠けている。

この人形もやはり、父高洋が作ったのだろうか。こんなものをこんな場所に飾っておいて、アパートの住人たちに気味悪がられはしないのだろうか。

人形の手前に、ドアが一枚あった。ちょうど一階の管理人室の真上に位置する部屋で、〈2—A〉という表示が見える。

奥の廊下まで行ってみたい気もしたのだが、途中に立つ〝彼女〟の姿には、どうも近寄りがたい雰囲気があった。気味が悪いのもさることながら、目も鼻も口もないその横顔に、何故だろうか、この私に対する拒絶の表情を感じてしまい……。

私はすごすごと、昇ってきた階段のほうへ引き返した。

*

母に云われたとおり、一階ホールの奥の廊下を母屋へ向かう。が、角を二つ折れたところで思わず、私は足を止めた。

突き当たりの隅にまた、人形がいる。

右手に並んだ窓から射し込む弱い光によって微妙な陰影を刻まれた、白いのっぺらぼうの顔。一瞬その顔だけが、宙に浮いているように見えた。というのも、今度の人形には胴体の上半分がなかったからだ。

　下半身はちゃんと存在する。両方の腕もある。ただ、胴体の上半分——腹から胸、肩にかけての部分がない。代わりに、十字形に組み合わせた黒い棒が〝骨〟として通っていて、腰と頭部、両腕をつないでいるのである。

　いったいここには、このような人形が何体あるのか。それが今なお、こうして家のあちこちに置かれたままなのは、もしかして父の遺志であったりするのか。

　私はしばし、息を呑《の》んでその場に立ち尽くす。

　カチャ、という金属の音がとつぜん響いた。

　音に合わせ、〝骨〟の横棒から生えた腕がわずかに動いたような気がして、私は飛び上がりそうなほどに驚いた。実際に動いたのはしかし、人形ではなく、前方左手に見えていたドアだった。

「……あ？」

　ドアが開いて部屋から出てきた人物も、廊下の端に佇んでいる私に気づいて多少、面喰《めんく》らったふうだった。

　中肉中背の、蒼白い顔をした青年である。皺くちゃの黄色いシャツに、膝《ひざ》の出たブルージーン。年は二十代の後半というところか。

「あの、何か？」

艶《つや》のない硬そうな髪に指先を潜り込ませながら、彼は不審げにこちらを窺った。

「いやその、僕は……」

「ああ、新しく入る人？　どの部屋ですか」

「いや、その……」

私はうろたえつつ、右手の窓のほうへ目を向けた。広い内庭を挟んで、母屋の日本建築が見えている。

「あちらの家に、今日……」

「は？　ああ、何だ。大家さんですか」

「ええ、まあ」

「飛龍、想一さん？」

「そう。どうして名前を」

「お母さんには前に会ってますからね。その時に話を聞いたわけで」

云いながら青年はドアを閉め、二歩三歩と近づいてきた。

「僕は辻井《つじい》といいます。辻井雪人《ゆきひと》。この〈1—B〉に住まわせてもらってます」

細い頬。顎《あご》がやや前へ突き出している。三白眼とまではいかないが、白い部分のほうが目立つ一重瞼《ひとえまぶた》の目に愛想笑いのような色を浮かべ、彼はじっと私の顔を見た。

「しかし羨《うらや》ましい話ですねえ。元を辿《たど》ればおんなじ血なのに、あなたはこの広い家の主《あるじ》、こっちは間借り人だ。世の不公平を痛切に感じてしまいますねえ」

「おんなじ、血？」

「おや」

辻井は、それは心外だと云わんばかりに薄い眉《まゆ》をひそめながら、

「僕のこと、聞いてないんですか」

「アパート関係の諸々は全部、母に任せきりで……」

「父親が従兄弟《いとこ》同士だったんですよ。僕らは又従兄弟《またいとこ》、ってことになりますか」

「はあ」

私はきょとんとするばかりだった。

実の父親でさえ、私にとってはずっと遠い存在だったのである。その父方の親戚だ、又従兄弟なんだ、と云われたところで、ぴんと来るはずがない。

「僕の家も、昔はけっこう羽振りが良かったらしいんだけど、今や見る影もなく落ちぶれちまってね。親父はしがない金物屋でしたよ。八年前にもう死にましたけどね。

いつも、京都の飛龍の家を羨んでいた」

「…………」

「絵を描いてるそうですね」

「ええ、まあ」

「売れますか」

「いや、あまりそんな、お金に替えることは考えてないもので」

「ふうん。優雅なもんだな」

「あなた……辻井さんは、仕事は？」

「僕ですか」

辻井は何やら卑屈な含み笑いを見せ、

「僕は一応、作家ってことになってるんですがね」

「作家？　小説か何かを」

「そう。辻井雪人はそのペンネームで」

これは後に母から聞いた話だが、かねてより小説家志望であった彼（本名は森田行雄《もりたゆきお》という）は、二年ほど前にある小説誌の新人賞で念願の入選を果たした。以来、いくつかの短編を誌上に発表したにはしたが、どれも大した評判にはならず、まだ単行本を出すには至っていない。

今年の初め、高洋が死んだことを聞きつけて、緑影荘に安く住まわせてくれないかと母に申し入れてきたのだという。現在は、この近くのコンビニエンスストアでアルバイトをしながら、執筆に取り組んでいるらしい。

「どんな小説を書いてるんですか」

と、そこで私はささやかな興味を覚えて訊いてみた。辻井は同じ卑屈な笑みを含んだまま、

「本来は純文学をやってるんですがね、今はちょっと目先を変えて、ミステリでも書いてみようかと案を練っていて」

「推理小説、ですか」

「たとえば、この洋館を舞台にして」

と、彼は高い天井を見上げ、それから背後へと目を移した。廊下の突き当たりに立つマネキン人形に、そしてぴたりと視線を留める。

「それらしい小道具も揃《そろ》ってる。『人形館《にんぎょうかん》の殺人』——とかね、どうです？　面白そうでしょう」

私が何とも答えあぐねていると、

「まあそんなわけで、よろしく」

軽く会釈して、辻井は足を踏み出した。が、私の横を通り過ぎたところで、「ああ、そうだ」と呟《つぶや》いて立ち止まり、

「あのね、いきなりで悪いんですけど、できれば別の部屋に替えてもらえないかな」

振り返ってそう云った。

「どうもその、この部屋は落ち着かなくて。近所の子供が庭に入ってきて遊ぶし、隣の倉谷《くらたに》っていう大学院生、ギターを弾くもんでね、うるさくて仕事になりゃしない」

母と相談しておく、と答えて、私は彼と別れた。

6

モスグレイの絨毯《じゅうたん》の道は、やがて一枚のドアを隔てて、一段高くなった板張りの廊下に続いていた。ここが、離れと母屋の連結部らしい。壁や天井の造りも、洋風から和風のそれへと変化している。

かすかに軋《きし》みを発する廊下を、摺《す》り足《あし》で進む。左に折れ、右に折れたところで、廊下は二手に分れる。

まっすぐに延びた片方は、薄暗い家の中を縦断して玄関へと続いている。左に折れたもう片方は、少し進むと行き止まりだった。そして、この突き当たりに立っているのは……。

私はまたしても、息を呑まざるをえなかった。

顔のないマネキン人形。

今度の場合、「顔のない」というは「のっぺらぼう」の意味ではない。文字どおり顔が存在しないのだ。首から上の頭部そのものが欠けているのである。

その人形の手前左側に、大きな観音開きの扉が見えた。

若干の躊躇《ちゅうちょ》の後、こちらを向いた首なしの人形からは目をそらしながら、私はそちらの廊下に歩を進めた。何となく他とは異なるその扉の佇まいに、強く気を惹かれたからだった。

漆喰《しっくい》を厚く塗られた、重くて頑丈《がんじょう》そうな扉。二枚の扉の合わせ目には錠前を掛けるための金具が付いているが、錠前のほうは見当たらない。

私は扉を開けた。蝶番《ちょうつがい》が錆《さ》びついているようで、かなり派手な軋み音を立てたけれども、そのわりには大した抵抗もなく開いた。

だだっ広い部屋だった。

廊下の倍ほども高さがある天井。剝《む》き出しになった太い梁《はり》。壁の上方に切られた小さな明り採りの窓。……「蔵」という言葉が、すぐさま頭に浮かんだ。

そう云えば、母屋の玄関からアパートのほうへまわる途中で、白壁の立派な土蔵を見た。ここはきっと、あの建物の中なのだ。

光の量は少なかった。廊下の薄暗さよりも、さらに暗い。

目を凝《こ》らすうちにやがて、その暗がりに潜むものたちの姿が見えてきた。

(これは?)

入口付近の壁を手探り、スイッチらしきものを見つけた。押すと、梁に取り付けられた蛍光灯が明滅を始め……。

(……ああ、これは)

光に照らし出された蔵の内部。それは何とも異様な光景だった。

人形たちの集会場、とでも云おうか。

衣服をまとわぬ白いマネキン人形たちが、部屋のあちこちに転がっている。全部で二十体……いや、もっとあるだろうか。

ある人形には片腕がなく、ある人形には片足がない。両腕がないものや下半身がないものもある。そして、若い女性の身体つきをしたそれらのすべてに、やはり〝顔〟

が——のっぺらぼうであるという意味で——欠落しているのだった。

私は恐る恐る、蔵の中に足を踏み入れた。

人形たちに交じって置かれた、イーゼルやキャンバスなどの画材に気づく。彫刻の道具もたくさんある。すると、ここが——この暗い土蔵が、亡き飛龍高洋の仕事場だったということか。

部屋の中央付近にあった円いストゥールに腰を下ろしながら、私はシャツの胸ポケットを探った。煙草《たばこ》を取り出し、唇の端にくわえる。

父のアトリエ。

この街に戻り、みずから命を絶つまでの三十年近くの時間、彼が独り創作活動を続けてきた空間……。

もともと偏屈者で通っていた高洋は、晩年になってますます人嫌いが激しくなり、この家に閉じこもって、めったに人と会おうとしなかったらしい。新しい作品が発表されることもなくなっていた。その間、彼がここで取り組んでいたのが、このマネキン人形たちの制作だったと？

この人形たち——。

彫刻や絵画の作品については、すでに全作が人手に渡っており、高洋自身の所有物として残っているものは一点もないと聞いている。つまり、およそ芸術的価値とは無縁であるように見えるこのマネキン人形たちだけが、この家に残された彼の〝作品〟だということになる。

彼はここで何を想い、何を求めたのか。

何をその目で見、どんな情熱に囚《とら》われ、この人形たちを作ったのだろうか。

顔のない〝彼女〟たちに囲まれて、ことさらにゆっくりと煙草をくゆらせる。澱《よど》んだ空気の中で揺れる紫煙に包まれながら、そうして私はようやくの思いで、一つの解答を自分自身に示すことができた。それは——。

それは、母だ。

彼の妻、私の実の母——飛龍実和子だったのではないか。

母屋の玄関で最初の人形と会った時から、もしかすると私はそのことに気がついていたのかもしれない。気がついていながら、ただ認めたくなかっただけなのかもしれない。

二十八年前の秋、若くして逝《い》った母。

父は彼女を、強く愛していた。強く……そうだ、そのあまり、息子であるこの私を憎んでしまいさえする、それほどに強く。

彼の口から直接、聞いたわけではない。けれども私には（冷たく燃えていたあの目……）分る。

彼にとって私は、妻実和子との愛の結晶などという存在では決してなかった。彼女の心を奪い、彼女の生命を喰《く》らって成長していく、得体の知れぬ化物でしかなかったのだと思う。

ひょっとすると彼は、私の中に自分自身を見ていたのかもしれない。愛する女性をもう一人の自分が奪っていく。そんな、救いのない恐れに囚われていたのかもしれない。それともあるいは、さらに血を遡《さかのぼ》って、彼は祖父武永の姿をそこに見出していたのだろうか。

――高洋様にも似てはるが、それよりか武永様のお若い頃にそっくりや。

老管理人の、さっきの言葉……。

このアトリエに閉じこもって、父はひたすら、死んだ実和子の幻を追いつづけていたに違いない。静物画にも抽象的な彫刻作品にも、恐らくここで創造した彼のすべての作品の根底には、彼女の死への嘆きや怒り、彼女との思い出……あらゆる彼女に対する想念が秘められていたに違いない。

（そして……）

私はさらに想像の網を広げる。

老いるに従って次第に風化していく彼女の記憶を、やがて彼は、何とかそのままの形で取り出したいと考えた。それまでのような象徴的な表現ではなく、自分が愛した女性の、そのままの身体を、顔を――見、話しかけ、触れ、抱きしめられる形で復活させたいと望んだのではあるまいか。

その結果が、この人形たちだったのだ。

彼女たちに〝顔〟がないのは――それは、晩年の父がついに、実和子の顔を見失ってしまったということなのだろうか。いや、それとも……。

老いと孤独に疲れ、彼はみずからの生を葬ったという。異形のままに遺されたこの人形たちに、その直前まで彼は何を語りかけていたのだろう。

短くなった煙草を指に挟んだまま、私はストゥールから腰を上げた。思い思いの形状、姿勢で静止した人形たちを、複雑な気持ちで見まわす。

(……お母さん?)

白いのっぺらぼうの顔の上に、かすかに記憶に残っている実の母親の面影を映してみることは、しかしどうしてもできなかった。

(お母さん……)

「想一さん」

どこかから小さく、私の名を呼ぶ声が聞こえてきた。

「想一さぁん」

ああ、あれは沙和子叔母――いま一人の、私の〝母〟の声だ。

ふと夢から覚めたような心地で、私は入口の扉のほうに向き直った。離れから戻ってくるのが遅いので、心配して探しているのだろう。

とりあえず「はい」と返事をして、私は蔵から出た。

――1

不意に、――は目を覚ました。

真っ暗な部屋。闇に覆い尽くされた静寂。

深夜だった。空気は重く湿っていて蒸し暑かったが、それをとりたてて不快に思うこともない。

(……あれは)

眠りの合間の、ほんの短い覚醒だった。

(あれは……)

(……そうだ)

再び、今度はゆるりと眠りの中へ滑り落ちながら、――は自分の内に存在しつづけているその意志を確認した。

第二章　八月

1

京都の夏は暑いと聞いていた。

三方を山に囲まれ、海がない。盆地に特有の蒸し暑さには、凌《しの》ぎがたいものがあると聞いていた。冬は逆に、底冷えがひどいという。

けれども七月が終わり、八月が中旬に入っても、私はさほど暑さに悩まされることがなかった。

ここ何年か決まったように囁《ささや》かれる「異常気象」（今年は全国的な冷夏らしい）のせいだろうか。あるいは、家の立地環境が良いおかげかもしれない。窓を開け放しているとー日中、涼しい風が吹き込んできてくれる。クーラーはあるのだが、まだ数えるほどしか使っていない。もっとも、この家に住む人間のすべてが、私と同じようにこの夏を感じているわけでもない。

管理人の水尻夫妻は、顔を合わすたびに「暑いですなあ」を連発する。

先月下旬から二階南端の〈2―A〉に部屋を移した辻井雪人は、暑くて仕事にならないと愚痴をこぼす。窓を開けると子供の声がうるさくて仕方がない、エアコンを付けたいから金を都合してくれないか、などと訴えてもきたが、これは母が丁重にお断わり申し上げたようである。

緑影荘の入居者は、辻井の他に二人いる。

一人は、〈1―C〉に入っている倉谷誠《まこと》というK＊＊大学の大学院生。早々に私のところにも挨拶にきてくれたのだが、あまり「学究の徒」といった雰囲気を感じさせない青年だった。小柄で、気さくによく喋《しゃべ》る。理学部の博士課程に在籍する二十六歳で、専門は動物学らしい。

もう一人は、〈1―D〉の木津川伸造《きづがわしんぞう》という男性。職業はマッサージ師。夕方から深夜にかけて仕事に出かけていく。目が不自由で、いつも円い黒眼鏡《めがね》をかけ、白い杖《つえ》を握っている。年はもう五十過ぎだろう。何年か前に細君を亡くして以来、一人で生活しているとのこと。

アパートの部屋は、まだ三室が空室のままである。

希望者が幾人か部屋を見にくることはあったが、契約はまとまらなかった。そこにはどうやら、近所の噂――「半年前に死んだ『人形屋敷』の前の主人は、気が狂った挙句、庭で首をくくったのだ」という――が原因としてあるらしい。

そういった話を仲介業者から聞いて、母はもう入居者募集の広告を出すのをやめたようだった。

＊

私はあまり外出することがない。

午前中にときどき散歩に出るのと、夕方に行きつけの喫茶店へ足を運ぶ以外は、たいがい家にいる。

どの部屋を自分のアトリエに使うかについては、たいそう迷った。

母屋の和室は適当ではない。洋館のほうの空室を使おうかとも考えたが、アパートの住人たちと顔を合わせる機会が増えるのは避けたかった。そこで結局、私は例の土蔵を選ばざるをえなかったのだ。

最初のうちはさすがに、あまり良い気持ちではなかった。

あの蔵の中にいると、そう意識せずともつい、死んだ父や母実和子のことへと想いが引き寄せられてしまう。実和子の〝復活〟を意図して……と私が想像する父の〝作品〟たちに対しては、共感よりもむしろ違和感のほうが強かったし、のっぺらぼうのマネキン人形たちの姿そのものが、そもそもやはり不気味でもあった。だからと云って、〝彼女〟たちを処分してしまうわけにもいかないのだった。

玄関や廊下に飾られているものも含め、この家に残された人形たちはすべて、今ある場所に置いたまま動かしてはならない——と、父の遺言が命じていたからだ。

しかしながら時間が経つに従って、徐々に抵抗感も薄れていった。

顔のない人形たちも、慣れてみればどうということはない。そこに込められた父の情念にしても、私に対する彼の感情(恐らくは憎しみの……)にしても、しょせんはもう過ぎ去った話だ。私の現在に何ら、拘束力を持つものではない。

そんなふうに割り切ってしまうことが、最近やっとできるようになってきていた。

目下のところ私は、このアトリエをけっこう気に入っている。何よりもそう、静かなのが良い。あまり閉じこもりきりだと母が心配するのだが、一日のうちここで過ごす時間はだんだん増えてきている。

アトリエでは独り、気の向くままに絵を描いていることもあれば、本を読んでいることもある。レコードを聴いたりもする。

何もしないでただぼうっとしている時間も、わりあいに多い。

2

八月十六日、日曜日。

午後五時を過ぎた頃、いつものように私は家を出た。行き先は〈来夢《ライム》〉という名の喫茶店である。

南北に走る白川通りをいくらか下がった西側に、この店はある。「下がる」とは、京都の街では「南へ行く」という意味で、恐らく、主要な道路が碁盤の目のように通ったこの街に独特の云い方だろうと思う。少なくとも私は、他に例を知らない。

夕方のこの時間に〈来夢〉でコーヒーを飲むのは、ここ二週間ばかり日課のようになっていた。

十数人も入れば満席になってしまう狭い店だ。窓は通りに面して一つあるだけ。苦すぎるコーヒーの味と騒がしすぎることのないBGM、無口なマスターとまばらな客

……どこと云って取り柄のない、むしろ昨今の流行《はや》りからは置き去りにされたような
うらぶれた喫茶店だけれども、その乾いた感じの暗さが、なかなか私の好みに合っていた。

「いらっしゃい」

鼻の下に髭《ひげ》を蓄えた中年のマスターが、カウンターの向こうからぼそりと声をかける。客は奥の隅に、大学生風の若者が一人いるだけだった。俯《うつむ》いて黙々と漫画雑誌を読んでいる。

コーヒーを頼むと、私は窓ぎわの席に坐《すわ》った。

空模様は多少、怪しい感じだった。鈍色《にびいろ》に広がる雲の下、街にはそろそろ夕暮れの気配が漂いはじめている。ガラス越しに見る風景に重なって、ひょろりとした、いかにも脆弱《ぜいじゃく》そうな私の上半身がうっすら浮かんでいる。

歩道を行く人の姿をぼんやりと眺めながら、煙草《たばこ》を一本、灰にする。ちょうどそのタイミングで、注文のコーヒーは運ばれてくる。

「天気、何とかもちそうだねぇ」

カップをテーブルに置きながら、珍しくマスターが話しかけてきた。

「――は?」

「いやね、今日は送り火だから」

「ああ、大文字《だいもんじ》ですか」

そう云えば今朝、母も云っていた。今出川通《いまでがわどお》りまで出ればすぐ近くに大文字山《だいもんじやま》が見えるから、一緒に見にいってみようか、とも。

「送り火は、やっぱり凄いねぇ。毎年見にいくけど、ありゃあやっぱり凄い」

「はあ」

「山を字の形に燃やすなんて、最初に考えたのはいったい誰なんだろうなぁ」

こちらの反応を気にするそぶりもなく、ぼそぼそと独り言のように云う。私はちょっと呆気《あっけ》に取られながら、「はあ」と生返事を繰り返した。

砂糖は入れず、ミルクを少しだけ垂らして、苦いコーヒーを啜《すす》る。酒はほとんど飲まないが、この十何年、コーヒーと煙草だけは切らしたことがない。

前の客が戻さずにおいたのか、テーブルを挟んだ向かいの椅子に新聞が置いてあった。新しい煙草に火を点《つ》けようとした時、その紙面に印刷された黒い文字が、ふと目を引いた。

『北白川疏水《そすい》に子供の他殺死体』

そんな見出し文句だった。

普段、私はあまり新聞を読まない。今日の朝刊も、そう云えばまだ一面すら目を通していない。

社会面を表にしてたたまれていたその新聞に、私は手を伸ばした。

けっこう大きな記事だった。隣のページには、奈良で起こった列車の脱線事故がでかでかと報じられている。ゆうべ発生したというこの事故のことも、私は今までまったく知らないでいた。

『北白川疏水に子供の他殺死体』

もう一度、太字の見出しを目で辿《たど》る。

「北白川疏水」とは、ここから少し西に入ったあたりを流れている、あの細い川のことだろうか。ならば、ときどき散歩で通るところだが……。

　十五日午後九時五十分頃、京都市左京区北白川＊＊町の北白川疏水にて、同町に住む会社員上寺仁志《うえでらひとし》さん（三五）の長男満志《みつし》ちゃん（五）の遺体が発見された。

　母親の和子《かずこ》さんによれば、同日午後六時頃、外で遊ばせていた満志ちゃんの姿が見えないことに気づいたのだという。遺体の発見者は、近所に住むK＊＊大学工学部二回生の高橋良太《たかはしりようた》さん（二一）。疏水べりを歩いていて偶然、水に浮かんでいる赤い服を見つけ、不審を覚えたとのことである。

検視によれば、満志ちゃんの死因は窒息死で、首に残っていた痕跡から扼殺《やくさつ》と判明。警察では殺人事件と断定し、所轄下鴨署《しよかつしもがもしよ》に捜査本部を設置した。


そんな記事に続いて、被害者の両親や発見者である学生の談話、変質者の仕業か営利誘拐をもくろんで抵抗された挙句《あげく》の犯行か、といった問題に関する当局の見解等が載っていた。

（昨日の夕方……）

六時頃、と云えば、ちょうどこの店を出て家に向かっていた頃である。その同じ時間に、同じ街の、何キロも離れていない場所でこんな事件が起こっていたとは。

親たちは嘆き、悲しみ、犯人に対する怒りで我れを失っていることだろう。死体を発見した学生は、しばらくは悪夢に悩まされることだろう。同じ年頃の子供を持つ近所の親たちは、我が子の無事を喜ぶと同時に、いつ自分たちの上に降りかかるとも知れぬ災厄に戦々兢々《せんせんきようきよう》としていることだろう。

そういった当たり前な物思いとは別のところで、さわさわと奇妙な動き方をしている心の部分があった。それは——。

………………ん！

何かしら、穏やかならぬもの。

何かしら、身震いを誘《いざな》うもの。

…………まるで、巨大な蛇の嫌な感じだった。正体がはっきりしないだけに、この嫌な感じはいっそう増幅されて、私の神経を苛立《いらだ》たせた。

煙草を吸おうとして、箱が空なのに気づいた。

「すみません」

カウンターに向かって声を投げる。

「あのう、セブンスターありますか」

私はそして、怖いものでも扱うような手つきで、新聞をマガジンラックに戻した。

3

帰りの道で、緑影荘の住人の一人、マッサージ師の木津川伸造と出会った。

これから仕事に出かけるところなのだろうか。白い杖を突いてゆっくりと坂道を降りてくる。

会釈しようとして、あの人にはどうせ見えないのだな、と思い直した。黒眼鏡をかけた四角い顔はまっすぐにこちらへ向けられているけれども、盲《めし》いた彼の目には、私の姿はまったく映っていないのだ。

あえて声をかけることもせず、すれちがった。ところが、その時。

「こんばんは」

まるで思いがけず、木津川の口から嗄《しわが》れた声が発せられたのである。

「えっ」

私はびっくりして立ち止まり、

「あ、あの……」

振り返って、マッサージ師の黒眼鏡を凝視した。彼は何やら満足げに頷《うなず》いて、

「飛龍さん？」

「は、はい」

目が見えないはずの彼に、どうして私が分ったのだろう。

「ほ、ほ。驚いてはる」

「…………」

「何十年も目の見えん生活をしとると人間、逞《たくま》しいもんでしてなあ。ちょっとした臭《にお》いやら音やらで、まわりの様子、分るようになります」

盲人は私たちよりもずっと鋭い知覚を持っている、とはよく云われる話だが、それにしても今の場合はあまりに不思議だった。足音と体臭だけで、この男は私が飛龍想一であると分ったことになる。こちらに越してきてから、私はまだ一度しか彼と言葉を交わしていないというのに。

「あの、でも……」

うろたえる私の反応を楽しむように、木津川は「ほ、ほ」とまた笑って、

「いやいや。今のはほとんど当てずっぽうですわ」

「当てずっぽう？」

「毎晩、仕事の行きしなにやってみるんです。家を出て最初にすれちごうた人に、こっちから挨拶《あいさつ》してみます。相手が知り合いやったら、出さはった声でどなたか分りますやろ？」

「はあ。——なるほど」

「その日の運試しみたいなもんですな。死んだ嫁はんは、そんな人の悪いことやった

らあかんて云《ゆ》うてましたがなあ」

木津川は深々とお辞儀をしてから前に向き直り、坂を降りていった。

4

夜、母と送り火を見にいった。

午後八時に火が入るというので、夕食はあとまわしにして、七時半には家を出た。白檀《びゃくだん》の扇子《せんす》を持ち、白い紬《つむぎ》の着物を着た母の姿は、もう五十代も半ばにさしかかろうとしているとは思えぬほど艶《あで》やかに見えた。

白川通りを今出川まで下がる。

今出川通りというのは、京都の街を東西に横切るメインストリートの一本で、白川通りとの交差点はその東端に当たる。この交差点から、細くなった道をさらに東へ行くと、銀閣寺《ぎんかくじ》がある。

送り火を見にきた人の波で、歩道は溢《あふ》れ返っていた。車の渋滞も激しい。

「凄い人出ねえ」

ぴったりと私に寄り添いながら、母が云う。

「人混み、苦手でしょう。大丈夫かしら」

私は黙って頷き、東のほうへ目を上げた。

暗い夜空の下、巨大な「大」を山腹に刻まれた黒い山が、すぐ間近に迫って見える。そろそろ点火の時間だろうか、朱色に燃える松明《たいまつ》を持って動く人間たちの影までが、この場所からは見て取れた。

午後八時。

松明の火が山のあちこちに落とされた。見る見るうちに燃え広がっていく炎の群れが、やがて見事な「大」の字を闇に描き出す。

低くどよめくような嘆声が、立ち止まった人々の口から湧き出た。

「きれいねえ」

傍《かたわ》らに立つ母の唇からも、そんな言葉が洩《も》れる。

それは本当に美しい光景だった。京都の送り火の絵は幾度か、写真やテレビのニュース映像で見た憶《おぼ》えがあったけれども、とうてい比ぶべくもない。

周囲の人波にうんざりしていたことも忘れ、母の言葉に相槌《あいづち》を打つことさえせずに、私は陶然と、真夏の夜を焦がす炎の文字に目を細めた。

「ほんと、きれい」

と、母が小声で繰り返す。ゆっくりと扇子を動かしはじめる。風に乗り、仄《ほの》かな白檀の香りがそよぐ。

池尾沙和子。

二十八年間、私が「母」と呼んできた叔母……。

姉実和子の死後、私を引き取った彼女は、我が子のように私を可愛がった。そこには、単に血のつながった甥《おい》と叔母だから、という以上の理由があったことを、私は知っている。

池尾祐司と沙和子夫妻の間には、もともと息子が一人いたのである。実和子よりも少しあと、十八の若さで結婚した沙和子が翌年、姉よりも早くに産んだ子だった。ところがこの子は、一歳の誕生日を迎える前に病気で死んでしまう。そして——。よりによってその翌日が、私の生まれた日だったというのだ。

だから——と、彼女は、私が小さい時分から云っていた。

——あの子が死んで、次の日にあなたが生まれたの。だから、想一さんはあの子の生まれ変わりなんですよ。ね、分るでしょう？

その気持ちは、十年前に死んだ〝父〟の祐司にしても、きっと同じだったのだと思う。

不意に——。

誰かが私の背中にぶつかってきた。

「あっ」

短く叫ぶ声と、ばさっ、と何か物の落ちる音。

「ごめんなさいっ」

女の声だった。振り向いた時、その女性は路上に屈《かが》み込んで、ぶつかった拍子に落としてしまったのだろう、紙袋の口が開いて散らばった何冊かの本を拾い集めようとしていた。

「ごめんなさい。送り火に気を取られてて、前をよく見てなくって」

「いえ、いいんですよ」

と応えて、私は自分の足許に投げ出されていた一冊を拾い上げ、彼女に渡した。

「あ、すみません」

本を受け取ると、彼女はぺこりと頭を下げた。

小柄な若い女性だった。肩の上で切り揃《そろ》えた髪。だぼっとした水色のTシャツ。かすかに香る、何か甘酸っぱい(たぶんシャンプーの)匂い……。

元どおり袋を抱え直すと、彼女はもう一度ぺこりと頭を下げ、私の横を通り過ぎて人混みに消えていった。その、照れ臭そうに私の顔を見上げた大きな瞳が、何故かしらあとまで心に残った。

——1

誰もがそうであるように、——もまた、自分が生まれた瞬間のことなど憶えてはいない。

その誕生を不思議な偶然の所産と見るか、それとも「偶然」そのものの中に複雑な因果を見るか。たいがいの人間がそうであるように、そんな問題に深く思いを巡らせもしない。

——にとって、考えることは無意味だ。

（……何故？）

自問してもみよう。

答えはもちろん存在する。それを言葉に表わすのも可能だろう。

だがしかし、言葉にしてしまうとあまりにもそれは単純すぎ、そして本当のところはあまりにも混沌としすぎていた。

ゆるゆると、——は頭を振る。

まるで薬漬けにでもされているような気分だった。鈍い思考。鈍い感覚。鈍い記憶。鈍い……。

（……焦ってはいけない）

（焦る必要はない）

そう。とりあえず今は、時機を待てばいい。

第三章　九月

1

夏が去り、九月も半ばを過ぎた頃、思いがけない出会いがあった。

場所は喫茶〈来夢〉。九月二十日、日曜日の夕刻。いつものように散歩がてらコーヒーを飲みにいった時のこと——。

＊

狭い店のカウンター席の隅で背を丸め、マスターと話をしていたその男に、私は初めとりたてて注意を払うこともなかった。それは向こうも同じだったようだ。黙って窓ぎわの席に腰を下ろした私のほうをちらりと窺《うかが》っただけで、すぐさま視線を元に戻した。

黒いスラックスにコルク色の長袖《ながそで》シャツ。スピーカーから流れるR&Bのリズムに合わせて、カウンターの下で組んだ足を動かしている。

苦いコーヒーを啜《すす》り、煙草《たばこ》を吹かし、私はぼんやりと外の街並みを眺めていた。男はまたマスターと話を始めていたが、二人ともぼそぼそと低い声で喋《しゃべ》るのでさして気にはならなかったし、会話の内容も聞き取れなかった。

ところが、そうして二十分も経った頃だろうか。

外の風景に夕闇が滲《にじ》み、浅黒い自分の顔を浮かべはじめた窓ガラスの中にふと、こちらに向けられている男の視線を見つけたのである。

私と同じように窓の外を見ているのだろう、と最初は思った。けれどもすぐに、そこに映ったその目はガラスに映った私の顔を見つめているのだ、と思い直した。

(何だろう)

落ち着かない気分になった。

そう云えば、男のあの顔、雰囲気……どこか見憶《みおぼ》えがあるような気もするが。

振り返って確かめてみようか、と考えた時、

「飛龍君?」

と、背後から声をかけられた。

「飛龍君じゃないの」

私は振り返った。カウンターの男はすでに椅子から立ち、こちらに向かって一歩、足を踏み出していた。

「ああ、やっぱりそうだ」

一直線に私を見据えて、男は云った。

「さっきはぜんぜん分らなかったよ。こんなところで会うなんて、ほんと偶然だなあ。いつからこっちに来てるの」

「あのう」

私はどぎまぎしつつ、相手の顔を見直した。

「ええと、あの……」

「僕だよ」

と、男は前髪を左手で掻《か》き上げた。

「忘れちゃったかい。架場《かけば》だよ。架場久茂《ひさしげ》」

「――ああ」

そこでやっと、目の前の顔と昔の記憶が一致した。

「架場、君？」

「久しぶりだね、ほんと」

彼はそして、カウンターの中でにやにやと目を細めながら私たちのやりとりを眺めていたマスターに向かって「コーヒー、もう一杯ね」と告げ、私のいるテーブルに席を移してきた。

「何年ぶりだろうね。もう十六、七年になるかな。何だかだいぶ痩《や》せたみたいだね」

まっすぐ下ろせば顎《あご》にまで届きそうな長い前髪を、大雑把《おおざつぱ》に横へ流している。その下に光る小さな双眸《そうぼう》。すっきりと通った鼻筋に、唇の薄い大きめの口……。

私の記憶の中に残っている面影は、くりくりの坊主頭だったのだけれど、確かにその男はそう、架場久茂に間違いなかった。

「静岡にはいつまでいたの。京都に来たのは、いつ？」

懐かしそうに象のような目をしばたたきながら、彼は私に訊《き》いた。

「七月の初めに、こっちへ」

「この近くに？」

「そうだよ」

「じゃあ、ふん、ひょっとしてあそこかな。『緑影荘』っていうあの……」

「知ってるのかい」

「うん」

彼は頷《うなず》いて、

「あの近所に友だちの家があってね、ときどき通りかかるんだ。古い洋館だし、嫌でも目を引くだろう。同じ敷地に建ってる平屋のほうの『飛龍』っていう表札を見かけて、珍しい苗字だからね、何となく気に懸かってはいたんだな」

では、もしかして……。

七月の初めにこの街に来て、初めてあの洋館に入った時のことを思い出した。

あの時——母を先に母屋へ返し、一人で二階のヴェランダに出てみたあの時、門の前に立って建物を見ていた黒い服の人物。あれは彼だったのかもしれない。だからあの時、その佇《たたず》まいが私の記憶のどこかに共鳴して……。

「君はどこに住んでるんだい」

私の問いに、

「修学院《しゅうがくいん》の辺だよ」

と、彼は答えた。ここよりもさらに北へ上がったあたりの地名である。

「この店のマスター、大学の先輩でね、ちょくちょく顔を出すんだ。いつもはもっと夜遅い時間だけれども」

彼——架場久茂は、私の小学校時代からの知り合いだった。幼馴染《おさななじ》み、と云ってしまっても良い。

中学、高校と静岡の同じ学校に進んだのだが、ある程度以上の親しい付き合いがあったのは、高校で同じクラスになった時だったと思う。確かその高校二年の冬、彼は急に転校してしまった。そう云えば、引っ越し先は関西のほうだったように記憶している。

「今はね、K＊＊大の文学部で助手をやってる。しがない雑用係だけどね。——君は何を？」

訊《き》かれて私は、とっさの返事に詰まった。

「ええと……就職はしてないんだ。一応その、仕事は絵描きなんだけど」

「ああ、そうか」

架場は特に胡散臭《うさんくさ》そうな顔をすることもなく、

「美大へ行くって云ってたものね。子供の頃から君、絵がうまかったし……うん、よく憶えてるよ。君の描いた絵、どれも不思議な絵だったから。——結婚はもう？」

「母親と二人で暮らしてる」

「早く結婚しろって、うるさく云われないかい」

「別に」

私は緩く首を振って、

「君のほうは？」

と訊き返した。

「僕？」

架場は猫のように丸めていた背を伸ばして、ひょいと肩をすくめた。

「とりあえずは独身主義者を気取ってるんだけれども、最近どうも、親戚連中の目が白くってね」

高校を出ると私は、東京のＭ＊＊美大に進学して、四年間の下宿生活を経験した。大学卒業後は静岡の実家に戻り、金に替えるつもりもない絵を描きつづけてきた。

池尾の父も母も、そんな〝息子〟をべつだん咎《とが》めはしなかった。幼少の時分から身体が弱く、内向的で、人との付き合いがとても苦手だった私のことを、その点、彼らはよく理解してくれていた。

もっとも、これは当時から私も知っていた事実なのだが、池尾家は飛龍家、すなわち私の実父高洋から、相当な額面の仕送りを息子の養育費として受け取っていた。もしもそれがなければ、おのずと私の立場は異なっていたのではないかと思う。

池尾の父が他界したあとも、相変わらず私は病弱で、頻繁《ひんぱん》に体調を崩しては母に心配をかけた。

海の見える高台の家で、私は孤独な二十代を過ごした。学生時代の友人がたまに訪ねてくる以外は、めったに人と会うこともなかった。まるで深い湖の底に澱《よど》んだ水のような、冷たく静かな日々だった。

恋愛、結婚……そういったものとはまったく無縁の生活だった。決して威張《いば》れた話ではないけれど、それを特にひけめに感じたこともない。母も何も云わない。これからも恐らく、そうだろうと思う。

今はどんな絵を描いているのか。個展を開いたことはあるのか。どうして京都に越してきたのか。……と、十数年間の空白を一気に埋めようとでもいうのか、架場は人懐っこい調子で、次々にいろいろな質問を繰り出してきた。訊かれるままに、私はそれらに答えた。

「——にしても、あれだろう？　あんな大きな家を相続したとなると、下世話な話だけど、相続税なんかが大変だったんじゃないの」

吸い殻でいっぱいになった灰皿に、くわえていた煙草《たばこ》の灰を落しながら、私は「だろうね」と答えた。

「あちこちに持っていた土地や何かを、だいぶ処分したらしい」

「らしい、って？　自分のことだろう」

「その辺の問題は、ほとんど母親に任せてたから。何せずっと入院してたものでね。引っ越しの手配やら何やらも全部、任せっきりだった」

「お母さんは何か仕事を？」

「前は働いてたけど、こっちに来てからはもう、何も。あの洋館の部屋を貸してるのと、あと、まだけっこうあちこちに土地が残っているから」

「ふうん。——身体の具合はもういいの？」

「まあ、何とか」

「昔もよく学校、休んでたっけね」

テーブルの端をこつこつと親指で叩《たた》きながら、架場は静かに目を細める。その茶色い——と云うより鳶《とび》色《いろ》のような色の——瞳に向かって上目遣いの視線を返すうち、私はふと、後頭部にかすかな痺《しび》れを感じた。

……………………風

奇妙な感覚だった。

首の付け根のあたりからまっすぐ脳天にかけて、ぴりぴりと弱い電流を流されたような……。

……赤い、空

……群れ咲く……

……風になびき……

何？　何だろう、と戸惑うまもなく。

目の前の現実がゆらりと揺らぎ、ふうっと輪郭を崩し……。

……………………………。

……黒い、二つの……

…………………

…………………………

……ん！

……くん！

「……君？　飛龍君？」

架場に呼ばれて、焦点が戻った。

「どうしたの、ぼうっとして。煙草の灰、落ちたよ」

「――あ、失礼」

私は強く頭を振りながら、ズボンの膝《ひざ》を汚した白い灰を払った。

「大丈夫かい。顔色、何だか悪いみたいだけれども」

「いや、大丈夫。何でもない」

「本当に？」

「――ああ」

「だったらいいけど。――ん？　もうこんな時間じゃないか」

架場は店の壁に掛かった時計に目をやると、テーブルの上に投げ出してあったハイライトをポケットにしまい、のそりと立ち上がった。

「行かなきゃならないところがあるから、僕はここで。あ、そうそう、これ名刺」

札入れからクリーム色の名刺を抜き出し、彼は私に手渡した。

「いつでも連絡してきてよ。午後からはたいてい研究室にいるから。そのうち一度、君んちにも行ってみたいな。いいかい」

構わないよ、どうせ暇にしてるから――と答えて、私も一緒に席を立った。

──1

深夜。

相変わらずの部屋、相変わらずの静けさの中に、──はいた。

（……時機《とき》が来た）

意識して、表情に笑いを加える。

──は笑った。

あの男──飛龍想一の居場所は、とうに分っていたのだ。そしてあの男のほうは、自分に向けられたこちらの意志に気づいてはいない。

ここで焦る必要はない。先を急いではいけない。

まずやらなければならないこと、それは……。

──は笑った。

かすかに、喉《のど》の奥深くで。

2

架場久茂と再会した四日後――九月二十四日の朝刊にまた、京都市内で起こった子供殺しの記事が載っていた。

現場はやはり左京区で、銀閣寺から少し南へ下がった場所にある法然院《ほうねんいん》という寺の境内。その叢《くさむら》の中に捨て置かれていた死体を、二十三日の午後、参拝客がたまたま発見したのである。

被害者は池田真寿美《いけだますみ》という六歳の女の子で、近所に住む高校教諭夫妻の次女。二十二日の夕方から姿が見えなくなり、警察に届けが出ていたという。

殺害方法は、今回もまた扼殺《やくさつ》だった。

首に残った指の跡が、先月の上寺満志ちゃん殺しのものとよく似ており、現場もあまり遠く離れていないことから、警察では同一犯による連続殺人の可能性が高いと見て捜査を進める方針らしい。

3

ふと眠りから覚めた。

（……また？）

そう、まただ。あの気配が、またした。

気配。――それは〝音〟なのだろうか。まだ〝音〟にはなりきれない、ほんのかすかな空気の動きが、この家に満ちた闇を伝わって届いてくるのだろうか。それとも、それは〝動き〟ですらないのだろうか。

私は独り夜の中にいた。

この一週間余り（今日は九月の最後の日か……）、幾度かこういう気配を感じることがあった。

気配……何かの気配、誰かの気配。何か、誰か、自分ではないものの存在を感じさせる微妙な感覚。――私が住まうこの家のどこかから、それは伝わってきた。

今もそうだ。

この古い家。この夜の静寂。そのどこかから……。

「気配」という表現は、もしかするとあまり適切ではないかもしれない。たとえば「異物感」とでもいった言葉を選んだほうがふさわしいようにも思える。

単なる気のせい、とも考えられる。実際これまでの幾度か、私はみずからにそう云い聞かせることによって、その感覚を無視してきたのだ。が、回数が重なるごとに、それがより意識的な行為になってきているのも確かだった。

単なる気のせい……いや、そうではない？

枕許に置いた煙草に手を伸ばしながら、私は身を起こした。

布団の上で胡座《あぐら》をかき、ライターを点《つ》ける。灯《とも》った小さな炎が、部屋の闇をわずかに払う。

寝室に使っている六畳間。玄関から入ってきてまっすぐ、二つの部屋を間に置いた奥の和室である。

明りは点けず、真っ暗な中で煙草を一本、灰にした。そうしながらじっと耳を澄ましてみたけれど、不審な〝音〟は何もなかった。ただ、縁側に続くガラス戸の向こうから、内庭で鳴く秋の虫の声が聞こえてくるだけである。

母が寝ているのは、玄関から見て左手の奥にある座敷だ。この部屋からはだいぶ離れているが、もしかすると彼女がまだ起きていて立てた物音か何かを、〝気配〟として感じたのだろうか。――ならばしかし、「異物感」というふうな言葉は浮かばないはずではないか。

腕時計を取り上げ、時刻を確かめる。

午前三時前。

まったく時間に縛《しば》られない生活を続けているわりには、私は夜休むのが早い。十二時過ぎにはたいてい寝室に引っ込む。母が休むのはだいたい、それよりもさらにいくらか早い時間である。

今夜、床に就いたのも同じような頃合だった。そして、問題の〝気配〟を感じて目を覚ますのは、これもまた決まって今頃の時間帯だった。そのせいか、このところ朝起きるのが遅くなってきている。以前は、午前八時頃には勝手に目覚めていたのに、最近では、どうかすると十時近くまで眠りこけている日がある。

不審な気配は、私が目を覚まし、意識してその正体を探ろうとしたとたん、すうっと退いていった。これまでの幾度かもそうだった。だが、なおもしばらくの間、私は暗い部屋の真ん中に坐《すわ》って、闇のいずこかに潜んだそれを感じ取ろうと全身の感覚を研ぎ澄ませた。

やがて。

ことっ……と、かすかな音が突然、どこかで響いた。

（ああ、やっぱり……）

私は静かに深い呼吸をして、さらに耳を澄ませた。

ことっ、こととっ……

再び聞こえた。縁側を背にして坐った私の左――離れの洋館へと通じる廊下がある方向から。

私は立ち上がった。

見にいこう、と即座に意を決したのだ。

襖をそっと開け、真っ暗な廊下に忍び出た。左手で壁を伝い、床板を軋《きし》ませぬよう注意しながら、そろそろと歩を進める。

角を二つ曲がり、洋館へ続く直線部に入る。窓から星明りが射し込み、闇を蒼《あお》く滲《にじ》ませていた。

廊下には何者の姿もなかった。とすると、さっきの音は……。

……こととっ
また聞こえてきた。この廊下の正面奥から、確かにその音が。

右手には廊下沿いに、納戸が二つ並んでいる。この二つの境界に当たる部分に、廊下を仕切る戸襖《とぶすま》が一枚あって、これはいま閉まっている。

私はゆっくりと、蒼い闇の中を進んだ。

戸襖の前に着く。息を殺して手を伸ばす。

「ひゃっ」

という声が、私が襖を開くと同時に響いた。

突き当たりの、母屋と離れを隔てた例のドアが、半分ばかり開いていた。ドアの向こう——洋館の廊下には明りが点いている。そしてその光を背負うようにして、ドアの向こうで一段低くなった上がり口のところに、両手を床に突いて這《は》いつくばっている人影があった。

相手はひどく驚いたようだが、私にしてもそれは同じだった。

「あ、あ……どど、どうも……」

光を背にしているので、四つん這いのままこちらを見上げた相手の顔を識別することはできなかった。

「いったい……」

私が口を開きかけると、

「す、すみません」

きんきんと響く声で謝りながら、相手は立ち上がった。私は廊下の壁を探り、電灯のスイッチを入れた。

ベージュ色のトレーナーを着た若い男。――緑影荘の〈1―C〉に住む大学院生、倉谷誠だった。

「どうしてあなた、今頃そんなところで……」

「すみません」

上背はないけれども、肩幅は私などよりずっと広い。日頃、研究室に閉じこもっているにしては、筋肉質のがっしりした体格をしている。柔らかそうな焦茶色の髪を掻《か》きまわしながら、彼はばつが悪そうにこうべを垂れ、

「すみません。あの、コウイチロウが逃げちゃって」

「コウイチロウ？」

「あ、つまりその、鼠《ねずみ》の名前なんですけど」

「鼠ぃ？」

私は唖然《あぜん》とした。

「実験用のハムスターを持って帰ってきて、部屋で飼ってるんです。そいつがさっき逃げ出して……」

「鼠を探していたんですか」

「はい。ハムスターを飼ってることは、大家さんのお母さんにも伝えてあります」

そう云えば、そんな話を母がしていたような気もする。

「しかし、どうしてそのドアを？」

私が訊くと、倉谷はまた髪を掻きまわしながら、

「これ、最初からちょっと開いてたんですよ。それでその、こっちへ逃げ込んだんじゃないかと思って……」

問題のドアは、私たちがこの家に越してきた時から鍵が壊れていた。水尻夫人によれば、もう何年間も壊れたまま放置されていたのだという。わざわざ修理する必要もなかろう、という父の意向だったらしい。

用心が悪いから直したほうがいいんじゃないか、と私は母に云うのだけれど、彼女もけっこうのんびりしたところがあって、「そのうちにね」と答えたまま放ったらかしにしている。

「事情はともかく、こんな夜中にあんまりごそごそされては困るね」

と、私は柄にもなく厳しい調子で云った。倉谷はこうべを垂れたまま、

「どうも、お騒がせして申し訳ありませんでした」

莫迦《ばか》丁寧《ていねい》に謝罪して、おずおずとドアの向こうにあとじさった。

逃げた鼠はどうするつもりなのだろうか、などと考えながら、私は自分の手でドアを閉めた。

4

やたらと部屋の環境に文句をつける、気難しい小説家。

すれちがった相手に声をかけて、その日の運を占う盲目のマッサージ師。

深夜に鼠を追いかける大学院生。

まったく妙な連中ばかりだな、と思いながら、私は廊下を引き返した。

気配だの異物感だのと、しかつめらしくあれこれと考えてみたものの、真相は結局こんな他愛もないことだったのか。とすると、これまでに幾度か感じた〝気配〟にしても、今夜と同じように、アパートの住人の誰かが動きまわる物音を耳が拾っただけだったのかもしれない。

ほっとすると同時に、何となく拍子抜けした気分でもあった。

いずれにせよ、あのドアの鍵は早く直したほうが良さそうだ。今夜の出来事を母に話して、明日にでもさっそく修理屋を呼んでもらおう。

寝室に戻ろうとしたところで、私はふと気になって、アトリエの土蔵を覗《のぞ》いておこうと思い立った。

短い袖《そで》廊下の奥に立つ例の人形の、仄白《ほのじろ》い影が私を迎える。その異形を目にして驚くことはもうないけれども、家のあちこちで出会う〝彼女〟たちへの違和感は、やはりまだ完全に拭《ぬぐ》い去れそうにはなかった。

父が作ったというマネキン人形は、土蔵にあるものを除けば、母屋と離れの各所に全部で六体が置かれていた。母屋に三体。離れに三体。そしてこれらのいずれもが、身体のどこか一部分が欠けた不完全な姿形をしている。

いま目の前にいる〝彼女〟には、首がない。

母屋の玄関の人形には、右腕がなかった。

離れの二階には、ホール部の回廊と奥の廊下に二体あるのだが、前者には左腕がなく、後者には左の脚がない。

離れの一階廊下で出会ったものは、腹から肩にかけての部分がなく、代わりに十字形の木の棒を〝骨〟にして両腕と首をつないであった。

母屋のもう一体は、母が寝室に使っている座敷の縁側にあって、これには左脚を除く下半身がない。腰と右脚の部分には、これも〝骨〟になる棒が組まれていて、上半身と左脚を支えているのだった。

父の書棚にあった文献を読んで知ったことなのだが、マネキン人形というものは普通、取り外しが可能な五つのパーツによって構成されている。「頭」「上胴《うわどう》」「下胴《しもどう》」「右腕」「左腕」——この五つだ。

ただし、腰から下の、脚部を含む「下胴」はたいてい、片方の脚が外れるようになっている。これはつまり、そうでなければズボンを穿《は》かせるのが困難だから、なのだという。この「片脚」を勘定に入れれば、だから通常のマネキン人形のパーツは計六つ、ということになる。

身体を構成する六つのパーツの、いずれか一つが欠けた人形たちが六体。しかも、そもそも頭部を持たない一体を除いて、残りの五体には〝顔〟がない。

〝彼女〟たちは恐らく、死んだ実和子の〝復活〟を願って作られたものだった。そう考えるにしても——。

どうして父はその人形たちを、こんな不完全な形のままでわざわざ屋敷のあちこちに配置したのか。また、何ゆえに彼は、それらをその場から動かしてはならない、などという遺言を残したのだろう。

自殺した父は、ひょっとすると何らかの妄想に取り憑《つ》かれていたのかもしれない。老いと孤独。亡き妻への想い。その中でとうとう、彼は(近所の者たちが噂するように)気が狂って……。

……ああ、やめよう。

このことはあまり深く考えまい。——考えたくない。

私は蔵の扉を開けた。

明りを点け、ぐるりと中を見まわす。

ここにあった人形たちはすべて、入って右側手前の一隅に集め、白い布を掛けてしまってある。いくら何でも、元のまま部屋のほうぼうに転がしておくのは抵抗があったからだ。

広い部屋の中央に、描きかけの油絵を立てたイーゼルと円《まる》いストゥール。使用中の画材が雑然と置かれた、籐製《とうせい》のベンチチェスト。正面奥には、大きな木製デスクと肘《ひじ》掛《か》け椅子、ガラス戸の入った高い書棚とステレオを収めたラック……。

左手の奥——読書用に使うことの多い揺り椅子のほうへ目を向けて、

「う……」

喉を衝《つ》いて出る叫び声を、私は呑《の》み込んだ。

あるはずのないものが、そこにあるのだ。

人形だった。部屋の片隅に集めておいたはずのマネキン人形の一つが今、その揺り椅子に坐っているのである。

（どうして、そんな……）

肩から首、後頭部にかけてが、椅子の背の向こうに覗いている。確かにそれは、マネキン人形の無機的な白い肌だった。

おどおどと周囲に目を配りながら、私は揺り椅子に近づいて前方へまわりこんだ。

両腕のない人形だった。上胴と下胴の連結部を外して、腰を曲げた恰好《かっこう》に重ね合わせることで、椅子の上に坐らせてあった。そして――。

「ううっ」

私はさらに声を呑み込まねばならなかった。

人形が、血にまみれている。

喉許から胸の膨らみにかけて……顔のない〝彼女〟の上半身には、血かと見まごうようなどぎつさの赤い絵の具が、べったりと塗りたくられていたのである。

――2

――は笑った。
かすかに、喉の奥深くで。
（怯《おび》えるがいい）
唇の端がわずかに吊《つ》り上がる。
（存分に、怯えるがいい）
急いではいけない。
まず恐怖を与え、じわじわと追いつめ、そして……。
（そして……）

第四章　十月

1

土蔵の人形の一件を母に話したものかどうか、ずいぶんと迷ったのだけれど、結局やめておくことにした。彼女の心によけいな負担をかけてはいけない、と私なりに判断したからである。

この家に越してきて、もう三ヵ月になる。

住み慣れた故郷の街を離れ、私と二人だけでこちらへやって来るのは、母にしてもたいそう心細かったはずだ。父高洋が遺した財産のおかげで当面、生活の心配はないとは云え、とにかくこの京都には、気のおけぬ知り合いが全然いなかったのだから。

最近では、昔やっていた三味線の稽古《けいこ》に通いはじめるなど、ようやく彼女も新しい土地での暮らしに慣れてきたようだが、依然として身近には親しい人間がいない。通《とお》り一遍《いっぺん》の近所付き合いはある。だが、相手が話す言葉の端々に、どうしても我が家への偏見めいたものを感じてしまって、と彼女は云う。

「お父様が変わった方でしたからね」

いつかも、そうこぼしていた。

「それに、ああいう死に方をされたものだから、どうしても……」

おおかた父は、生前から、「変人」を通り越して「人形屋敷の狂人」とでもいうふうに見られていたに違いない。その狂人が自殺したあと、離れて住んでいた一人息子と、何故だか姓の違う〝母〟が引っ越してきた。三十を過ぎてまだ独り者の息子は、働きに出るわけでもなく日がな一日、家にいてぶらぶらしている様子で……。

確かに、井戸端会議の恰好《かっこう》の話題ではある。

だから、そこへまた私が妙な事件の話をするのは、やはり気が咎《とが》めた。

母は決して強い女ではない。むしろごく当たり前な、非常に脆《もろ》い心を持った女性だと私は思っている。

死んだ実の子の「生まれ変わり」として、この私をひたすら愛し、育ててくれたのも、それは彼女の強さを示すものではなく、逆だと思う。そうやって、崩れそうになる心の拠《よ》りどころを見出すことによってやっと、彼女はそれ以降の自分の人生を生きてこられたのだ。

十年前に池尾の父が死んだ時にしても、そうだ。遺体に取りすがって泣くだけ泣いたあと、母は傍《かたわ》らにいた私の手を握りしめ、じっと私の顔を見つめて云っていた。

――想一さんがいるから、大丈夫。想一さんがいるから……。

五十四歳という年齢を感じさせないほどに滑《すべ》やかな肌で、声の張りもある母。私が入院している間も、看病や見舞いにきてくれる彼女の顔には、常に私を力づけようとする明るい笑みがあった。こちらに越してきてからも、それは変わらない。

けれども――。

おりに触れ彼女がふっと浮かべる、一瞬の空白のような虚《うつ》ろな目の色を、私は知っている。

彼女もまた、老いつつあるのだ。彼女もまた、憂いているのだ。

彼女もまた……。

画家とは云いながら、積極的に自分の作品を世に出そうと努力するわけでもない。病弱で結婚の意思もなく、当然ながら孫の顔を見せてやれもしないだろう。――そんな私が彼女のためにできるのは、せいぜい要らぬ心労を与えないよう気を遣《つか》うくらいのことである。

だからやはり、あの人形の件は話すまい、と決めた。

とりあえず母には、母屋と離れの間のドアの鍵を早く修理させるように、とだけ頼んでおいた。倉谷誠の鼠《ねずみ》探しの一件を、そのとき一緒に話すと、

「それはびっくりしたでしょうね」

と云って、彼女は無邪気に笑っていた。

(……にしても)

私は独り考える。

(いったい誰が、あんな悪戯《いたずら》をしたのだろう)

可能性から云って、怪しいのは断然、緑影荘の住人たちだ。これはほぼ、そう限定してかかっても良いのではないかと思う。

その中でもとりわけ疑わしいのは、やはり倉谷だろうか。ハムスターが逃げて、というのは、あの時とっさに思いついた云い訳だったのかもしれない。

他の人間はどうだろうか。

辻井雪人が、ということももちろんありうる。目の見えない木津川伸造は除外するとして、まさかとは思うが、管理人の水尻夫妻のどちらかが?

しかし、誰が〝犯人〟であるにしろ、いったい何のためにあんな真似《まね》をしたのだろう。わざわざ蔵に忍び込んで、マネキン人形の一つを椅子に坐《すわ》らせ、血糊のように赤い絵の具を塗りたくるなど、悪戯にしてはあまりにもあくどすぎはしまいか。

本人たちに直接、問いただすわけにもいかなかった。と云って、警察に届けて調べてもらうほどのことでもない。

誰がやったのか。

何のためにやったのか。

その問題はさしあたり保留にするとしても、とにかく土蔵の扉にも鍵を掛けておくのが良いだろう。

私はさっそく錠前屋へ行って、頑丈《がんじょう》な南京錠を一つ買ってきた。

蔵の扉に付けられたその錠を見つけて母はちょっと怪訝《けげん》そうな顔をしたが、私はただ、「用心に越したことはないから」とだけ説明した。

2

彼岸花《ひがんばな》が咲いている。

「曼珠沙華《まんじゆしやげ》」「死人花《しびとばな》」とも呼ばれるその花が、広い内庭の一角に赤く群れ咲いている。

七月に越してきた時のまま、この家の庭は、前庭も内庭も特に手を入れてはいない。ときどき母が、玄関や縁側に近い部分を掃除する程度である。

庭師に入ってもらおうかという話も出たのだけれど、このままにしておこう、と私が云った。父の生前から荒れるに任せておいたと思われるその庭の、暗い森のような佇まいこそが、何故かしらこの古い家に最もふさわしい気がしたからだった。

寝室の外の、南向きの縁側に坐って、ぼんやりと煙草《たばこ》を吹かしながら過ごす午後のひととき——。

秋もだんだんと深まり、生い茂っていた雑草にも枯れ色が目立ちはじめている。椎《しい》や柊《ひいらぎ》、松などの常緑樹が雑然と塀ぎわに並ぶ一方で、庭の中央あたりにぽつんと立った大きな桜の木（……春にはさぞや見事な花が咲くのだろう）。

彼岸花の群れは、父が首を吊《つ》ったというその桜の木の向こうに見えた。庭全体の沈んだトーンとのコントラストで、毒々しいほど鮮やかに目に飛び込んでくる。

その名称どおり、花はちょうど先月の下旬頃から咲きはじめた。十月に入って、もうそろそろ盛りを過ぎようとしているところだろうか。

地面から噴き出すように伸びた、濃い緑色のまっすぐな茎《くき》。その先端を真っ赤に彩った、放射状の細い花弁。
「死人花」という異名は、田圃《たんぼ》の畦《あぜ》と並んで、それが墓地に群生していることが多かったために付いた名だろうか。
「オヤコロシ」と云う地方もあると聞く。恐らく有毒なアルカロイドが含まれている関係でそんなふうに呼ぶのだろうが、昔はその鱗茎《りんけい》を非常時の食用にしていたこともあるらしい。
ひんやりとした秋風に揺れる赤い花の群れを眺めるうち、まるでその動きに呼吸を合わせるかのように、ふと――。

私の心のどこかが、さわり、と揺れる。

……………赤い花

…………黒い、二つの

……………黒い、二本の線の……

……………まるで

……まるで………巨大な蛇の……

慌《あわ》てて、私は目を閉じる。

赤い残像の残った瞼《まぶた》の裏に一瞬、何だろうか、遠い遠い過去の風景を見たように思った。

3

ドアの鍵を修理し、蔵の扉に錠を取り付けてからは、しばらく何事も起こらぬ日々が続いた。

夜中に目が覚めることは相変わらずあった。誰かが、何かが同じ屋根の下にいて……という、例の〝異物感〟を感じての目覚めだった。

これについてはしかし、洋館のどこかで動く住人の気配が伝わってくるのだと割り切るようにしていた。ならば、いちいちこちらが文句をつける筋合いのものではない。

鍵を直したから、という安心感もあった。たとえまた、誰かがつまらぬ(あるいは何か悪意があっての?)悪戯をしようとしたところで、どうせ母屋のほうには入ってこられないのだ。

ところが――。

そうして一週間が過ぎた頃、私の周囲でまた、今度はちょっと違った形で、奇妙な出来事が相次ぎだしたのである。

＊

十月九日、金曜日。

夕方のいつもの時間、私は〈来夢〉へ行こうと家を出た。

母はこの日、午後から出かけていた。月曜、水曜、金曜の週三回、彼女は三味線の稽古《けいこ》に行っているのである。稽古が済んだあとも、そこで知り合った友だちとお茶を飲んだりして、帰りはたいがい暗くなってからになる。

玄関の鍵を忘れずに掛ける。

蔵の人形の一件以来、私は妙に神経質になっていて、それまで昼間は施錠することのなかった玄関の戸にもいちいち鍵を掛ける。外出する時はもちろん、家にいる時も必ずそうする。

鍵は、私と母が一本ずつ持っている。予備の合鍵は、台所の水屋の抽斗《ひきだし》にしまってある。ついでに云うと、土蔵に付けた錠前の鍵は二本あり、これは両方ともを私が保管している。

〈来夢〉へ行く時にはいつも、門を出る前に郵便受けを覗《のぞ》く。配達の来るのがだいたい三時半から四時頃なので、別に母とそう取り決めをしたというわけでもなく、郵便物の確認は私の仕事になっていた。

もっとも、我が家に届く郵便物と云えば、たいていが公共料金や保険料の請求書や領収書、あれこれのダイレクトメールの類で、私宛ての私信はほとんどと云っていいほど来ない。この夏には、前の住所に宛てた暑中見舞いが何通か転送されてきていたが、何となく面倒で、返事も転居通知も出さずじまいだった。

門柱に造り付けられた郵便受けのボックスに、右手を差し込む。「覗く」と云っても、こうしていつも手で探るだけで済ませる。

中には葉書も封書も入っていなかった。ひんやりとした金属の感触だけを、私は空虚に手探りしたのだが——。

「つうっ!」

指先に走った軽い痛みに、私は思わず声を上げて手を引き抜いた。

(何……?)

中指の先だった。皮膚にふつりと、赤い血の滴が弾け出している。

驚いて、私はボックスの中を覗き込んだ。

（……ガラス？）

そう。ガラスだった。

長さ五センチくらいのガラス片が、中に転がっている。細長い三角形に割れた破片――その尖《とが》った部分で、指先を切ってしまったのだ。

傷口を舌先で舐《な》めながら、私は空いた左手でガラス片を摘《つま》み出した。

（こんなところに、どうして）

こんなものがたまたま、郵便受けの中にまぎれこんでいた？　――まさか。普通に考えて、そんなことはありえない。

とすると……。

前庭の茂みにガラス片を放り捨てながら、私は無意識のうちにきょろきょろと周囲を見まわしていた。

（誰かが、わざと？）

そうとしか考えられないではないか。

誰かがわざと、この郵便受けの中にガラスの破片を入れておいたのだ。そんなこととは知らずに家の者が手を入れて、その破片で怪我をするかもしれないと予想したうえで。

風に、ざわりと木の葉が鳴った。

夕闇が浸透しはじめた前庭の木々の狭間に、姿の見えぬ何者かの悪意を感じて、私は軽い吐き気にも似た気分を味わった。

4

「最近、妙なことがあるんですよ」

食卓で、母が云いだした。郵便受けにガラスの破片が仕込まれていた、その三日後——十月十二日の夜の話である。

「たぶん子供の悪戯なんでしょうけれどね」

「悪戯」と聞いて私は、はっと箸《はし》の動きを止め、母の顔に目を上げた。

「どんな」

と問う自分の声の緊張が分った。母は私のそんな反応には無頓着《むとんちゃく》な様子で、

「云うほど大したことじゃないのよ」

と答えた。

「でも、今朝でもう三回目かしらねえ」

「どんな悪戯なんです」

「玄関に石ころが置いてあるんですよ」

「石？」

「ええ。このくらいの大きさかしら」

と、母は両手の親指と人差指をくっつけて楕円形《だえんけい》の輪を作ってみせ、

「わりに大きな石が、ぽつんと一つだけ置いてあって」

「玄関の、どこにですか」

「戸を開けてすぐのところ。最初は確か、先週の木曜だったわね。そんなところに石が転がってるなんて思わないから、朝刊を取りに出た時、うっかり踏みつけちゃって引っくり返りそうになってねえ。別に何でもないようなことなんだけど、一昨日《おととい》も今朝も、同じ場所に同じような石ころが……」

「それだけ？」

「ええ、そう」

母は急須《きゅうす》にポットの湯を注ぎながら、

「でも、変でしょう。自然に転がっていたんじゃなくて、どう見ても誰かが置いておいたっていう感じなんですよ」

「…………」

「だからたぶん、子供の悪戯だろうと思うの。でもね、朝早くのことだし……小学生が学校へ行く前に、そんな悪さをするのかしらねえ。猫を飼っている家は、玄関先に空き缶とか空き壜《びん》とかが置かれてたら要注意らしいけれど、うちは猫なんか飼ってないし」

「猫と空き缶と、どう関係するんですか」

「ね、猫捕りっていうのがいるんですってよ」

「はあ？」

「昼間のうちに下見をして、飼い猫がいる家を探すんですって。で、いい猫がいる家には目印に空き缶を置いておいて、夜に猫を捕《と》りにくるらしいわ」

「捕った猫は、じゃあ三味線の皮に？」

「そうなんでしょうね」

猫捕りの話はともかく、確かに玄関に石ころというのも奇妙なことではある。だが、それをどう受け止めたらいいのか、私にはよく分らなかった。

母が云うように、近所の子供の悪戯なのだろうか。それとも……？

先日の郵便受けのガラスとは違って、石を置くというその行為自体は、特に私たちに危害を及ぼすものではない。せいぜいが、母がそうしたように、知らずにそれを踏みつけて転びそうになる危険があるくらいだろう。〝害意〟といった点で、だから二つの「悪戯」は質が異なるようにも思える。

しかし——。

(石ころが……ぽつんと)

何かしら、心に引っかかるものがある。何か……(何だろう)。

「想一さん」

箸を止めたまま黙り込んだ私に、母が首を傾げて云った。

「どうしたのかしら」

「いや、別に」

「この頃、何だか塞《ふさ》ぎ込んでいることが多いみたいですね」

「——そうですか?」

「何でもないんならいいんだけれど。——ご飯、お代わりしましょうか」

「いえ、もう……」

箸を置く私の顔を、母は少し心配そうに横目で見ていたが、やがて私の湯呑みに茶を注ぎながら、

「そうそう。あのね、想一さん」

明るい調子で云った。

「前から思ってるんですけどね、一度アパートの人たちを夕食にでも呼んであげましょうか」

「えっ」

「このあいだ倉谷さんと少しお話ししてたらね、ずっと一人で住んでるから食事が侘《わ》びしくってたまりませんよ、ですって。外食ばかりで……ね。

辻井さんと、できたら木津川さんも呼んで、お鍋でもしてあげたらどうかしらねえ。皆さん一人暮らしだから、きっと喜ぶんじゃないかしら」

何でわざわざ……と、私は眉《まゆ》をひそめかけたが、母の唐突な提案の中に込められた意味を察して、思い留まった。

「たまにはいろんな人と話をしてみるのも悪くないでしょう。ね、想一さん」

彼らのために、というのではない。私のために、と彼女は考えるのだ。

ともすれば孤独の病に冒されがちな（と彼女の目に映る？）私の心のために……ああいや、もしかするとそれは、彼女自身のために、でもあるのかもしれない。

「お母さんがそう云うのなら」

と、私は答えた。

母がそうしたいと云うのであれば、私のほうに異存はない。それに……そうだ、彼らと話をする機会を持つというのは、確かに今、私にとって必要なことなのではあるまいか。

郵便受けのガラスや玄関の石ころの件、すべての「悪戯」が同一人物の仕業なのかどうかは分らないが、少なくとも例の蔵の人形——あの事件の〝犯人〟は、彼らのうちの誰かである可能性が高い。木津川伸造を「盲目」という理由で除外するとすれば、倉谷か辻井か、この二人のうちのどちらかが……。

普段ほとんど顔を合わせることのない彼らの様子をそれとなく探る、良い機会ではないか。

「じゃあ、皆さんの都合を訊いておきますね」

と云って、母は嬉《うれ》しそうに微笑《わら》った。

5

たまに気が向くと、ちょっと遠くまで散歩に行く。

銀閣寺から若王子《にゃくおうじ》まで続く「哲学の道」は特に好きな場所で、観光客が少なそうな曜日・時間帯を選んで、ときどき足を延ばす。先月、女の子の他殺死体が発見された寺は、この道の近くにある。

古い寺や神社も嫌いではないので、南禅寺《なんぜんじ》や下鴨《しもがも》神社などまで行ってみることもある。そういった、近場ではあるが、徒歩で行くにはいくぶん距離がありすぎるようなところへは、自転車に乗っていく場合が多い。

その自転車のブレーキが、壊れていた。

十月十六日、金曜日の午後のことである。

家を出て、走りはじめてまもなくその異状に気づいた。いくらレバーを握っても、前後輪ともまったく制動が効かないのだ。

自転車は坂道を下りだしていて、すでにかなりのスピードだった。慌《あわ》てて両足の裏を地面に付けて踏ん張ろうとしたが、すぐには止まらない。

前方から学校帰りの子供たちが数人、左右に広がって歩いてきた。ずるずると両足を路面にこすりつけながら坂道を走ってくる自転車を見て、びっくりした顔で立ち止まる。私は動転して、さぞや凄い形相《ぎょうそう》をしていたに違いない。

もともと運動神経はすこぶる鈍い私である。子供たちをよけようと焦るあまりバランスを崩し、無様に転倒してしまった。

子供たちは「わあっ」と叫び、それからくすくすと笑った。ミニサイクルで転んだ大人の姿がよほど滑稽《こっけい》だったのだろう。

アスファルトでしたたかに左の膝と肩、肘《ひじ》を打った。しばらくの間、呼吸《いき》が詰まって身動きできなかった。

「どうもないかぁ、おじさん」

子供の一人が、見かねて声をかけてきた。

「救急車、呼ぼかぁ」

ようやくの思いで立ち上がると、私は黙って首を振りながら、倒れた自転車を起こした。ひどく惨《みじ》めな気持ちだった。

子供たちは何事もなかったかのように、わいわいと喋《しゃべ》りながらまた歩きはじめる。そのあとに付き従うような恰好《かっこう》で私は、ハンドルの曲がった自転車を押し、家に引き返した。

シャツの肘の部分が破れ、露出した肌から血が滲《にじ》んでいた。ズボンは破れてはいないが、肘と同じ程度の痛みを感じる。

傷の手当てはあとまわしにして、家に戻るとすぐに、私は自転車のブレーキ部を調べてみた。そうして判明した事実――。

ハンドルのレバーとブレーキをつなぐ二本のワイヤーが、二本とも途中で切れていたのである。

6

十月二十日、火曜日の夜。

緑影荘の住人たちを母屋に呼んで、水炊《みずた》きの鍋を囲んだ。

母の誘いは、倉谷はもちろん辻井にも思いのほか歓迎されたのだけれど、木津川は「お心遣いは嬉しいのですが」と辞退したらしい。その口振りから察するに、肉体的なハンディキャップよりもむしろ、他の二人と自分との年齢のギャップを気にしたのではないか、と母は云っていた。

せっかくだから――と、母は水尻夫妻にも声をかけたのだけれど、あいにく道吉老人が風邪で寝込んでいて、とのことだった。世話好きなキネ夫人のほうはしかし、食材の買い出しや仕込みを手伝ってくれていたもようである。

結局のところ四人だけの席となったが、それでもいつもと比べれば格段に賑《にぎ》やかな食卓だった。

最初のうちこそおとなしくしていた倉谷も辻井も、酒がまわるにつれてだんだんと饒舌《じょうぜつ》になり、それぞれの個性を露《あら》わにしてよく喋《しゃべ》った。相手をするのはほとんどが母で、私はもっぱら黙ってそれを聞いていた。

「……だからですね、ホント大変なんすよ、大学院生っていうのも。莫迦《ばか》な教授は多いし、それでもやっぱ、あんまり面と向かっては莫迦呼ばわりできないっしょ」

倉谷は、頰《ほお》を少年のように赤く染めてしきりに愚痴をこぼすが、その表情にさほど屈折したものはない。

「だけど、いずれはK＊＊大の先生になられるんでしょう」

母が云うと、倉谷はぼりぼりと頭を搔《か》きながら、

「まあ、何年先の話か分りませんけどねー。上にはまだオーバードクターがごろごろしてるし。故郷《くに》の親も、最初は大学院へ進むって聞いて無邪気に喜んでたけど、この頃はようやく実情を理解してきたみたいっすね。ちゃんと普通に就職しとけば良かったものを、なんて思ってるんじゃないかなあ」

「しかしねえ、僕に云わせりゃあ、君なんかはやっぱりいい身分だな」

辻井のほうも、蒼白い顔をアルコールで紅潮させているが、吐き出す言葉にはどこ

かしら刺《とげ》がある。しきりに唇を舌で湿らせながら、鋭く眦《まなじり》を吊《つ》り上げて、

「かりそめにも旧帝大の博士様なんだ。僕なんかと違って、長い目で見りゃあ前途は洋々たるもんでしょうが」

「そんなことないっすよ。辻井さんだって、二十代で新人賞に入選して文壇デビューって、凄いじゃないですか。小説家なんて、憧れちゃうなあ。僕はまるでそんな才能ないから」

するど辻井は、「笑止な」とでも云うように鼻を鳴らし、

「デビューしても、売れなきゃあ喰《く》ってけないよ。ついでに云うと、売れるか売れないかってのは、これが実にいい加減なもんでねえ。優れた作品だから売れるってわけにはまったくいかない」

自分がその良い例だ、と云いたい気持ちがありありと窺《うかが》える。

「でもやっぱり僕、憧れちゃうなあ」

「そりゃあ、憧れてもらうのは勝手だけどねえ」

「執筆は夜に、ですか」

「いろいろですよ。バイトもあるし。——にしても、君のギターの音には悩まされたな。ま、部屋を替えてもらってから少しはましになったけど、相変わらず近所の子供

はうるさいしねえ」

「あら。じゃあ、わたしの三味線の音もお邪魔してるかもしれないわね」

と、母が云った。辻井は渋い顔をして、

「いやあ、そんなことは……」

「そうそ、倉谷さん」

母はすっと視線を移して、

「このあいだ逃げたって云ってらした鼠《ねずみ》、見つかりましたか」

「あっ、それが結局……」

倉谷は照れ臭そうに、私のほうへ目を流した。

「あの時はどうもすみませんでした」

「いや、いいんですよ」

「結局、見つからなかったの？」

「はい。すばしっこい奴だから」

「家のどこかに棲《す》んでるのかしらね」

別にそれを嫌がるふうでもなく、母は云う。

「そのうち、ハムスターと家鼠のあいのこがうろちょろしてたりしてね」

ころころと笑う彼女のうなじは、淡い桃色に染まっている。昔から彼女はお酒が好きで、池尾の父が健在だった頃は、毎晩のように二人で晩酌していたものだ。現在もそれは変わらず、寝る前にはいつも日本酒なりビールなりを飲んでいる。たまに付き合うこともあるけれど、基本的に私は、酒はあまりいけるほうではない。

それでもこの夜は、勧められるままにわりあいたくさん飲んだ。その、あまり心地好《よ》いとは云えぬ酔いの中で耳にした会話のうち、特に印象に残っているのは……。

「ほらほら、例の子供殺し、もう犯人は捕まったんでしょうか」

倉谷が云いだした。

「一つ目があそこの疏水《そすい》でしょ。二つ目が法然院。同じ犯人の仕業だって新聞には書いてあったけど、どうなんでしょうね」

「捕まったって話は聞いてないわ」

と答えて、母は指先に挟み持ったメンソール煙草《たばこ》の灰を灰皿に落とした。酒が入ると、彼女は煙草もいくらか吸う。

「ほんと、嫌な事件ねえ。いったい何だって、罪もない子供を殺したりするのかしら」

「変質者の犯行らしいけど……」

倉谷は辻井のほうを見やり、

「辻井さんはどう思います。どんな奴が犯人なんでしょうね。このまま放っとけば、三つ目の事件、起こると思いますか」

「ふん。さぁてねえ」

辻井はぶっきらぼうに答えて、猪口《ちょこ》の酒をぐいと飲み干した。

「そんな現実の事件には興味がないな。目下のところ殺人事件について考えるのは、自分の小説の中だけで手いっぱいなんでね」

「へえぇ。じゃあ、いま書いてるのはミステリか何か？」

「まあね」

「そう云えば」

と、私が口を挟んだ。

「この家を舞台にした小説を書くとか云ってましたね。あれですか」

「わ。この家、舞台にしちゃうんですか」

と、倉谷。

「『人形館の殺人』、でしたか」

私が云うと、辻井は何やら鼻白んだふうに首をすくめて、

「よく憶《おぼ》えてますね」

「こっちに引っ越してきた最初の日に聞いた話だから、印象に残っていて」

「『人形館』かぁ。なるほど」

倉谷は充血した目で室内をぐるりと見まわし、

「こっちの家にも、やっぱりああいうマネキン人形、あるんですか」

頷《うなず》きながら、私は意識して倉谷の表情を探った。

もしも彼が蔵に忍び込んだ〝犯人〟だとすれば、そう、当然ながらあの袖《そで》廊下に置かれている人形のことは知っているはずだ。今こうして、母屋のほうにも人形があるのかという質問をしてきたのは、知らないふりをしているだけなのか。それとも本当に知らないのか。

結局はどちらとも判断がつかなかった。辻井の言葉や表情を観察してみた結果も同じである。

このあと話題は、どうしてあんな人形が家のあちこちに置かれているのか、という問題へと移ったが、その件については私も母も何もコメントしなかった。

「何にしろ、魅力的な舞台であるのは確かですねえ」

と云って、倉谷は何度も独り頷いていた。どこまで本気なのか分らないが、少なくとも見る限りは、いたく感心したふうである。

「『人形館の殺人』か。ふーん」

「館《やかた》、と云えばね、飛龍さん」

ふと思いついたように、辻井が私のほうを見た。

「中村青司っていう名前、聞いたことありますか」

「中村？」

「中村青司。青い司《つかさ》、と書いて青司」

記憶にある名前だった。確か……。

「ある建築家の名前ですよ。もう死んだ人だけどね、これがなかなか興味深い人物で」

「その人は確か、例の藤沼紀一の……」

「『水車館』ですね。ふん。そうですよ」

辻井はにたりと赤い唇を曲げた。

「僕も何かの雑誌で読んだくらいのものなんだけど、どうです？　僕が『人形館』って呼ぼうと決めたこの家も、彼の作品の一つだったら面白いと思いませんか」

「この家が、中村青司の？」

「いかにも、じゃないですか。もしかしたら本当にそうかもしれない、とも僕は思うんですけどねえ」

「…………」

「あなたのお父さん、飛龍高洋氏は、かの藤沼一成画伯と懇意にしていた。当然、画伯の息子である紀一氏とも知り合いだったろう。このつながりを考えるとね、この家も、たとえばあっちの洋館の改築に当たって、高洋氏が中村青司に仕事を依頼したということも充分ありうる」

それは私にとって、実に意味深長な指摘であり、仮説だった。

今は亡き建築家、中村青司。その手に成るいくつかの「館」。そこで起こったいくつかの事件。……

苦い酔い心地に浸りながら私は、昨年の秋、入院中の私を見舞いにきてくれたある友人の話を思い出していた。

7

どこかから聞こえてきた叫び声で、目を覚ました。

「きゃっ」というような、短い叫びだった。が、その声は私を、瞬時にして朝のまどろみから引き上げた。

(何だろう、今のは)

布団をはねのけて、パジャマ姿のまま部屋を飛び出す。

「お母さん？」

今のは母の声、だったのだと思う。眠っていて聞いた声だから、はっきりとそう判別できたわけではないけれども、他の可能性は思いつけなかった。

「お母さん……」

どこから聞こえてきたのかもよく分らなかった。寝室？　それとも別の場所か。台所をまず覗いてみたが、母の姿はなかった。

「お母さん？」

もう一度呼んだ時、玄関のほうから返事があった。

「想一さん……」

怯《おび》えたような、掠《かす》れた声の色だ。

「どうしたんですか、お母さん」

問いかけながら、廊下を駆けた。起きたばかりでまだうっすらと靄《もや》のかかった頭の中に、真っ黒な墨が流れ出すようにして広がってくる、ある種の予感――。

玄関の土間の、例のマネキン人形の手前あたりに、母はいた。半分開かれた戸を背にして、蒼ざめた顔をこちらに向けている。

「どうしたんですか。いま叫び声を上げたの、お母さんだったんでしょう」

母は黙って小さく頷いた。

「何があったんですか」

「そこに……」

彼女は唇を震わせ、こちらに目を向けたまま背後を指で示した。

「外ですか」

サンダルに足を下ろしながら、私は訊いた。

玄関の戸の外にまた、何かが置いてあるというのだろうか。母のこの狼狽《ろうばい》ぶりから察するに、恐らくそれは先日のようなただの石ころではなく……。

「あっ、想一さん」

戸口に向かう私のパジャマの袖を摑《つか》み、母がぶるぶると首を振った。

「見ないほうが」

「何があるんです？」

問いながら、私は彼女の制止にそむいて外を覗いた。とたん、灰色の石畳の上に横たわったそのグロテスクな物体を見つけてしまい、

「ううっ……」

低く呻《うめ》いた。急激に吐き気が込み上げてきて、思わず両掌を口に当てる。

そこにあったのは、哀れな小動物の死骸だった。白い毛並みの、小さな猫の。

「……ひどい。いったい誰が、こんな」

母が悲鳴を上げたのも無理はない。あまりにもそれは、むごたらしい死にざまだった。その仔猫は、まだ人間の拳ほどの大きさもない頭をぺしゃんこに潰《つぶ》されて死んでいたのである。

十月二十四日、土曜日の朝の出来事だった。

——1

（……怯えるがいい）

マネキン人形の血。郵便受けのガラス片。玄関の石ころ。自転車のブレーキ。猫の死骸。すべては——、、がやったことだ。

あの男を怯えさせるために。そうして、何もかも忘れてしまったかのようにのうのうと生きているあの男に、己の罪を思い知らせるために。

まだ足りない。

まだあの男は、放たれたメッセージの意味をちゃんと理解していない。

まだ……。

(怯えるがいい)

呪文のように、――は繰り返す。

(怯えるがいい。そして……)

8

何者かの悪意が、私に向けられている。

これまでの一連の出来事はすべて同じ一人の人物の仕業である――と、とりあえず仮定して考えてみよう。

最初は蔵の人形だった。この時点で、私は母屋とアパートの間のドアを修理させ、蔵の扉には錠前を取り付けた。結果、母屋に忍び込めなくなった〝犯人〟は、活動の場所を家の外へと移すことになり……。

郵便受けに入れられていたガラスの破片。玄関に置かれていた石ころも含めるとして、その次は自転車のブレーキ。そして、頭を潰された仔猫の死骸。

そこに一貫して込められているものは、間違いなく「悪意」だと思う。私たち――いや、主として私個人に向けられた邪悪な感情……。

母もむろん、被害をこうむってはいる。

石ころの件はともかく、猫の死骸については、最初にあれを発見した彼女がまぎれもなく一番の被害者だと云えるだろう。

しかし、すべてが同一人物の仕業だとするなら、彼（もしくは彼女？）がその行為の対象としているのは、あくまでもこの私だという話になる。母は単に、巻き添えを喰ったにすぎないのだ。

私に向けられた悪意。

それは具体的に、どの程度の悪意であるのか。どういった種類の悪意なのか。単なる嫌がらせの域を出ないものなのか。それとも、それ以上の効果を期待してのものなのだろうか。

現に私は、二度にわたって肉体的な被害を受けている。

ガラスで指を切ったくらいのことなら、まだ「悪戯」でも済ませられよう。だが、自転車のブレーキを壊しておくというのはどうだろう。乗る前にちょっと点検していればすぐに分るような故障ではあったけれど、逆に、ちょっと間違えばあの程度の怪我では済まなかったかもしれないのである。

(いったい誰が? 何のために?)

堂々巡りを続けるばかりの問いかけ——。

緑影荘の住人たち——辻井雪人、倉谷誠、木津川伸造、水尻夫妻。やはり彼らの中に、〝犯人〟がいるのだろうか。

(誰が、何のために……)

何者かの悪意の表現は、だんだんと露骨になってきているようにも思う。このままそれは、さらにエスカレートしていくのだろうか。そうして最終的に、彼(もしくは彼女)は何を望むのだろう。

いい加減もう、断定してしまっていいのかもしれない。

いい、いい、いい。

私は狙われているのだ。

9

「狙われてる？」

長い前髪をゆっくりと掻《か》き上げながら、彼――架場久茂は私の口許を見据えた。

「いったいそれ、どういうことなの。そう唐突に云われると、びっくりするじゃない」

びっくりするじゃない、とは云いながら、表情はさして驚いたふうでもない。私はテーブルの上のカップや灰皿に落ち着きなく視線を散らしながら、

「つまり、どうしてもそうとしか思えないような奇妙なことが、このところ身のまわりで起こって……」

「奇妙なこと？」

「そう。この一ヵ月ばかり」

「そんな、自分が狙われてるだなんて思うような？」

「――ああ」

「じゃあまあ、とにかく話してごらんよ」

飄々《ひょうひょう》とした調子で、彼は云った。

「そうそう無下に笑い飛ばしたりはしないから」

十月二十八日、水曜日の午後四時半。場所は喫茶〈来夢〉——。

昨夜、彼から電話があった。その後どうしているのか、というのである。

それは私にとって、願ってもない連絡だった。この一ヵ月間、自分の身辺で相次いでいる出来事について、誰か第三者の意見を聞いてみたいと考えていた、ちょうどその矢先のことだったからだ。

私は狙われている。

何者かの悪意の標的となっている。

そんな話はやはり、母にはできないと思った。と云って、ずっと自分一人の胸の中にしまっておくのは、これも決して良策ではないだろう。

そうは思ったものの、では具体的に誰の意見を聞けば良いのかというところで、私は困っていた。そんな相談をできるような相手が、私のまわりにはいない。先月再会した旧友の顔をそこで思い出しはしたけれど、こちらから連絡を取るのはどうしても気がひけた。だからよけいに、昨夜の彼からの電話は、私にはありがたいものだったのである。

その電話では、相談事があるとも何とも云わなかったのだけれど、明日の夕方にでもまた会おうか、ということで話がまとまった。家に行ってみたい、と前に彼が云っていたのは憶えていたが、とりあえず場所は〈来夢〉に決めた。

そして、今。

私は確かにかなり「唐突」なタイミングで、自分は誰かに狙われているみたいだ、と切り出したのだったが……。

「ううん」

ひととおりの話を聞きおえると、架場は溜息《ためいき》のような声を低く洩らした。両手の人差指から小指までを組み合わせ、余った二本の親指の先で机の端を叩《たた》いている。そう云えば、これは昔からの彼の癖だ。

「なるほどね。確かにまあ、狙われていると思うのも無理はないようだけど」

「だろう？」

「けれども、もうちょっと慎重に考えてみることもできる」

「慎重？」

「うん」

頷《うなず》くと、架場は落ちてきた前髪をまた掻き上げながら、

「たとえばだね、君はすべての出来事が同一人物の仕業であると仮定してかかっているけれども、果たしてそうなのかどうか」

「違う、って云うのかい」

「そういう可能性もあるってこと。もしもそうだとすると、君が云う相手の『悪意』の質も、おのずと変わってくるだろうからね」

「と云うと？」

「たとえば、最初の蔵の人形の件。これだけは他と違って、明らかに誰か君の身近にいる人間が、君を標的として行なった悪戯だと云える。しかし他の件については、別の解釈もそれぞれ充分に成り立つと思うわけさ」

「別の解釈……」

「玄関の石ころは、やっぱりただの子供の悪戯だった。郵便受けのガラスの破片、これは何らかの偶然。たとえばだね、新聞配達人が新聞を投げ込もうとして、しくじって道に落としてしまったとしよう。それを拾い上げた時、たまたま道に落ちていたガラス片を挟み込んでしまった、とかね」

「そんな……」

こじつけもいいところだ、と反論しようとしたが、架場は私の言葉を遮《さえぎ》り、

「まあまあ、最後まで聞きなさいよ」

と云って、吸いかけていたハイライトを唇の端にくわえなおした。

「次が自転車のブレーキだったっけね。たとえば、そのブレーキは人為的に壊されたんじゃなかったのかもしれない。つまり、自然に壊れた」

「自然に？」

「ありえないことじゃないよ。どんな機械だって、壊れる時は壊れる。スペースシャトルだって落ちるんだ。自転車のブレーキが勝手に壊れて、どこがおかしい？」

「しかし……」

「ワイヤーが切れていたって云ったけど、切断面の状態は詳しく調べてみたの」

「――いや」

「まだ壊れたまま残してある？」

「いや。もう修理に出したから」

「確かめようはない、か。ええと……もう一つは猫の死骸だっけ。これにしたって、たとえば酔っ払いの悪戯だったとかね。相当たちが悪いけれども」

「しかしだね、架場く……」

「そういうふうに考えることもできる、っていう話だよ。要は、どのように解釈してやるかによって、こんなにも出来事の意味が変わってくるってこと。狙われてる、と君は云うけど、そこにはまだ、これだけ別の解釈を許す余地があるわけさ。

もちろん、君の〝解釈〟を全部否定しようとは云わない。もしかすると、それが全面的に正しい答えなのかもしれない。けれどね、今日の君の様子を見てると、ちょっと心配になってね」

「心配?」

「ずいぶんと思いつめてるふうだから」

「…………」

「幽霊の正体見たり何とか、ってね。疑心暗鬼になってると、何でもないことまでそれらしく思えてくる」

「今の僕が、そうだと?」

「決めつけはしないけれども、もうちょっと余裕を持って構えたほうがいいんじゃないかな」

「しかしね」

「それじゃあ、核心に触れる質問をしようか」

煙を吐きながら、架場は私の目を見据えた。

「何か君、心当たりはあるの？　自分が誰かに強い悪意を持たれているっていう、その理由について」

「いや、それは……」

答えながら、何故かむきになってかぶりを振っていた。

私が誰かに悪意を持たれる理由。私が狙われる理由。

そんな心当たりなど、ない。何もない。……と、その時。

首の付け根から頭の先に向かって、かすかな痺《しび》れにも似た感覚が走り、

……………………空
それとともに、目の前の現実がゆらりと奇妙な失調を始め……。

………赤い、空
……群れ咲く、赤い花
（赤い……彼岸花《ひがんばな》？）

…………秋の……

（……遠い）

（とても遠い）

…………真っ黒な影が

…………黒い、二つの…………

（何だろう）

…………二本の線の…………

…………

…………

……石ころが

（何？）

…………

…………

……まるで、巨大な蛇の……

（いつの？）

…………マ

……マ……マ……

（これは）

………ん！

……くん！

「ちょっと、飛龍君。飛龍君？」

繰り返し呼ばれて、失調感が去った。心配げ、と云うよりも不思議そうな顔で、架場がテーブルに身を乗り出している。

「悪い。少しぼうっとして」

「気分が悪いのかい」

「あ、いや……何だか急に、妙なものが頭に浮かんで」

「妙なもの？」

「ああ。よく分らないんだけれど」

あたふたと煙草に火を点け、大きく煙を吸い込みながら、私はきょときょとと周囲を見まわした。

喫茶〈来夢〉の、窓ぎわの一席。狭く薄暗い店内に、客は私たち二人だけ。カウンターの向こうに立つ顔見知りのマスター。ほどよい音量で流れるアコースティックギターの演奏（懐かしい……S&Gか）……。

奇妙な感じだった。

今のはいったい何だったのだろう。

現実感の失調……幻視？　白昼夢？

よく分らない。だが確か、今と同じような感覚に陥った経験が、これまでにも何度かあったように思う。

たいがいが、けれどもほんの一瞬のことだった。ほんの一瞬、さわりと心のどこかが揺れるだけの。

今のような強い〝揺れ〟を経験したのは、一度だけである。あれはそう、先月の半ば頃、この同じ店の同じ席で、同じように架場久茂と向かい合って話をしていた、あの時……。

何なのだろうか、これは。

これは――。

もしかしたら、私の心の深くに埋もれた何かの記憶？

「疲れてるみたいだね、だいぶ」

架場に云われて、私はおとなしく頷いた。

「いろいろ勝手なことを云ったけど、君が不安に思うのは当然だろうから。でもね、一人であれこれ悩むのはやっぱり良くないし……。

もしもまだ不審な出来事が続くようならば、そのたび僕に話せばいい。どうしても心配ならば、知り合いに京都府警の刑事がいるから、相談してあげるけれども」

「いや、そこまでは」

「ま、あんまり深刻にならないほうがいいんじゃないかな。思いつめすぎてノイローゼになっても、それは僕の専門外だからね」

ちょっとしたジョークのつもりだったのかもしれない、架場は独り、口の中で「くっ」と笑った。大学での彼の「専門」は、確か社会学だと云っていた。

「ありがとう」

と応えて、私は少し無理をして微笑《ほほえ》んでみせた。彼に話したことで、胸のつっかえがいくらか軽くなったようではあった。

10

〈来夢〉を出ると、私は架場を連れて家に戻った。ぜひ一度、私の家を——特に離れの洋館の中を見てみたい、と彼が云うからである。

午後六時前。

母はまだ、三味線の稽古から帰っていなかった。

母屋の玄関から中に入る。案の定、架場は入口脇に立つ例の人形に気づき、

「ふうん。これが君のお父さんの作った人形か」

興味深げに、その白い裸身を眺めていた。父の遺した奇妙な人形たちについては、前に会った時にある程度、話してあった。

薄暗い廊下をまっすぐに奥へ進む。私のあとに従う架場はときどき足を止め、物珍しそうに周囲を見まわしたり、襖の開いた部屋の中を覗き込んだりしていた。

「どうぞ」

洋館へ続くドアの鍵を開け、私は友人を促した。

「スリッパ、そこのを履《は》いて」

和風から洋風へ、一枚の扉を境界としてがらりと趣の変わった廊下を、私たちは並んで歩いた。

倉谷誠の住む〈1—C〉のドアの前を通り過ぎ、現在は空室になっている〈1—B〉の前を過ぎる。

曲がり角に立つマネキン人形。——相変わらず〝彼女〟は、廊下の窓から内庭へと視線（と云っても、のっぺらぼうの彼女には〝目〟がないのだが）を向けている。その、上胴部のない不気味な形状を見て、架場は少なからず驚いたふうで、

「さっきのは、腕が片方なかったよね」

「気味が悪いだろう」

「うん、確かに。この家の人形は、もしかして全部こんな具合なの？」

「そうだよ」

と頷いて私は、家の各所に飾られた人形たちの特徴を彼に説明してやった。左右の腕、頭、上胴、下胴、左脚——身体の一部分がそれぞれ欠落した、六体のマネキン人形たち……。

「何だって、そんな」

ホールへと足を進める私のあとを追いながら、架場は云った。

「そんな不完全な人形を、君のお父さんは……？」

「さあ」

私は二階へ上がる階段の手前で立ち止まり、

「僕も不思議には思うんだけど」

「何か意味があるんだろうか」

「別にどうでもいいよ。もうこの世にはいない人のことだから」

ことさらにそっけなく、私はそう答えた。架場は吹き抜けになったホールの高い天井を見上げながら、そこでふと思いついたように、

「戦前の梅沢《うめざわ》家事件を君、知ってるかい」

と問うた。

「梅沢家事件？」

「昭和十一年、だったかな。東京で起こった有名な殺人事件でね。六人の女性が、頭部、胸部、腹部、腰部、大腿部、下足部のそれぞれを切断され、持ち去られた死体となって発見されたっていう……」

「…………」

「何でも犯人は、六人の身体の、それぞれ星座の祝福を受けた各部を集めて、『アゾート』っていう理想的な一つの人体を造り上げようとしたらしいんだけれども、これが実は……」

そんな大昔の、血腥《ちなまぐさ》い猟奇殺人の話を聞く心境ではなかった。私は軽く首を横に振りながら、

「二階も見てみるかい」

と、架場に云った。

*

洋館の二階を見てまわったあと、架場のリクエストで、今度は私のアトリエへ向かった。

袖廊下の突き当たりに置かれた頭部のないマネキン人形に迎えられて、土蔵の扉の前に立つ。扉の金具に掛かった南京錠を見て、

「なるほど」

架場は生白い頰をそろりと撫《な》でた。

「事件以来、ちゃんと施錠してるってわけ？」

私は黙って頷き、鍵束から必要な鍵を探し出した。

「さあ、どうぞ。散らかってるけど」

蔵の中に入ると、架場は真っ先に例の揺り椅子に目を留めて、

「あの椅子に、絵の具で悪戯をされた人形が？」

「そう」

私は部屋の中央まで進み、イーゼルの前のストゥールに腰かけた。

「その人形は？　今どこに」

「僕の油絵の具を使って汚されていたんだ。本当に人形の胸から血が流れてるみたいでね、気色悪いから、あれは捨ててしまった」

「ふうん。他の人形は……ああ、あそこかい」

部屋の隅で白い布を掛けられた〝彼女〟たちの膨らみに、架場は視線を投げた。

「見ていいかな」

「構わないよ」

布をめくりあげ、人形たちのさまざまな異形に興味深げな目を寄せる。手を伸ばして、その肌に触れてみたりもしていた。

「ふうむ」

何やら感心したように唸《うな》ると、架場は私を振り返った。

「マネキン人形って云うと僕はてっきり、蠟《ろう》人形と同じように蠟でできてるものだと思ってたんだけれども、違うんだね」

「大正時代に輸入された当時は蠟だったたっていうね。最近はもっぱら、FRPっていう強化プラスティックが使われているんだとか。父はどうやら、独自にいろいろな素材を試してみていたようだけど」

「中は空洞みたいだね」

と、架場は一体の肩を摑んで持ち上げ、

「意外に軽い……」

「FRP製の普及品はもっと軽いんじゃないかな。せいぜい二、三ミリしか厚さがないらしいから」

こういった知識はおおむね、父の書棚に残っていた資料から得た。マネキン人形に関する文献というのは、あまりちゃんとした本の形では残っていないようで、父の遺した資料にしても、手書きのノートやマネキン人形工房のパンフレットといったものが大半だったのだが。

なおもしばらくの間、架場は部屋の隅に集められた人形たちのそばにいて、あれやこれやと人形に関する質問を繰り出してきた。適当にそれに答えるうち、やがて扉の外から私を呼ぶ声が聞こえた。

「想一さん？」

母だ。三味線の稽古から帰ってきたらしい。

「想一さん。どなたかお客様かしら」

11

架場久茂が我が家を訪れた、その翌日のことである。

朝の十時頃に起床した時から、何か嫌な予感があった。それはたぶん、昨夜また例の〝気配〟を感じて目が覚めたからなのだと思う。

何者かが同じ屋根の下にいる。その動き、その息遣《いきづか》い、その……。

たとえそれが、洋館で起きている誰かの気配であったにせよ、そしてその誰かが私に対して何らかの悪意を抱いていたにせよ、鍵の掛かったドアを開けてこちらへやって来ることはできない。幾度も自分にそう云い聞かせて、どうにか眠りに戻れた私だったのだが……。

架場はああいうふうに云っていたけれど、私はやはり釈然としないものを感じていた。

物事は〝解釈〟次第。——そんなことは、云われなくても分っている。悪いように解釈しはじめればきりがない、精神衛生上もよろしくない、と云いたいのだろうが、彼が昨日、蔵の人形以外の出来事を「偶然」や「他意のない悪戯」として説明しようとした、あれはあまりにも強引すぎるのではないか。

すべての事件が同一人物の仕業とは限らない、という点については賛成しないでもない。だが、しかし……。

もう一つ、気になる問題がある。

昨日〈来夢〉で架場と話している時に降りかかった、あの奇妙な現実の失調感。いったいあれは何だったのだろう。

それまでにも何度か経験したことのある感覚だったけれど、少なくとも昨日の場合は、架場が投げかけたある質問に呼応するかのように、あれが起こった。誰かに狙われるような心当たりはあるのか？　と、そう問われた時——。

仮にあれが、あのあとふと思いついたとおり、私の心の奥に潜む古い記憶の断片なのだとしよう。するとその記憶が、私が現在「狙われている」という事実に対して、何らかの関係を持ってくるという話になるのだろうか。

午前十一時。

母が私のために、朝昼兼用の食事を用意してくれる。このところあまり食欲は芳しくないのだが、彼女が心配しない程度に、無理をして箸をつけた。

「昨日《きのう》はほんと、びっくりしましたよ」

上機嫌に母は喋《しゃべ》る。

「珍しくお客様だと思ったら、架場さんだっていうでしょう。高校の時、何度かうちへ遊びにいらしたわよねえ。京都でまた会うなんて、ほんとに偶然ですね」

私がこの街で、仲の良かった旧友と再会したことを、母はたいそう喜んでいる様子だった。孤独な毎日を送る〝息子〟に同じ世代の話し相手ができて、彼女としても一安心なのだろう。

正午過ぎ。

コーヒー用の湯がたっぷり入ったポットを持って、私はアトリエに向かった。今日は夕方まで、描きかけの絵に取り組むつもりだった。

厚い観音開きの扉の前に立つと、ポットをいったん足許に置き、ズボンのポケットから鍵束を取り出した。扉の金具に掛けられた南京錠の状態には、このとき何も不審な点は見られなかった。

ところが——。

錠を外して扉を開け、電灯のスイッチを探りながら蔵の中に一歩、踏み込んだ。そのとたん。

私は声にならぬ声に大きく口を開け、愕然《がくぜん》と目を見張った。

「こ、こんな……」

こんなことがあっていいのだろうか。

この蔵の扉には確かに、外から頑丈《がんじょう》な錠が下ろしてあったのだ。錠の鍵は、合鍵を含めて二本ある、その二本ともを私がずっと保管していた。扉の他に、人の出入りが可能な通路はない。明り採りの円い窓が壁の高い位置にいくつか開いているが、せいぜい直径三、四十センチの大きさで、しかも内側から金網が張ってある。

つまり――。

昨夜から今朝にかけて、この蔵の中に入ることができた人間はいなかったはずなのである。なのに……。

それはある意味、凄まじい光景だった。「惨状」という言葉を使ってしまってもいいだろう。

部屋の隅に集めておいたはずの人形たちが、すべて中央に引っ張り出されていた。あるものは片腕がなく、あるものは片脚がなく……両腕がないもの、下半身がないもの、頭部がないもの、のっぺらぼうの顔だけのもの……そんな〝彼女〟たちが、仰向けになり、俯《うつぶ》せになり、折り重なるようにして倒れている。そのあまりの乱雑さ加減は、作り上げた積木の城を己の手で壊す子供の凶暴さを想起させた。

そしてさらに――。

倒れた人形たちの身体を彩った毒々しい色！　赤い絵の具がまた、〝彼女〟たちの白い肌に塗りたくられているのだ。

さながらそれは、人形たちによる阿鼻叫喚《あびきょうかん》の地獄風景だった。〝血〟にまみれて苦しむ〝彼女〟たちの叫び声や呻《うめ》き声が、薄暗いアトリエの中に溢《あふ》れ返っていた。
あまりのショックに私は、しばし身動きができなかった。どういった対処をしたら良いのか、まるで考えることができなかった。
けれどもその時。
ふうっと現実の色が乱れ、そうして心のどこかで聞こえた声は……。

………マ……ママ……ママは？

……どこなの⁉

……何だったのだろう。
ああ、何だったのだろうか。
ともあれ私は、改めて確信せざるをえなかった。
いい、い、い、いい、いい、
私は狙われているのだ。

第五章　十一月

1

〝犯人〟はどうやって蔵の中に入ったのか。

あれ以来、繰り返しその問題について考えてみるけれども、これという答えは出てこない。

扉は確かに施錠されていた。錠前の掛かった金具自体を扉から取り外したような形跡も、いっさい見られなかった。

扉を蝶番《ちょうつがい》ごと外してしまったのではないか、という可能性も考えた。しかし、厚い板に漆喰《しっくい》を塗ったあの扉は相当な重さがあるだろう。そうそう容易に実行できたはずがないし、私の見た限りでは、そういった痕跡もなかった。

物置から脚立《きゃたつ》を持ち出してきて、明り採りの窓を調べてもみた。しかし、どの窓にも何も異状はなかった。内側から金網が、しっかりと釘で打ちつけられている。たとえそれを取り外したとしても、とうてい大の大人が出入りできるような穴の大きさではない。

こうして私は、あの土蔵が完全な密閉状態であったことを確認したのである。

そのあとすぐ、洋館との接続部にある例のドアを調べにいった。だが、その施錠状態にもやはり(このドアの鍵は、母屋の側からだとノブをまわすだけで開く仕組みなのだが)、何ら不審な点はなかった。

二重の密室、とでも云おうか。

誰も忍び込めたはずのない母屋。

その中にある、これもまた誰も忍び込めたはずのない土蔵。

けれども現実には、誰かが忍び込んでいたのだ。前日の夜、私が最後に蔵から出て以降、翌日の正午過ぎに扉を開けるまでの間に、何者かがあそこに忍び込み、またしても人形にあのような悪戯《いたずら》を加えたのだ。

いったいどのようにして、彼(もしくは彼女?)はそれを行なったのだろうか。

冷静に考えてみるなら、この謎は〝鍵〟の問題に収束すると思う。

まず、外側の密室——母屋の鍵の問題。

前夜の家の戸締まりについて、母にそれとなく訊《き》いてみた。が、玄関はもちろん窓も縁側に出る戸も、どれもみんなきちんと鍵を掛けたし、翌朝それらには何も異状はなかったという。私は自分でも、家中の戸や窓を調べてまわったのだけれど、ガラスが割れていたり錠が壊れていたり、といった異状はどこにも見つからなかった。

施錠してあっても、鍵を持っていれば外から開けられるタイプの戸は、母屋には全部で三つある。玄関の戸、台所脇の勝手口の戸、それから洋館に続く例のドアの三つである。

これらの戸の鍵を、私は自分の鍵束に、母は彼女の鍵束に、それぞれ一本ずつ保管している。

怪訝《けげん》に思われるのを承知のうえで、私は母に質問してみた。「鍵束は普段どこにしまっているのか」「最近それをなくしたようなことはないか」と。彼女はきょとんとした顔で、「鍵束はハンドバッグにある」「なくしたことはない」と答えた。

私も彼女と同じで、自分の鍵束は常に身に付けているか身近な場所に置くかしているし、それをなくしたようなこともない。台所の水屋の抽斗《ひきだし》にしまってあるもう一組の合鍵も調べてみたのだが、その状態にも何ら不審なところはなかった。

では、いったい〝犯人〟はどうやって母屋に入ったのか。

私や母の目を盗んで、合鍵を作ったのだろうか。鍵の雄型を持ち出せれば、それはたやすい話である。しかし、私たちに知られないようにいずれかの鍵を持ち出すことが、果たしていつの機会にできただろう。

戸の鍵孔のほうから合鍵を作る？　これは可能だったのかもしれない。たとえばそう、蠟《ろう》か何かで型を取って……。

（……そうか）

と、そこでようやく私は気づく。

合鍵を問題にするのであれば、まず疑ってかからねばならない人物がいるではないか。云うまでもなく、水尻夫妻である。

私たちがこの家にやって来る以前から、彼ら夫婦はあの離れの部屋に住み込んでアパートの管理に携わっていた。夫人のほうは、亡父高洋の身のまわりの世話もしていたという。ならば当然、彼らはこの母屋の合鍵を預かっていたはずではないか。

引っ越してきた私たちに鍵を引き渡す前に、その合鍵を余分に作っておくのは、彼らにしてみればしごく簡単なことだったろう。

水尻夫妻——世話好きで元気の良いキネ夫人、腰の曲がった道吉老人。あの二人のどちらかが、あるいは両方が、一連の事件の〝犯人〟であるとはどうしても思えなかったが、それでもやはり、彼らにはこれまで以上の注意を払う必要がある。

〝犯人〟は、母屋の戸のどれかの合鍵を持っている。

とりあえずそう考えるとして、では次の問題——内側の密室、すなわち土蔵の鍵の問題についてはどうなるだろうか。

あの扉に取り付けた南京錠の鍵は二本あり、両方を私が持っている。そしてこの二本は二本とも、母屋の他の鍵と同じ鍵束に付けてあるのだ。

従って、普通に考えれば、あの錠前を開くのは母にさえ難しいという話になる。ましてや第三者が、私の目を掠《かす》めて鍵をくすね、この雄型から合鍵を作るなどということはまずもって不可能だと思う。

とすると——。

残る可能性は二つ。

錠前の鍵孔のほうから合鍵を作ったのか。あるいは事件当夜、私が眠っている部屋に忍び込んで、枕許に置いてあった鍵束をこっそりと持ち出したのか。

前者の方法が実際に可能であったかどうかはさておき、後者については大いに疑問だ。最近とみに神経質になってきている私が、たとえ睡眠中であろうと、誰かが寝室に入ってきたのに気づかなかったはずがない。それともこの犯人は、まるで忍者さながらに、己の気配を完璧に消すことができたというのか。

あれこれ考えてみたものの、頭の中では結局、このようないくつかの可能性の組み合わせを検討するくらいしかできなかった。今度ばかりはよっぽど母に話してしまおうかとも思ったのだけれど、迷った末にやはりやめておいた。

とにかく、昼夜を問わず戸締まりには万全の注意を払わねばならない。玄関と勝手口、洋館との間のドアには、いま付いている鍵とは別に、掛金か何かの内鍵を取り付けたほうがいいだろう。

それから、そう、蔵の扉の錠前を取り替える必要もある。

私はまた錠前屋に出向き、新しい錠を買ってきた。その際、鍵孔から蠟《ろう》で雌型を取って合鍵を作ることは可能か、と訊いてみたのだが――。

「ものによってはできますよ」と、錠前屋の店員は答えた。けれども悪用される恐れがあるから、よほど信用できる客でなければ引き受けないようにしている、とのことだった。

――1

深夜の部屋。

冷たい椅子に腰かけ、息苦しいほどの静寂に身を浸す。

（……怯《おび》えるがいい）

――はペンを取った。

（怯えるがいい）

いい加減、あの男も気づきはじめていることだろう。

己に向かって発せられる激しい敵意を。そこに込められた意味の何たるかを。

（怯えるがいい。そして……）

ペンは左手に持った。

（思い出せ）

2

十一月に入ると、京都の街は急に寒くなった。晩秋を飛び越して、一気に冬に突入してしまったかのようである。

ことに朝晩の冷え込みが厳しい。古い日本建築であるだけに、いっそう厳しく感じられる。山から吹き下ろす風は強く冷たくなり、どちらかと云うと暑さよりも寒さのほうが苦手な母と私は、この街で迎える最初の冬に身構えた。

十一月十日、火曜日。

相変わらず夕方には〈来夢〉に顔を出すが、あれ以来、架場とは会っていない。彼が家を訪れたその夜に起こった新たな事件のことを話そうかと、貰《もら》っていた名刺を何度か取り出したのだけれども、結局こちらからは連絡できないでいた。

私は電話というものが苦手だ。

相手の顔が見えず、声だけで話をするという行為そのものが昔から苦手だったし、こちらが何をしていようが、どういう恰好《かっこう》をしていようがお構いなしに鳴りだす、あのベルの音が苦手だった。加えて、架場に貰った名刺には、K＊＊大学の「大代表」

の電話番号しか記されていなかった。交換台の取り次ぎを通さねばならないというのは、私のような人間にしてみれば大変な苦行なのである。〈来夢〉のマスターに云って、私が連絡を取りたがっているのを伝えてもらおうかとも考えた。――のだが、何となくそれも実行できないままでいる。

午後六時。

家に帰ってみると、母の部屋に誰かが来ている様子だった。彼女が話す声と、応える低い男の声が、襖《ふすま》の向こうから洩《も》れてくる。

「お帰りなさい」

私の帰宅に気づいたらしく、襖越しに母の声がした。それに続いて、

「おぼっちゃんですかな」

という男の声。水尻老人かなと思ったのだが、どうも色が違う。

「どなたかおいでですか」

問いかけながら、私は玄関から左の小部屋に上がり、母の座敷へ向かった。

「入ってもいいですか」

「どうぞ」

と、母が答える。

襖を開けると、布団の上に俯《うつぶ》せになった彼女の姿が目に飛び込んできた。しかもそれが、着物を脱いだ白い長襦袢《ながじゅばん》姿だったものだから、私は瞬間、哀れなほどにうろたえてしまった。

「お邪魔しとります」

と、男が云った。医者のような白衣を着て、母の傍《かたわ》らに正坐したその男は、マッサージ師の木津川伸造である。

そう云えばいつだったか、「このごろ身体のあちこちが凝《こ》って仕方がないのよ」と母がこぼしていた。「そのうち木津川さんに来てもらって、マッサージをお願いしようかしら」とも。

「あ……どうも」

「無理を云って来てもらったんですよ」

身を起こしながら、母が云う。その背後で、納戸から早々と引っ張り出してきた石油ストーヴが赤く燃えていた。

「さすが本職の按摩《あんま》さんですねえ。凄くお上手」

「かなり凝ってますよって」

木津川はいつもの黒眼鏡をかけている。

「またいつでも、呼んでもろたらええですわ」

「あら、今日はもう？」

「いやあ、今晩は仕事は休みやけど、ぼっちゃんのご飯とか、ありますやろ」

「あ、いえ」

艶《なま》めかしい母の襦袢姿から目をそらしながら、私は云った。

「食事なら、まだいいですから」

「じゃあ木津川さん、もう少しお願いします」

と云って、母はまた布団の上に腹這《はらば》いになる。が、そこでもう一度、身を起こして私のほうを見やり、

「そうそ、想一さん」

「何か」

「あなた宛ての手紙が来てますよ。居間の机に置いてありますから」

「手紙？」

「ええ。何だか汚い字だったけれど、どなたかしらねえ」

例のガラス片の一件以来、何となく私は、自分で郵便受けを覗《のぞ》く習慣をやめてしまっていたのだが——。

「どなたかしらねえ」と母は云った。ということはつまり、その手紙には差出人の名が記されていなかったわけだろうか。

母が再び横になると、木津川が露わになった白い肩に両手を伸ばした。まるで彼女の動きを、黒眼鏡の奥の目で捉えたかのようなタイミングで。

元どおり襖を閉めながら、ふと――。

(もしかして実は、彼は目が見えるのでは?)

そんな疑念が、私の頭を掠《かす》めた。

3

母が云ったとおり、居間の机の上に封筒が置いてあった。どこにでも売っているような、白い定型封筒である。

何やら不穏な胸騒ぎを感じながら、封筒の表書きを見た。

住所と宛名が、縦書きで記されている。宛名は確かに「飛龍想一様」とある。サインペンか何かで書いたと思われる、蚯蚓《みみず》がのたくったような下手くそな字だった。「何だか汚い字だったけれど」とさっき母は云っていたが、これはどう見ても、わざと下手に書いたとしか考えられない。左手で書いたとか、ペンの端を摘《つま》んで書いたとか。

（筆跡をごまかすため？）

そう考え、そして封筒の裏面にはやはり差出人の名がないことを確認した時、すでに私は、これが何者から送られてきたものなのか、この中身がどのような内容であるのかを、漠然と予感しはじめていた。

おろおろと周囲に目を配った。どこかから誰かが、じっとこちらを見つめているような気がしたからだ。

白く明りが灯《とも》った八畳間には、しかしもちろん誰の姿もない。縁側に面したガラス戸に引かれた苔色《こけいろ》のカーテン、その合わせ目にはもう夜の闇がひそんでいる。

居間を出て、ほとんど小走りでアトリエに向かった。

（差出人不明の手紙。筆跡を隠した文字……）

新しく付け替えた錠を外して、扉を片側だけ開く。明りを点《つ》け、室内に異状がないことを確かめてから、まるで追手から逃れてきたような心境で中に滑り込んだ。急いで内側から閂《かんぬき》まで下ろした。

（差出人不明の手紙……）

奥のデスクの前に坐《すわ》り、その上に封筒を放り出した。

消印の日付は十一月九日、局名は「左京」とある。同じこの区内で昨日、投函されたものだ。

中を見る決心がなかなかつかず、煙草《たばこ》を三本、灰にした。

（差出人不明の……）

四本目の煙草をくわえながら、ようやくの思いで私は封を切った。

たった一枚の紙が、封筒の中身のすべてだった。

B5サイズの、薄い縦罫《たてけい》が入った便箋《びんせん》。そうしてそこには、これもまた故意に筆跡をごまかしたと思われる汚い文字が。

> 思い出せ、お前の罪を。
> 思い出せ、お前の醜さを。
> 思い出せ。そして待て。
> 近いうちに、楽にしてやる。

「ああ……」

知らず、喉《のど》が震えた。悪夢のただなかに放り込まれたような心地で、私はしばし、その文面から目を離せずにいた。

ストレートな言葉では書かれていない。けれどもこれは、明らかに〝脅迫状〟……いや、〝予告状〟ではないか。

何者かの強い悪意が、私に向けられている。私は狙われている。——やはり、そうだったのだ。

二度にわたるこの土蔵での〝人形殺し〟。私の指を傷つけたガラスの破片。玄関の石ころ。壊された自転車のブレーキ。頭を潰《つぶ》された猫。——すべてはやはり、同じ人物の仕業だったのだ。すべては恐らく、私に対する一種のデモンストレイションだったのだ。

彼（彼女）の悪意の表現は、そうして第一の段階を終了したのに違いない。第二段階の開始——それがきっと、この手紙なのだ。

（……にしても、いったい何故？）

もう幾たび、この問いかけを繰り返しただろう。

（誰が、どんな理由で……）

右手に持っていた便箋が、音もなく机の上に落ちた。

急に強い寒さを覚えた。ぶるっと大きく全身を震わせ、私は部屋の中央に置いてある石油ストーヴに向かった。

ぽそぽそと音を立てて燃えはじめた炎に手をかざしながら、さっき居間でしたのと同じように、おろおろと室内を見まわす。

散らかった画材。描きかけの作品。すでに完成した作品。絵の具で汚された人形たちは、全部を捨ててしまうわけにもいかず、元どおりまた部屋の一隅に集めて布を被《かぶ》せてある。

高い窓。真っ黒な闇。その闇の奥に感じる、あるはずのない彼の視線。静けさの中に響く、聞こえるはずのない彼の笑い声――。

思い出せ、と彼は云う。お前の罪を思い出せ、と。

「罪」とは？

私の罪、とはいったい何のことなのだろう。

…………二本の
…………どこまでも続く…………
……黒い影、二つの…………

(……えっ？)

後頭部に走るかすかな痺《しび》れ。それに合わせて、心のどこかがさわさわと揺れはじめて……。

……ああ、またか。

またあれが、私に何かを見せようと、語りかけようとしているのか。

心の揺れが大きくなる。ゆらりと現実の色が乱れ、そして……。

………子供

(子供が、いる)

(これは、私？)

……赤い花の群れ

……風になびき…………

(どこ？)

……黒い、二本の線の……

(黒い、二本の……)

……ゴ………

……ゴゴ……ゴゴゴゴ………

……………まるで、巨大な蛇の

（……蛇？）

……………屍《しかばね》……のような

……………………ママ……ママ

…………ママ

……………………………………………ん！

……ママ！

……くん！

「やめてくれ」

と、思わず声を出していた。

遠い風景。遠い音。遠い声。——古い記憶の疼《うず》き……、これか？

あまりに断片的すぎてどうしてもうまく摑《つか》み取れないが、これが私の「罪」だというのか。「醜さ」だというのか。これを「思い出せ」というのか。

「近いうちに、楽にしてやる」と、彼は宣言する。

「楽にしてやる」とは？——考えるまでもないことだ。

手紙の主は、私の「罪」と「醜さ」を理由に、私の命を狙っている。私を「殺してやる」と云っているのだ。

ひどい眩暈《めまい》と悪心《おしん》が、一度に襲ってきた。

たまらず私はストーヴの前を離れ、倒れかかるようにして机の前の回転椅子に身を落とした。

(……殺される)

殺される。この、私が……。

死の一文字が、心に暗黒の深淵を作る。私は恐る恐るそれを覗き込み、そして……ああそして、そこから噴き上げてくる、破滅の腐臭に酔いしれる。足をもつれさせ、つんのめり、転倒し、真っ逆さまにその中へ、鉛のような頭を突っ込むのだ。

ばたばたと両腕両足を動かしながら、私は上空を振り仰ぐ。

(……想一さん)

現実世界の淡い光が、無数の金の糸となって降りかかってくる。そうっと私の身体に絡みつき、淵から引き上げようとする。

(想一さん)

虚《うつ》ろに上空を仰いだ私の顔を、じっと見下ろす目。

(想一さん……)

母——沙和子叔母——の目だ。十年も前に夫を亡くした女の目には、とても見えない。明るく、生気に満ち満ちて見える。けれども——。

けれどもそう、彼女の老いを、私は知っている。彼女の憂いを、私は知っている。そこには確かに、悲しみに疲れた、生きることに疲れた、かさかさに乾ききった吐息がある。

そして、だからこそ彼女が、私に対して抱く愛。失った我が子の「生まれ変わり」に向けて惜しみなく注がれてきた、静かな、しかし盲目的な情熱。それゆえに、彼女は生きてきたのだ。それゆえに、彼女は生きているのだ。それゆえに……。

私は——。

私は殺されるわけにはいかない。

机の上の手紙を再び取り上げると、私は強い衝動に任せてそれをまっぷたつに引き裂いた。

誰が私を狙っているのかは知らない。何故に私を殺したいのかも分らない。だが、私は殺されるわけにはいかないのだ。

チン、とその時、部屋の隅で音が響いた。続いて、チリリリーン、と鳴りはじめるベルの音。

かすかな、と云ってもいいほどの小さな音でしかなかったのだが、それでもその音は、極度の緊張状態にあった私を激しく驚かせた。

電話のベルの音、だった。

私たちがここへ越してくる前から置かれていたダイヤル式の黒電話で、母屋の廊下にある一台と回線を共有している。ここに電話があっても、私が使うことなどめったにないのだが、わざわざ撤去工事をしてもらうのも面倒なのでそのままにしてあった。音量を最小に絞ったうえで、毛布を被《かぶ》せて置いてある。

何回かの呼び出しを繰り返したあと、ベルはやんだ。母屋のほうで母が、受話器を取ってくれたのだろう。

しばらくして、

「想一さん」

と、彼女の声が聞こえてきた。

「想一さぁん。架場さんからお電話ですよぉ」

4

先日の話が気になる。その後、何もなかったか？

そう云って架場久茂から電話がかかってきたのは、その夜の私にとってまさに救いだった。

殺人の予告とも受け取れる、正体不明の人物からの手紙。それはとうてい私一人の手には負えぬものだったし、かと云って、そんなことを母に相談するわけにも当然いかなかった。私の命を狙う者がいるなどと、たとえ冗談でも云おうものなら、彼女は半狂乱になりかねない。

電話では、例の件に進展があったのだとだけ告げて、翌十一日の昼過ぎに私のほうから彼を訪ねる約束をした。

架場の勤めるK＊＊大学は、東西を走る今出川通りと南北を走る東大路通《ひがしおおじどお》りとの交差点――「百万遍《ひゃくまんべん》」と呼ばれるあたり――、その南東の一画に広大な本部キャンパスを持つ。私の家からだと歩いて三十分余り、バスに乗れば十分ほどで行ける場所である。

学生たちに交じって大学の門をくぐると、前夜の電話で彼から教わった目印を頼りに、私は彼の研究室がある文学部の建物を探した。

目的の建物はあんがい早く見つかった。コの字形をした四階建ての学舎で、重厚な石造りの外観はいかにも古くて厳《いか》めしい。行き交う学生たちの賑《にぎ》やかさとの対比が、そういったイメージをいっそう引き立てていた。

何となく気後れを感じつつ、建物の中に入った。学生や教官らしき人間とすれちがうたびに顔を伏せながら、薄暗い階段を四階へ向かう。

目当ての部屋の前に辿《たど》り着くと、コートのポケットに深く突っ込んでいた手を抜き出して、木製の黒いドアをノックした。すると、

「はい。どうぞ」

案に相違して、澄んだ女性の声が返ってきた。

どぎまぎして、ドアに貼られたプレートを見直す。

［社会学共同研究室］

間違いない。昨夜、架場が云っていた部屋だ。前に貰った名刺にも、同じ部屋の名称が書かれていたのを憶《おぼ》えている。

「どうぞ」

と、同じ声が繰り返した。私は思いきってドアのノブをまわした。

奥行きのある長方形の部屋。手前三分の二ほどのスペースに、長円形の大きな会議机が置かれていた。ラヴェンダー色のセーターを着た小柄な若い女性が、机を取り囲んだ肘掛け椅子の一つに坐っていて、ワープロらしき機械に向かっている。

「あのう、助手の架場君は?」

おずおずと私が尋《たず》ねると、彼女はふっくらとした口許に軽く笑みを含んで、部屋の奥のほうへ目を向けた。

「架場さーん。お客様ですよぉ」

見ると、窓ぎわのデスクに彼の姿があった。デスクの上で分厚い本を開き、そこにぺたりと顔を伏せて居眠りしている。

「架場さーん」

再度呼ばれて、ようやくぴくっと肩を動かしたかと思うと、架場はしょぼしょぼした小さな目をこちらに向けた。

「やあ、いらっしゃい」

「寝てるところ、悪かったかな」

「うん……いやあ、とんでもない」

眠そうな目をこすりながら彼は、私が会議机の女性のほうをちらちらと窺《うかが》っていることに気づいたのか、

「ああ、この人ね、うちの学生で道沢希早子《みちざわきさこ》さん。ここ、共同研究室だから、暇な学生や院生が溜《たま》りにくるんだ。まあ、気にしないでよ」

「暇で悪かったですねー」

と、その道沢希早子が、元気の良いからかい口調で云った。

「学生に自分の論文の清書やらせといて、ほんとにもう、調子いいんだから」

「まあまあ」

照れる様子もなく架場は椅子から立ち上がり、彼女に私を示して、

「彼、飛龍君といって僕の友だち。絵を描いてる人だよ」

「よろしく。道沢です」

屈託のない笑顔で、彼女はぺこっとお辞儀をした。私はしどろもどろで、「こちらこそ」と言葉を返すのがやっとだった。

艶《つや》の良い柔らかそうな髪を、肩のあたりまで伸ばしている。ちょっと赤みの差した白い頰《ほお》に、つんと上を向いた小振りな鼻、それに比べれば大きめの口。二重瞼《ふたえまぶた》の丸い

目が、くりくりとよく動く。

「絵を描いてらっしゃるって……あの、絵描きさんなんですか」

ドアのそばに突っ立ったままでいる私に向かって、彼女は好奇心いっぱいの眼差しを投げかけてきた。

若い女性——しかも彼女のような、活発で利口そうなタイプの女性と話をするのは、正直云って大の苦手だった。なのにこの時、私はなかなか彼女の顔から目をそらせずにいた。無視してしまうにはあまりにも生き生きとした存在感が、彼女にはあったから。そういった魅力に間近に接する機会が、あまりにもこれまでの私にはなかったから……。

「ええ、まあ」

ポケットの煙草《たばこ》を探りながら、私は答えた。

「いちおう画家ということになってます」

「凄い。架場さんに芸術家のお友だちがいたなんて、意外ですねえ」

と、彼女は悪戯《いたずら》っぽく微笑《ほほえ》む。そこでふと、

(この声……)

彼女——希早子のその声をどこかで聞いたことがある、と気づいた。ほぼ同時に、

こちらに向けられた彼女の大きな瞳にも、

(この瞳……)

記憶、それもわりあい最近の記憶が、確かな共鳴を起こした。

(……いつ?)

(そうか。あの時の……)

あれは八月の半ばの、そう、五山の送り火の夜だ。母と連れ立って大文字を見に出た、あの時――。

私の背中にぶつかって、持っていた本の袋を落とした女性がいた。彼女はあの時の……。

たった一度そんなふうにして顔を合わせ、短い言葉を交わしただけの彼女のことを、どうしてこんなにちゃんと憶えているのか、自分でも不思議だった。この記憶が正しかったとしても、彼女のほうはまず私のことなど憶えていないだろうが。

「コーヒー飲まれますか。それともお茶のほうが?」

希早子が云い、部屋の右手前に設けられた洗い台に向かう。

「いえ、あの、お構いなく」

「飛龍君。いつまでも立ってないで、適当にかけてよ」

云いながら架場が、希早子が作業をしている席とは離れた一席に腰を下ろした。

「道沢さん、僕もコーヒーね。それから、彼とはちょっとプライヴェイトな話があるんだ。すまないけれども、しばらく席を外してくれる？」

「いや、架場君」

私は慌《あわ》てて手を振り、

「別にいいんだよ。わざわざ出ていってもらわなくっても」

云ってしまってから、内心ひどく狼狽《ろうばい》した。

本来ならば、まったくの第三者にはこの場にいてもらいたくないはずだった。なのに、そんなふうに云って彼女を引き留めようとしたのは——。

あるいはそう、この時すでに私の心が、彼女に向かって動きはじめていたからなのかもしれない。

5

「殺人予告、か。——ううん、確かにねえ。そういうことになるのかな」

二つに引き裂かれた例の手紙を見ながら、架場は云った。希早子は同じ場所でワープロの作業を続けている。

「これを持って警察へ行く手もあるけど、だからと云って、たとえば警官が君の身辺警護をしてくれるっていう運びにはならないだろうな。嫌がらせの手紙って、よくあると云えばあることだし」

慎重に言葉を選んでいるふうだった。が、前に話をした時に比べると、さすがにいくらか緊張の度合が強い。

「それよりもね、初めに云った蔵の人形の事件ね、仮に警察へ行くなら、そっちをまず話したほうがいいかもしれない」

「——どうして」

「だってさ、本当に誰かが、君のアトリエに忍び込んで人形にそんな悪戯をしたんだとしたら、これはもう立派な住居侵入と器物破損だろう。被害届を出せば、それなりの対応はしてくれるだろうから」

「ああ……うん。そうかもしれないけれど、でもやっぱり……」

私はどうも、警察というものにつきまとう威圧的なイメージが好きになれない。思想的な問題ではなく、単に好き嫌いの問題である。

相談してみても、どうせ真面目には取り組んでくれないだろうな、という思いもあった。それに、もしも警官がうちへやって来るような事態になれば、当然ながら一連の事件を母が知ってしまうことになる。

「それにしても――」

煮えきらない返事をする私の顔を窺いながら、架場が云う。

「鍵の掛かった蔵の中でその事件が起こったっていうのは、気になるね。見るからに頑丈《がんじょう》そうな錠前だったものねえ。窓も君の云うとおり、人が出入りできるようなものじゃなかったし……。

本当にその鍵、誰かがこっそり持ち出せる隙はなかったのかい」

「ああ」

この質問にはためらいなく頷いた。

「そんなことは誰にもできなかったはずだよ」

「君のお母さんにも？」

「えっ」

不意を突かれた気分で、私は架場の顔を見直した。

「そりゃあ、まあ……」

母が〝犯人〟である可能性もある。彼はそう云うのだろうか。

もしもそうであれば、なるほど、先日の事件を巡る謎の一つは簡単に解ける。どうやって犯人は母屋の中に忍び込んだのか？　彼女が犯人なのであれば、そもそもそれは謎でも何でもないのだ。

しかし、いったいそんな……。

「誤解しないでよね。別にお母さんを疑おうっていうわけじゃない」

私の狼狽《ろうばい》にはむろん気づいたことだろう、架場は穏やかな口調で云った。

「ただね、聞いた限り、あまりにも不自然な状況だから。普通に考えるとまあ、いちばん怪しいのは管理人の夫婦なんだろうな。母屋の合鍵を持っていてもぜんぜん不思議じゃない。部屋の配置やなんかも熟知してるだろうしね」

「………」

「けれども蔵の鍵の問題となると……」

架場は「ううん」と唸《うな》って、希早子が淹《い》れてくれたコーヒーの残りを飲み干し、

「何とも云えないなあ。とにかくその犯人は何らかの方法であの錠前の合鍵を手に入れたのだ、としておく以外にないみたいだね」

そして彼は、手許の手紙にまた視線を落とした。

「ところで、この文面だ。『思い出せ』って三回も繰り返してるよね。前に会った時

も訊いたように思うんだけれど、何かそういった心当たりはないのかい」

問われて、このところますます気になりつつある例の〝記憶の疼《うず》き〟のことを、ここで彼に話してしまっていいものかどうか、私は迷った。あれが本当に自分の過去の記憶なのかどうか、いまだ確信が持てなかったからだ。また、仮にそうだとしても、必ずしもそれが、手紙の主が「思い出せ」と命ずる「罪」に通じるものだとは限らないわけで……。

しかしながら結局、私は話してみようと決めた。うまく云い表わせる自信はなかったが、とにかく自分の感じたありのままを、何とか言葉にして彼に伝えた。

「なるほどね。昔の記憶の断片か」

呟いて、架場は椅子の上で軽く身を反らした。それから両手の指を組み合せ、親指でテーブルの端を叩《たた》く例の動きを始めながら、

「どのくらい昔の記憶なのか、分らないの？」

「だから、本当にそれが過去の記憶なのかどうかも、まだ自信が持てないんだよ。ただ、何となくそうじゃないかっていう気がするだけで」

私はくわえていた煙草のフィルターを強く嚙《か》んだ。

「でもね、もしもそうだとすると、やっぱり相当に昔のことなんだと思う。物心がつ

いてから小学校の低学年になるまで、くらいの……」

「子供の頃の記憶、か」

架場は小さな目をぎゅっと閉じた。

「いま聞いた〝断片〟の中に、『子供』っていうのがあったね。それは飛龍君、君自身なのかな」

「さあ。そういう気もするし、違うような気もするし」

「ふうん。――じゃあ、そうだね、〝断片〟として君が表わした言葉を順に追ってみようか」

架場は云った。

「まず、『風』『赤い空』『赤い花』……この花は、たくさん咲いているんだったね。それが風に揺れている光景」

「赤い花っていうのは、たぶん彼岸花《ひがんばな》だと思う」

と、私が云った（……そうだ。あれは彼岸花だ）。

「彼岸花？　なるほど。すると、季節はやっぱり『秋』なわけだね。秋の、風が吹いている日。空が赤いっていうことは、夕方かな。彼岸花が咲いている場所って云えば、田圃《たんぼ》か墓地か河原か。――どうだい」

「——分らない。でも、田圃や墓地とは違うような気がする」

「ふうん。それじゃあ、次へ進もうか。ええと、『黒い二本の線』『巨大な蛇』……はて、えらく比喩《ひゆ》的と云うか、象徴的な言葉だね。どうかな。何か、もっと具体的に思い浮かばないかい」

私は煙草を揉《も》み消し、すぐにまた新しい煙草に火を点けた。

（黒い、二本の、線……）

（巨大な、蛇……）

そう。それから、何か重い地鳴りのような音。ゴ、ゴゴゴゴゴ……と。

（黒い、二本の……）

（まるで、巨大な蛇の……ような……）

「……線路」

無意識のうちに唇が動いていた。

「えっ、何て？」

架場に訊かれて、私は自分でもいささか驚きながら、

「あ、つまりその、今ふっと思いついたんだ。『黒い二本の線』っていうのは、線路のことなんじゃないかなと」

「線路……電車の線路か。なるほどね。——で、『蛇』っていうのは？」

「…………」

「ふん。そうか」

と、やがて架場は独り頷《うなず》き、

「どうだろう。その『巨大な蛇』っていうのは、線路を走る列車のことなんじゃないのかな」

「あっ」

（列車……）

だとすると、あの地鳴りのような音は、列車が走ってくる音だということか。

「何となくそのようだね。線路と列車、か。じゃあ、さっきの彼岸花が咲いていた場所は、その線路沿いの原っぱとか、そういったところなのかもしれないね」

「——ああ」

ゆっくりと頷きながら、私は心に呼び起こしたイメージを追う。

（まるで、巨大な蛇の……）

（巨大な蛇の……屍《しかばね》……のような……）

（……屍？）

「蛇」が列車だとしよう。それが「屍のような」ということは？

（……ママ！）

子供の声が聞こえる。

（……ママは？）

（……どこなの⁉）

（ママ……お母さん……）

「……ああ、そうか」

無意識のうちにまた、声を出していた。

「何か？」

という架場の問いかけに、

「分った、ような気がする」

宙の一点を見据えながら、私は答えた。

「列車が転覆したんだ」

「転覆？」

「そうだ。――秋だった。そうなんだ。僕は母を呼んで……」

「ちょっと待ってよ。列車が転覆して、君のお母さんがどうしたって」

「忘れてた、すっかり」

呟いて、私は架場の顔に目を戻した。

「僕の産みの母親が昔、事故で死んだことは話しただろう。僕が六歳、小学校一年の秋だった。その事故というのが……」

「列車の転覆事故だった、と？」

「うん。そうだったんだ」

（そう云えば、あの日……）

ふと、私はある出来事を思い出した。

これもまた、あの日だ。八月の、あの送り火の日の。

〈来夢〉の窓ぎわのテーブル席で、たまたま手にした新聞。北白川疏水《そすい》に子供の他殺死体が、という例の記事をそこで見つけたのだったが、あの時にも確か、かすかな心の〝揺れ〟があったように思う。

あの殺人事件の記事の横に載っていたのが、そう云えば、前日に奈良で起こった列車事故の報道ではなかったか。するとあるいは、あの時の〝揺れ〟はあの報道が引き金になって……？

しかし、たとえそうだったとしても、どうしてそれはこんな、奇妙な〝記憶の疼き〟として心に蘇《よみがえ》ってきたのだろう。また、どうしてそこに私の「罪」があるというのだろうか。

まだだ——と、私は思った。

まだ、これがすべてではないのだ。

その証拠に、うまく思い出せないけれども、私が〝疼き〟の中で垣間見た風景にはまだ、他の何かがある。まだ他の何かを、私に訴えかけようとしている。

いったいそれは何なのだろう。

私は憮然《ぶぜん》と煙草《たばこ》を吹かし、吹かしながらまた友人の顔を見た。

「あのね、架場君。どうもその……」

云いかけた言葉が切れた。じっと私の口許を見つめた架場の目——その鳶色《とびいろ》の瞳の色を、それとして意識したとたん、だったように思う。後頭部が痺《しび》れるような感覚とともに、またしても私は奇妙な失調感に引かれ……。

……空

……赤い、空

……黒い、二つの

……長く伸びた……

……………………影が

…………………水……………………

……流れる水の

…………揺れる……

……ん！

……くん！


ガチャン！　と派手な音がした。

驚いて意識を取り直すと、足許でコーヒーのカップが割れている。私が肘《ひじ》を引っかけるかどうかして、テーブルから落としてしまったらしい。

「どうしたの、飛龍君」

「大丈夫かい」

架場が椅子から腰を浮かせ、

「ご、ごめん」

「大丈夫ですか」

ワープロを打っていた希早子がさっと立ち上がり、私のそばまで飛んできた。

「怪我、ありませんか」

「すみません」

私は慌《あわ》てて椅子を引き、床に散らばったカップの破片に手を伸ばした。

「あ、わたしがやりますから」

と云って、希早子が洗い台の横のロッカーへ向かう。箒《ほうき》と塵取《ちりと》りを取り出し、ぱたぱたとこちらに駆け戻ってくる。

「ああ、すみません」

頬《ほお》が熱くなるのを感じた。

鼻先をよぎった彼女の髪からこの時、仄《ほの》かに漂ってきた甘酸っぱいような匂い。それは確かに、あの送り火の夜に嗅《か》いだのと同じ香りだった。

――――2

――は息を殺し、耳をそばだてた。

窓の外では、かすかな雨の音が単調に続いている。暗い家の中、人が起きている気配はまったくない。

足を忍ばせ、目的の部屋へ向かう。

（まず）

静かに襖を開く。細く作った隙間《すきま》から、室内の様子を窺う。

闇に仄白く、伸べられた布団が見える。そこから聞こえてくる、安らかな女の寝息。炬燵《こたつ》の上に散らかった徳利と猪口《ちょこ》。アルコールと煙草の匂い。

（まず……）

奥の壁ぎわに置かれた石油ストーヴの前まで、忍び足で進む。音を立てぬよう注意しながらストーヴに手を伸ばし、そして……。

……取り出したタンクを傾ける。

流れ出す液体。立ち込める油の臭《にお》い。タンクを元に戻してから、ストーヴをそっとその場に倒す。

どのくらい酒を飲んだのだろうか、女はよく眠っている。目覚める心配はない。

炬燵の上に置いてあったライターを取り上げ、火を点《つ》けた。

小さな炎が襖に映し出す己の影を見ながら、、、――は声を出さずに笑う。

（まず、母親を殺さねばならない）

6

十一月十六日、月曜日の午前三時半頃——。

＊

異様な音を、眠りの中で聞いた。

最初ほんのかすかだったその音は、意識が眠りの深みから浮かび上がるにつれて、だんだんと大きく、激しいものに変じていった。

異様な音……何かがざわめくような。吠《ほ》えるような。暴れまわるような。

（……これは？）

自問しながら目を開いた瞬間、私は異変に気づいた。

（何？）

音とともに、光が揺れていた。

明りを消して寝たはずの部屋の天井に、壁に、橙色《だいだいいろ》の光がゆらゆらと揺れている。まるで映写機をまわしている暗室のような……。

それは、縁側のガラス戸からカーテンを通して射し込む光だった。外灯の光ではない。星明りでも月明りでもない。

同時に、鼻を刺激する臭気があった。

異臭だ。焦げ臭い。何か物が燃えている……。

私は布団から跳ね起きた。

寒かった。枕許に脱いであったガウンをほとんど無意識のうちに引っかけると、私は隣の居間のほうへ向かい、勢いよく襖を開いた。

ゆらゆら、ぐらぐらと揺れる光。強まる異臭。さらにその向こうの襖の隙間から、しゅうしゅうと不透明な気体が流れ込んできている。

(火事!?)

(火事だ)

(……お母さん!)

口と鼻を掌《てのひら》で覆いながら、私は居間を突っ切った。そうして次の部屋との間の襖を開けるなり、

「うわっ!」

一声、叫んで退いた。

その部屋の右側――母が寝ている座敷に続く小部屋のほうで、炎が燃えている。まるで意思を持つ生き物のような赤い炎が、壁を這《は》い、天井を舐《な》めながら、もうもうと煙を吐き出している。

「お母さん！」

叫んだ口が煙を吸い込み、激しく噎《む》せ返った。

その間にも炎は勢いを増し、こちらへ燃え広がってくる。経験したことのないような物凄い熱気が、佇《たたず》む私の身体の半面に向けて放射されてくる。

身を翻《ひるがえ》して居間へ駆け戻ると、私は裸足《はだし》のまま縁側から内庭へ飛び出した。

その時すでに、母が眠っているはずの寝室――L字形に曲がった母屋の、南に突き出した部分――は、猛々《たけだけ》しく荒れ狂う炎に包まれていた。

小雨が降る中、深夜の空を赤黒く染めながら伸び上がる炎。激しく木の爆《は》ぜる音。建物が軋《きし》むような音。いびつな渦を巻いて立ち昇っていく煙。

縁側に立つ、下半身のないマネキン人形の影が見えた。それが炎に呑《の》まれ、あえなくどろりと形を崩し……。

「お母さんっ！」

あらん限りの声を発して、私はそちらへ向かって駆けだした。――しかし。

眼前で、真っ赤な火の粉を散らしながら棟の端が崩れ落ちる。炎と煙のため、室内の様子はもはやまったく分らない。

（……駄目だ）

私はあとじさり、なすすべもなく庭に立ち尽くした。

（ああ……）

虚ろに炎を映した私の目の中で、渦巻く煙がふっと割れ……そして、閉ざされたガラス戸の向こうに、火だるまになって踊り狂う母の影を見たように思ったのは、あれは幻だろうか。幻だったのだろうか。

（……お母さん）

やがて——。

てんでに喚《わめ》き立てる人々の声と、打ちひしがれた私の神経を容赦なくいたぶるような、甲高いサイレンと鐘の音が聞こえてきた。

第六章　十二月

1

母が、死んだ。

あの夜の火災は結局、母屋の三分の二以上――玄関から居間、私の寝室あたりまで――を焼いた。

火に気づいた近所の人の通報が早かったのと、前日の夕方から小雨が降りつづいていたのが幸いして、その程度の被害で済んだのだという。でなければ、古い木造建築のことでもあり、離れの洋館にまで火がまわっていただろう。

けれども――。

母、沙和子は助からなかった。

焼け跡から掘り出された彼女の遺体を、私は確認させられた。真っ黒に焦げ上がり、熱で身体全体がいびつに屈曲した無惨なその姿は、生命の抜け殻と云うよりも、何かできそこないの悪趣味な造形物のように見えた。

葬儀を終えて——。

二週間余りの時間が、白い灰になり果てた私の心をすりぬけていった。

制服・私服の警察官たち。カメラのフラッシュ。事情聴取。記者たちの取材。そしてそのあとの、慌《あわ》ただしい葬儀……。

凶報を聞いて、幾人かの親戚や知人が駆けつけてくれた。親戚と云っても、飛龍家のほうには近い血縁者がまったくいない。やって来てくれたのは、池尾家の縁者たち——すなわち私とは直接の血のつながりがない者たち——ばかりで、あとはそう、母が世話になっていた弁護士の姿もあったように思う。

家を焼かれ、母の遺体を見たあとの私と云えば、まるであの夜の炎に心を舐《な》め尽くされてしまったかのように、ただただ放心の体でいた。火事の原因について考えることはおろか、母の死という現実をしっかりと受け止め、そこに悲しみを捧げることすらできず、駆けつけた人々に感謝したり恐縮したりする余裕ももちろんなく、己が喪主であるはずの葬儀の風景を、まるで半透明なガラス一枚を隔てた疑似体験でもあるかのように、がらんどうの目で眺めていた。

部屋を失った私は、とりあえず洋館の空室――二階の〈2―B〉――に寝起きの場所を移した。焼けた母屋の再建の話を誰かから持ちかけられたような記憶もあるが、とうていそんな問題を積極的に考えられる状態ではなかった。

火事は存外にあっさりと、「事故」ということで片づけられた。

現場検証の結果、出火場所は母が眠っていた座敷だと分った。あの部屋で使われていた石油ストーヴが倒れて灯油がこぼれだし、煙草《たばこ》の火か何かが燃え移って……というふうに原因が推測されたらしい。

事故ではなく、母が故意に火を点《つ》けた――「自殺」だったのではないか、と見る向きもあった。だがこの説は、彼女に自殺の強い動機がなかったということから結局、否定されたと聞く。

毎日のように訪ねてきていた刑事たちの姿も、十二月に入る頃にはなくなり、家は元の静寂を取り戻した。私はほとんど終日、火がまわらずに済んだ土蔵のアトリエに閉じこもり、何をするでもなく時を過ごした。食事や洗濯などは、水尻夫人が世話をしてくれるのに任せっきりだった。――確かにもう、母は私のそばにはいなかった。

そうして——。

ようやく心の隅に、二十八年間自分を育ててくれた一人の女性の死を悲しむ気持ちが蘇《よみがえ》り、膨れ上がってきた今になって私は、起こった事件の様相をある程度冷静に見つめつつ、一つの確信を抱きはじめていた。それはつまり、彼女は殺されたのだ、という確信である。

彼女は寒さが苦手だった。夜は必ずストーヴで充分に部屋を暖めてから休んだ。寝酒を飲み、その時には煙草も吸ったことだろう。そういった私の証言もあって警察は、出火の原因は彼女の不注意にあったと見なしたのだろう。

しかし、どうしても私には、そうとは——彼女がみずからストーヴを倒して火事を起こしてしまったとは——思えないのだ。むろん不注意は誰にだってある。どれほど慎重に行動していても、事故が起きる時は起きる。しかし……。

私がそのように考える理由は、大きく云って二つある。

一つは、母の性格の問題。

彼女は、いろいろなところで意外にルーズな面もあったけれど、火に関しては非常に注意深いたちだった。幼い頃に一度、家で小火《ぼや》があって……と、彼女の口から聞いた憶えがある。その彼女が自分の寝室から火を出したなど、私にはちょっと信じられない。

もう一つは、火災が発生した時刻の問題。

出火時刻は午前三時頃と推定されているのだが、母の普段の就寝時間は、だいたい十二時から一時までの時間帯だった。火事の原因が酒に酔った彼女の不注意なのだとすると、この午前三時という時刻は遅すぎはしまいか。その頃には、彼女はとっくに床に入っていたはずなのである。

たとえば、彼女はストーヴを点《つ》けたまま眠り込んでしまい、そこで何らかの事故が起こったというのだろうか。あるいは、自分がストーヴを倒したのに気づかず眠ってしまい、灯油がこぼれだしているのを知らずに寝煙草でもして、というのか。

もちろん、そのようなことがなかったとは云いきれまい。しかし、どうしても私は、そうした解釈に釈然としないものを感じてしまう。

あの火事が「事故」ではなかったのだとすれば、では何だったのか。

次に考えられるのは、警察の見解の一つにもあったように、母の「自殺」だろう。彼女は何らかの動機があって衝動的に自殺した。みずからストーヴの灯油を部屋にまき、みずから火を点けて焼け死んだのだ、という……。

これは、絶対に違う。

彼女が、この私を残して自殺なんて――それも家に火を点けるなどといった方法で――するはずがないからだ。

あの夜、もしも私が異変に気づいて目覚めるのがもっと遅ければ、あるいは火の手のまわるのがもっと早ければ、私もまた炎によって命を奪われていたかもしれないのである。そんな、一歩間違えばこの私をも巻き添えにしかねないような自殺方法を、彼女が選んだわけがない。

彼女は我が子の「生まれ変わり」である私が、たとえどんな形であれ、その生をまっとうすることを願っていた。結婚して身を固めろとは云わない。孫の顔を見せろとも云わない。人並みの〝息子〟であれとは決して云わない。ただ私が彼女のそばで生きている、それだけで充分だったのだ――と、そう独断してしまってもいい。そしてそう、その私の姿を見つづけることだけが、恐らくは彼女の、残された人生の唯一の拠りどころだったのだ。だから――。

だから、彼女は「自殺」したのではない。

事故ではない。自殺でもない。とすると、残る可能性は一つではないか。――そうだ。彼女は殺されたのだ。

あの火災の原因は「放火」だった。何者かが、母が眠っていたあの部屋に火を放ったのだ。

警察の捜査においても当然、放火説は検討されたに違いない。これがあっさり捨て去られてしまったのはたぶん、火元が部屋の中であったという検証結果が出たからなのだろうと思う。

けれども、それが決定的な否定材料になりはしないことを、私は知っている。この秋以降、私の身辺で起こってきたいくつもの不審事。そして例の、差出人不明の手紙……。

何者かが家の中に忍び込み、母の寝室に火を点けたという可能性は充分にあるのだ。現に彼（彼女）はすでに一度、きちんと戸締まりされていたはずの母屋に、さらには誰も入れなかったはずの蔵の中にまで侵入している。

あの二度目の〝人形殺し〟のあと私は、母屋の玄関、勝手口、洋館との連結部、それぞれの扉に、外からは開けられない内鍵を取り付けておいた。従って、たとえ犯人がいずれかの扉の合鍵を作って持っていたとしても、そう簡単に中へ入ることはできないはずだった。

だが、侵入の目的が「放火」となると、おのずから事情は違ってくる。何故なら、どうせ家を燃やしてしまうつもりなのであれば、少しくらい手荒な工作をしたところで、その痕跡は問題にならないからだ。どこかの窓ガラスを一枚破って侵入してしまえば、それで済む話ではないか。

では――。

仮に、あの手紙の主が「放火」の犯人であるとしてみよう。すると、いったいそれは何を意味することになるのだろう。

「近いうちに、楽にしてやる」というあの文句は、私に向けて発せられた〝予告〟だったはずだ。なのに、彼が火を点けたのは、私ではなく母の寝室だった。

私が火災に巻き込まれて死んでしまうのを期待して、だったのだろうか。それとも彼は、初めから母を殺意の対象にしていたのだろうか。

そこまで考えを進めて、思わず口からこぼれおちたもの。

それは〝犯人〟に対する怒りの言葉などではなく、恐ろしくやりきれない、がらがらの溜息《ためいき》だった。

どうでもいい――と、私は思った。

今となっては、もうどうでもいい。

たとえ私の想像するとおり、母が何者かの手によって「殺された」のだとしても、今さらそれがどうだというのだ。たとえこの考えを警察に伝え、そうして犯人が捕まったとしても、彼女が死んでしまった事実には何ら変わりがないのである。

人は生まれた瞬間に死刑の宣告を受ける——とは、誰の言葉だったか。いずれ死ぬ定めにあったものを、どんな理由があってかは知らぬが（私を苦しめるため？）死に至らしめた、その死刑執行人のことをことさら憎んだり呪ったりする気には、何故か私にはなれない。

同様に、自分自身のことについても、今はもうどうでもいいような気がする。

彼が狙う次なる標的がこの私の命だったとしても、もはやそれもどうでもいいような……。

私にどんな「罪」があるのか、いまだにはっきりと自覚できてはいない。だが、私をこの現実の世界につなぎとめていた鎖が母沙和子の〝目〟であったとするならば、彼女が死んだ今、私の内なる傾斜は、どのみち負の勾配を持ちはじめたのだ。殺されるのが——死ぬのが怖いとは、さほど思わない。

どうでもいい、もう。

ひょっとすると私は、母を亡くしたショックのあまり、救いのない自暴自棄に陥ってしまっているのかもしれなかった。

重く沈みきった心。喩《たと》えてみるなら、濃淡のない灰色で塗り潰《つぶ》したキャンバスのような……その中で、架場久茂と一緒に焼香にきてくれたあの女性、道沢希早子の喪服姿だけが、ときおりちかちかと光を放っている。

私にはそれが不思議で仕方なかった。

——1

深夜の部屋。

冷たい椅子に腰かけ、息苦しいほどの静寂に身を浸し……。

意外なほどにうまく事が運び、——は満足だった。心配した警察も、あの火災の原因に疑惑の目を向ける様子はない。

まず、母親を殺さねばならなかった。

それが目的であの夜、——は火を放ったのだ。

むろん、巻き添えを喰《く》ってあの男が死んでしまう可能性もあっただろう。が、そうなったらなったで別に構わないと思ってはいた。

(……次は)

(次にしなければならないことは……)

——はペンを取った。

2

十二月九日、水曜日。この冬、初めての雪が積もった日——。

現在私が使っている緑影荘の〈2—B〉は、二階の中央に位置する。二間続きの洋室で、ホール寄りの南側の部屋には、前庭に面したヴェランダが付いている。長らく誰も住むことのなかった部屋だけれども、ベッドやワードローブ、書き物机など、造り付けの家具がわりあいに残っていた。衣類も布団も食器も、すべて火災で燃えてしまったわけだが、水尻夫妻がせっせと買い揃《そろ》えてくれたおかげで、事件の後始末が一段落ついた頃には、普通に生活ができるような状態になっていた。

その前の夜から、何となく体調がおかしかった。

頭が重く、あちこちの関節が鈍く痛む。煙草を吸うとまるで味が違う。やたらと紙の燃える臭《にお》いばかりが鼻につくのだ。

風邪のひきはじめだなと思って眠ったのだが、朝起きると案の定、症状は悪化していた。

外の様子に気がついたのは、目が覚めてしばらくしてからである。だるい身体をベッド（これは南側の部屋に据えられている）から起こすことができず、そのまま何分かを過ごした時――。

窓の外から聞こえてくる子供のはしゃぎ声で、それに気づかされた。まだ小学校に上がる前の子供たちだろうか、「雪や」「雪や」という言葉が聞き取れる。

のろのろと起き上がり、私は窓ぎわに向かった。

ヴェランダに通じるフランス窓である。カーテンを開くと、部屋中が白い光に満たされた。手を伸ばし、ガラスの曇りを拭く。

家々の屋根、道路、電信柱、葉を落とした前庭の木々……遠くも近くも、世界のすべてが真っ白に染まっていた。何センチくらい積もっているのか、ここからでは分からないけれど、少なくとも私にとっては、実に久しぶりに見る本格的な雪景色だった。

家の前の道で、幾人かの子供たちが遊んでいた。赤や青のカラフルな色が、降り積もった雪の上で潑剌《はつらつ》と躍っている。

眩《まぶ》しい光景だった。あたり一面を覆った雪の白さよりも、子供たちのその動きや声のほうが何故《なぜ》かしら眩しく感じられ、私は熱っぽい瞼《まぶた》を指で押さえた。

子供たちは雪つぶてを持った手を振り上げ、互いの名前を呼び合いながら駆けまわ

る。凍りついた空気を震わせる彼らの声に、

…………ん！

ふとまた遠い記憶の声が重なって聞こえたのは、気のせいだろうか。

……くん！

眩暈《めまい》とともに、強い悪寒が背筋を走った。唾《つば》を飲み込むと、ひどく喉《のど》が痛んだ。私は倒れ込むようにしてベッドに戻った。

＊

結局この日は一日中、ベッドの上で過ごす羽目になった。

浅い眠りと不快な目覚めを繰り返しながら、さまざまなことを考えるともなく考えていた。熱に浮かされた状態だったからはっきりとは憶《おぼ》えていないが、それらはたいがいが過去へ向けられた思考（とも呼べないような物思い）だったように思う。

午後六時頃、水尻夫人が夕食を運んできてくれた。

ノックの音と私の名を呼ぶ声で、まどろみから覚めた。北側の居間に出て、廊下に続くドアを開けると（寝室と廊下の間にもドアが一枚あるのだが、これは閉め切りにしてある）、

「どうですか。食欲、ありますか」

白い割烹着《かっぽうぎ》姿の老女は心配そうに訊《き》いた。

「いや……今日はもう、何も」

私が力なく首を振ると、

「ちょっとでも食べはらんと、身体に毒ですえ」

そう云いながらちょこちょこと部屋に入ってきて、料理を並べた大きな盆をテーブルに置く。

「お薬もちゃんと飲んでくださいね。ここに置いときますし」

「——はあ」

「それからこれ、お手紙。こっちの郵便受けに来てましたさかい」

割烹着のポケットから、彼女は一通の白い封書を取り出して、私に差し出した。

(手紙……)

ありふれた定型封筒だった。が、そこに記された宛名書きの文字の形を見て、私はさぞや顔を引きつらせたことだろう。——まるで蚯蚓《みみず》がのたくったような、下手くそな字。

「どうもないですか」

私の反応を病気のせいだと勘違いしたのか、夫人はますます心配そうに私の顔を見た。

「やっぱりお医者さん、行かはったほうがええんとちゃいますか」

「——いえ」

私は重い頭を振った。

「大丈夫ですから。ただの風邪だと思うし」

「ほんまに、どうもないですか」

「——ええ」

「何か欲しいもんがあったら、云《ゆ》うてくださいね。夜中でも起こしてくれはったらええですからね」

＊

母親の死も、お前の罪だ。

お前のせいで、母親は死んだのだ。

充分に苦しむがいい。

苦しめ。そして思い出せ。


封筒の消印は昨日のもので、発送局は前と同じく「左京」だった。中身の便箋《びんせん》も前と同じ。そこに黒いペンで記された、不揃《ふぞろ》いな文字……。

居間のソファに腰を沈めて、私はそれを読んだ。強い寒けがひとしきり、身体の芯を震わせた。

来るべきものが来た、というのが正直な思いだった。

あの火災以降の一ヵ月足らず、私を狙う〝彼〟は何の行動も起こさなかった。そのことのほうがむしろ不思議ですらあったのだから。

『母親の死も、お前の罪だ』

やはり、そうだったのか。やはり、母は殺されたのか。

テーブルの上に放り出してあった煙草《たばこ》を取り上げ、くわえた。ライターで火を点ける手が震えて止まらなかった。

『お前のせいで、母親は死んだのだ』

……何故？

『充分に苦しむがいい』

見せしめのため、とでも云いたいのか。

『苦しめ。そして思い出せ』

またしても彼は「思い出せ」と云う。

私の「罪」を？　私の「醜さ」を？　それは二十八年前の、母実和子が死んだ列車事故に関係のあることなのだろうか。それとも……。

頭がずきずきと痛んだ。吸い込んだ煙草の煙が腫《は》れ上がった喉を刺激し、私は涙を滲《にじ》ませながら激しく噎《む》せた。

ああ……どこかで誰かの、冷たい忍び笑いが聞こえる。

3

架場久茂から電話があったのは、その夜の八時頃のことである。一階のホールに置かれている共同のピンク電話にかかってきたのを、水尻夫人が取り次いでくれた。

「どうだい。その後、元気にしてるかい」

いたわりのこもった声で、彼は云った。

「もっと早くに連絡したかったんだけれど、学会だの何だのでね、めっぽう忙しくって……。さっきのおばさんは、例の管理人夫人？　風邪で寝込んでるって云ってたけど、大丈夫なのかな。あんまり具合が悪いようなら、無理して出てもらわなくてもいいって云ったんだけれども」

「ああいや、大丈夫だよ」

そう答えたものの、冷えきったホールの空気は熱のある身体にひどく応えた。

「しかし大変だったね。何もしてあげられなくって、悪かったね」

「いや、そんな……」

「気が向いたら、また研究室へ遊びにおいでよ。道沢さん……こないだの女の子ね、彼女も会いたがってるし。君のこと、画家だと云って紹介しただろう。それでえらく興味を持ったようでね、絵の話とかいろいろ聞きたいらしいんだな」

彼は彼なりに、私の精神状態を心配してくれているのだろう。心遣いはありがたかったが、とてもそういう気分にはなれなかった。

もうしばらく一人でいたいから、と私が云うと、架場は少し間をおいてから、

「同じことばかり云うようだけど、あんまり思いつめるんじゃないよ。家に閉じこもりっきりっていうのも良くない。よけいなお節介と思われるかもしれないけれども」

「そんなふうには思っちゃいない。――ありがとう」

「必要があればいつでもまた、相談してくれたらいいから」

よほどこの時、話してしまおうかと思った。

あの火災と母の死について、私が抱いてきた疑念。そして、その裏付けとなるさっきの手紙……。

そう云えば、架場には京都府警の刑事に知り合いがいると聞いた憶えがある。ここですべてを話してしまって、その刑事に捜査を依頼してくれるよう云ってみようか、とも思った。

架場のほうも、前に話していたこととの関連で、うすうすそういった疑いを向けていたのかもしれない。先の事件について何か不審な点はなかったか、例の手紙の件には何か展開はないのか、といった質問をしてきたのだが、

「別に、何も」

私は結局、曖昧《あいまい》な調子でそれを否定するばかりだった。

「とにかく君がその気になったら、また会おうよね。〈来夢〉でもいいし、僕が訪ねていってもいいし」

その言葉に対しても曖昧な応えを返して、私は電話を切った。受話器を置く音が吹き抜けの高い天井に響き、寒さがいっそう強く身にしみた。

パジャマの上に羽織《はお》ったガウンの前を両手で引き合わせながら、私はふらつく足で二階へ戻った。

ホールの周囲を巡る廊下の、モスグレイの絨毯《じゅうたん》の上を歩くと、歩みに合わせて、キッ、キキッ……と床が軋《きし》む。古い建物だからだろう、どのように歩いてみてもこの音は消せない。

左腕のない例のマネキン人形が、相変わらず同じ場所に立っている。あの火事の夜も、彼女は窓から内庭のほうへ顔を向け、母屋を包んだ炎をじっと見ていたのに違いない。

人形の前を通り過ぎようとした時、背後でドアの開く音がした。そして——。

「飛龍さん。やあ、ちょうど良かった」

私を呼び止める声。その部屋〈2—A〉に住む、辻井雪人の声である。これからバイトに出るところなのだろうか。

「ちょっと話を聞いてくれませんか」

どんな用なのか知らないが、また今度にしてほしかった。熱があるので……と云おうとすると、それよりも前に、

「実はね、部屋を替えてほしいんです」

つかつかと私のそばに歩み寄りながら、辻井は云った。

「ごたごたしてる時に悪いんですけどね、できれば二階のあっちの端の〈2―C〉に替わりたいんですよ。どうせ空き部屋でしょう」

「どうしてまた？」

私が弱々しい声で訊《き》くと、辻井は頬骨の出た蒼白い顔をしかめ、

「創作環境の問題ですよ」

憤然とした調子で答えた。

「どうもね、云っちゃあ悪いが、火事のあと、あなたがそこの部屋に越してきてからっていうもの、落ち着かないんだな。あなた自身はともかく、何だかんだで下の管理人さんが上がってくるでしょう。ここの床はただでさえ軋むのに、あの婆さんときたらドタドタパタパタ、騒々しいったらないんだ。まったくもう、デリカシーのかけらもない。あなたも芸術家だったら分ってくれるでしょ。ああいう無神経な物音が、どれだけ仕事の邪魔になるか」

「…………」

「だけどまあ、彼女はあなたの世話をするために行き来してるんだし、そいつをやめろとも云えない。だから、僕のほうが部屋を替わろうっていうわけですよ。あっちの

部屋なら階段からは遠いし、こっちからは独立した造りになってる。下は木津川さんだから、まさかそんなにうるさいこともないだろうしね」

洋館の北端にある部屋は、木津川伸造が入っている〈1―D〉もその上の〈2―C〉も、それぞれアパートの玄関とは別に入口が備わった、変則的な間取りになっている。辻井の云うように「こっちからは独立した造り」なのである。建物のこちら側の廊下との間には、一階二階ともに仕切りの扉が設けられているが、鍵が掛かってい て普段はまったく開かれることがない。(Fig.1「人形館平面図」p.4〜5参照)

「というわけで、許可してくれますね」

もう話は決まったとでもいうように、辻井は私の顔を窺った。

「家賃は同じでいいですよね。新しい部屋の掃除や何かは自分でやるから、気にしてくれなくってもいいです」

あまりにも一方的な彼の態度が、いくらか癇《かん》にさわりもした。仕事仕事と云っているいろなことに文句をつけるが、いったいこの夏以来、その成果は上がっているのだろうか。

しかしまあ、確かにどうせ空いている部屋だ、申し出を断わる理由もない。金銭的な問題にしても、私には別にどうでも良く思えた。

好きなようにしてくれればいい、具体的なあれこれは水尻夫妻と相談するように
——とだけ答えて、私はそそくさと部屋に戻った。

4

熱と悪寒は、翌日の午後にはいくらかましになったのだが、体調が元に戻るのには
それからさらに三日かかった。

十二月十三日、日曜日。

昼も三時を過ぎた頃にのそのそと起き出すと、私は久しぶりに家の外へ出てみた。

玄関から、前庭の小道を北へ向かう。やがて道は建物に沿って九十度のカーブを描き、右手の壁に一枚のドアが現われる。これが〈2—C〉の入口で、この洋館がアパートに改築される前は、勝手口として使われていたものらしい。

越してきた当初、水尻老人に案内されて中を見たことがある。ドアの向こうにはすぐ二階へ上がる階段があり、階段脇の一階部分には、廊下へ続く扉を塞ぐような恰好《かっこう》で何かの棚が置いてあったと記憶している。

辻井雪人は、私に部屋の移動を申し出た翌々日には、さっさと引っ越しを済ませて

しまっていた。

さらに少し行くとまた、ドアが一枚見えてくる。これは木津川の住む〈1―D〉の入口だった。

小道はそこからぐっと狭くなり、正面に建つ土蔵をまわりこんで母屋のほうへ続いていく。高い白壁と花を咲かせた山茶花《さざんか》の生け垣との間に入り込む、その荒れた砂利道を、私はことさらのようにゆっくりと進んだ。

やがて視界が開け、焼け跡に出た。

一ヵ月前に荒れ狂った炎の爪跡が、いまだ生々しく残っている。

無惨な建物の残骸。――杭とロープで大雑把《おおざっぱ》に囲われた地面には、燃え落ちた屋根の瓦が黒々と灰を被って堆積している。粉々に割れて散乱したガラス。焼け残った柱が何本か。崩れた壁を這《は》う水道管。炎に炙《あぶ》られ、幹や葉が変色した庭木。……

当面、私に母屋を再建しようという意思がないので、整地もしないまま放置してある。火が消し止められた部分――土蔵の入口がある袖《そで》廊下と洋館へ続く廊下が交差したあたり――が、ベニヤ板とトタン板で応急修理されているだけだ。

しかし、いつまでもこのまま放っておくわけにはいかないのかもしれない。

子供が入って遊ぶと危ないから早く何とかしてくれ、といった近所からの苦情を、すでに水尻夫妻が受けているらしい。そのため、こちら側の門は鉄柵の門扉を閉めたうえ、鎖を巻きつけて出入りできないようにしてしまってある。

焼け跡からその向こうの荒涼とした内庭へと目を馳《は》せながら、私はさらにゆっくりと歩を進めた。道は木立の間を抜け、門と玄関をつないでいた飛び石に出合う。

ボディやハンドルのパイプが曲がり、サドルが溶けてバネが剝《む》き出しになった自転車が、灰に埋もれるようにして倒れているのを見つけ、私は深く長い溜息をついた。

思い出したくもない母の焼死体が、脳裡《のうり》にちらついた。

鎖が巻きつけられた門扉に近寄り、ついでに何故というわけもなく郵便受けを覗《のぞ》いてみた。当然ながら中は空っぽだった。私宛ての郵便物は、今はすべて緑影荘のほうに届けられる。

ところが、そこで——。

何となく下のほうへ向けた目の隅に、それが映った。

(……ん?)

灰色の門柱の袂《たもと》、すっかり茶色く枯れてしまった雑草の中から、何やら白いものが覗いているのである。

(これは、封筒?)

私は身を屈《かが》め、手を伸ばした。

思ったとおり、それは白い——と云ってもかなり汚れた——封筒だった。恐らく何かの拍子で、郵便受けから落ちてしまったのだろう。そうしてそのまま草の間に埋もれてしまい、私にも母にもずっと気づかれずにいたのだ。

「飛龍想一様」という宛名書きがあった。

私に宛てた手紙……ただ、宛先は静岡市の前の住所になっている。赤のボールペンで線消ししたその宛先の横に、現在の住所が書き直されていた。静岡のほうに届いたのを、局がこちらに転送してくれたものらしい。

相当に長い間、雑草の中で雨ざらしになっていたと見える。泥で汚れ、表書きの文字はひどくインクが滲《にじ》んでいた。

白い封筒の裏面に記された差出人の氏名を見て、私はちょっと驚いた。

「大分県O市……五番地　島田潔」とある。町名はインクの滲みが激しくて、まったく読み取れない。

(島田さん……)

懐かしい名前だった。

退院。転居。架場との再会。そして母沙和子の死。さまざまな出来事にまぎれてこれまで、ほとんど思い出すことのなかった名前だが……。
その場で封を切った。中の便箋《びんせん》は幸い、さほど汚れてはいなかった。

前略
ぶじ退院したそうですね。先日、母上よりお手紙をいただきました。大事に至らなくて何よりです。
本来なら快気祝いに駆けつけたいところなのですが、いろいろと野暮用が多くて当面それもままなりません。とりあえずは書面にて、失礼。

いつまでも若いつもりでいたら、この五月で僕ももう三十八歳になってしまいました。君と知り合ったのが二十二の時だから、かれこれ十六年。陳腐な云い方になるけれど、まったく時間が経つのは早いものです。
いまだに結婚の予定はなく、定職に就いてもいません。いずれ実家の寺を継ぐことになるのかもしれませんが、うちの親父ときたら、まだまだ元気で引退の気配などまるでなくてね。困ったものだ、なんて云ったらバチが当たるかな。で、息子はと云うと、相も変わらずあちこちを飛びまわり、よけいな問題に首を突っ込んでは顰蹙《ひんしゅく》を買っています。旺盛なる好奇心に任せて、などと云えば聞こえは悪くないけれども、要は昔からの野次馬根性が治らないわけで。まあ、年を取ったぶん多少、抑えが利くようになったつもりではいるのですが。

この四月にも、ひょんなことからまた、とんでもない事件に巻き込まれてしまいました。丹後半島のT＊＊という村落の外れにある「迷路館」なる家で起こった殺人事件です。マスコミもわりに騒いでいたみたいだから、もしかすると何かで目にして知っているかもしれませんね。

縁起の悪い話だけれど、ここ二、三年、僕は行く先々でそういった事件に遭遇してしまうのです。

何だか自分が死神にでも取り憑《つ》かれたような……いや、そうじゃない。死神に魅入られているのは僕ではなくて、かの建築家の手に成る「館」たちなのだ――と、半ば本気で思いたい気持ちですらあります。

去年の秋、病院へ見舞いにいった時に話したでしょう？　中村青司という奇矯《ききょう》な建築家のこと。彼が各地に建てた風変わりな建物のこと。そして、それらの「館」で起こったいくつかの事件のこと。……

あの時は、岡山の「水車館」事件に関係した直後だったから、僕もずいぶんと興奮していたようです。場所柄もわきまえず、あれこれ喋《しゃべ》りすぎてしまったかもしれません。入院中は読書も禁止されていて、君はたいそう退屈そうな様子だったし、それにそう、あの藤沼一成や藤沼紀一の名を君が知っていると云うものだから、つい……。

中村青司という人物とその〝作品〟については、君もかなり興味を持ったようでしたね。同じ芸術家として、やはり何か心惹かれるものがあるのでしょうか。

ところで、また絵は描きはじめるのでしょう？

嫌なことは忘れて、良い作品を描いてください。学生時代から僕は、君の描く絵が好きです。美術に関してはほとんど素人の僕ですが、君の絵には確かに、ある独特の魅力があると思う。たとえばそう、「水車館」で見た藤沼一成画伯の幻想画にも通じるような、何かしら妖しい魅力が。

長々とくだらぬことを書いてしまいました。いずれまた、そちらに足を延ばす機会もあるだろうと思います。

何かあれば、遠慮なく連絡してください。喜んで相談に乗ります。
それでは、今日はこの辺で――。
母上によろしく。

草々

一九八七年　六月三十日（火）

島田潔

飛龍想一様

5

夕方、私は〈来夢〉へ足を運んだ。
すっかり葉を落とした街路樹やその枝を震わせる冷たい風、今にも雪が舞い落ちてきそうな鉛色の寒空……暗く沈んだ自然の佇《たたず》まいとは裏腹に、クリスマスを十日後に控えた街は、色とりどりのモールで厚化粧した樅《もみ》の木とジングルベルのメロディで賑《にぎ》わっていた。

親子連れ、自転車に乗った主婦や学生、若いカップル……道行く人々が皆、心なしか浮き足立っているように見える。コートの襟《えり》を立て、ポケットに深く両手を突っ込み、ほとんど足許ばかりに目をやりながら私はせかせかと歩いた。

街の賑わいをよそに、一ヵ月ぶりに訪れる〈来夢〉の店内は相変わらず閑散としていた。奥のテーブルに、黒い革ジャンパーを着た若者が一人いるだけだ。

「いらっしゃい」

変わらぬマスターの声。

「コーヒーを」

とだけ云い、私は窓ぎわの席に落ち着いた。

架場の知り合いだというから、恐らく私の家の不幸については聞き知っているだろうに、コーヒーを運んできたマスターは、その件にいっさい触れようとしなかった。「久しぶりですね」「寒くなったねえ」といつものぼそぼそとした声で云っただけ。私にはそれが非常にありがたかった。

スピーカーからは珍しく、日本語の歌詞を乗せた曲が流れている。苦いコーヒーをブラックのまま少し啜《すす》り、私はそっと目を閉じた。

頭の中が、本当に空洞になってしまいそうだった。風邪は治ったようだけれど、それとは別の次元で心身が疲れきっているのが分る。

いつもこんなに人が溢《あふ》れて
みんな楽しげに笑ってるけど
どうしてなの
この街はいつでも
どうしてなの
こんなに寂しいんだろう……

聞くともなしに、そんな歌詞が耳に入ってきた。ハスキーな女性ヴォーカル。コード進行はブルースっぽいのに、旋律は意外な透明感を持っている。

街は寂しい、って？——そう。街はいつだって、寂しい。寂しいだけじゃない。

街は時として、それ自体が限りない恐怖でもある。

不意にそんな思考が、とめどなく心の表に流れ出してくる。

この世界は無数の視線に満ちている。

圧倒的多数の他人が投げかける眼差しの群れ——それが、いつどこででも私に貼り付いて離れない。その中に含まれるかもしれぬ、嘲《あざけ》りや蔑《さげす》み、敵意といった感情のあらん限りを想像して、私は白い血を流しつづける。

歩道に溢れる人間たち、渋滞した車の喧騒……街の雑踏はいつも、底知れぬ暗闇へと私を誘う。その魂の数だけ、苦しみがあるだろう。中には愛もあろうが、それよりも確実に多くの憎しみがあるに違いない。それらがどろどろに混ざり合い、煮つめられた暗黒の湖に、私は惨《みじ》めに充血した片方の目を浸すのだ……。

「こんにちは、飛龍さん」

とつぜん声をかけられ、目を開いた。

「こんにちは。憶《おぼ》えてますか、わたしのこと」

「ああ……」

灰緑のロングコートを着てテーブルの横に立っている彼女を認め、私は驚いた。

「道沢さん、でしたね」

「凄い。偶然なんだ」

彼女——道沢希早子は、小首を傾げるようにして私の顔を見ながら、

「ここ、坐《すわ》っていいですか」

「もちろん。――どうぞ」

コートを脱ぎ、向かいの席に腰を下ろすと、希早子はこの寒さだというのにアイスティーを注文した。

「ええとあの、先日はどうも……」

我れながら恥ずかしくなるくらい緊張しつつ、私は云った。

「焼香にきてくれてましたね」

「ええ。――一度しかお会いしたことがないのに、変かなって思ったんですけど」

コートの下には、手編みのものらしい青色のカーディガンを着ている。彼女は丸い大きな目をまっすぐこちらに向けて、

「でもほんと、大変でしたね。元気、出してくださいね。架場さんも心配してます」

「彼からはこのあいだ電話がありましたよ。また遊びにこい、閉じこもりっきりは良くないぞ、って云って。――この店には、よく？　学校の帰りですか」

「今日は日曜日ですよ」

と答えて希早子はくすっ、と笑った。

「それにうちの大学、もうお休みですから」

「もう冬休みなんですか」

「正式には二十日頃からなんですけど、この時期になると先生たちもよく承知していらっしゃって、軒並み休講になっちゃうんです」

「ははあ」

「毎週日曜日に、銀閣寺の近くにある学習塾でアルバイトしてるんです。その帰り道で、何となくこのお店、目に留まったから。架場さんからも聞いたことがあるお店だったし。だから、ほんとに偶然」

「彼はどうしてます」

「相変わらずですよ。研究室を覗いたら、三回に二回は居眠りしてます。あれで胸を張って社会学者を自称してるんだから、学生のほうも楽なものですね。そう云えば、年末は旅行に出かけるんだって、今から張り切ってるみたい」

「旅行……スキーにでも？」

「まさかぁ」

くすっ、とまた彼女は笑った。

「架場さんって、そんなタイプじゃないと思いませんか。おおかたどこか、温泉にでも行くつもりなんじゃないかなぁ」

笑うと、右の頰に小さなえくぼができる。それを「可愛いな」などと思いながら見ている自分に気づいて、私はどうしようもないほどにうろたえた。

「──にしても、最近このあたり、何だか物騒なことばっかりですね」

運ばれてきたアイスティーのグラスにストローを入れながら、希早子が云う。

「昨日《きのう》の新聞、見ました？　左京区でまた子供が殺されたって」

「そうなんですか」

新聞は読んでいなかった。今の部屋にはテレビも置いていないので、ニュース番組でそれを知る機会も私にはなかった。

「うちの大学の近くだったんですよ、今度は。吉田山《よしだやま》の林の中で死体が見つかったんですって。また首を絞められて……」

「同じ犯人の仕業だと？」

「そう見られてるみたいです」

後に、土曜日の新聞を探し出して読んでみたところによると、被害者は堀井良彦《ほりいよしひこ》という小学校二年生の男の子で、七日月曜日の夕方から行方不明になっていたらしい。死因は窒息。紐状《ひもじょう》の凶器による絞殺だったという。

「二番目の事件があったのが、確か九月の下旬でしたよね。あの時は、連続殺人だって云ってずいぶん騒がれたから、みんな警戒して、犯人も簡単には動けなかったんじゃないかって。警察じゃあそんなふうに見てるそうですけど」

希早子はちょっと怒ったように頰を膨らませ、

「架場さんなんかは『逸脱の社会学』だとかって、そういう犯罪とかの研究が専門だから、何だか面白がってるようなところもあるんですよ。話をしててもやたら分析的で。でもそういうの、わたし抵抗感じちゃう。

飛龍さんは？　どう思いますか」

「どう、って？」

「この事件の犯人について。まったく何を考えてるんだかなぁ。罪もない子供を殺して喜んでるなんて最低……異常ですよね」

「確かにひどい事件ですね」

「わたしが被害者の母親だったら、絶対に自分で犯人、捕まえて殺してやりたいって思う」

「殺す」だの「殺人」だのという言葉につい、いま自分が置かれている立場を重ね合わせてしまって、私は思わず視線を伏せ、口を閉ざしていた。すると、その様子に気づいたのか、

「あ、ごめんなさい」

希早子は云った。

「何もこんな暗い話、しなくてもいいですよね」

それから彼女はころりと話題を変え、次々にいろいろなことを喋《しゃべ》った。私の不幸に同情して、励まそうと気を遣《つか》ってくれているのか、と思いつつも、そうしてひとしきり会話を続けるうち、いつのまにか私は、彼女が作り出す、何と云うのだろう、生命感に満ち溢れたような場の雰囲気に引き込まれていった。

大学のこと。自分の故郷のこと（彼女は私や架場と同じ静岡の出身だった）。学習塾の生徒のことから店に流れる音楽のこと……。

私は愉快な思いでそれを聞き、彼女の笑顔に目を細め、相槌《あいづち》を打ったり質問をしたりしていた。先ほどまで心の中に広がっていた黒い霧がどんどんと薄らいでいくような、そんな感覚があった。

希早子のような若い女性と話をするのは、苦手中の苦手だったはずではないのか。

——何やらとても不思議な心地だった。驚いてもいた。

ここしばらく……いや、何年というスパンで考えてみてもなかったような安らいだ気分で、彼女との会話を、もしかしたら楽しんでさえいる。そんな自分が、私には信じられなかった。

6

〈来夢〉を出た時には、時刻はもう七時をまわっていた。かれこれ二時間近くも、希早子と話をしていたことになる。

いやに冷え込むなと思っていたら、道が少し濡れている。山手から吹いてくる硬質な風に乗って、白いものが舞っていた。——雪だ。

手袋を嵌《は》めた小さな手をこすりあわせながら、急に希早子が、私の描いた絵を見たいと云いだした。

「そりゃあ、別に構いませんけれど」

と、私はいちおう承諾の意を示した。

「でも、また今度の機会にしたほうがいいんじゃないかな」

「どうしてですか」

「もう夜だし。さっきも話に出ましたけど、最近このあたりは物騒みたいだし」

「まだ早いですよ」

「下宿の門限とか、ないんですか」

「学生マンションだから門限はなし。それにそのマンション、飛龍さんちの近くなんですよ。歩いて十分くらい。ちょうど帰り道だし、ね、思い立ったが何とかって云うもの」

「よく知りもしない男の家へ、いいんですか」

「まさか……飛龍さん、そんな危険人物じゃないでしょ」

「分りませんよ」

「絶対にそんな人じゃない。わたし、ちょっと話しただけでぴんと来るんだから。鋭いんですよ、こう見えても」

自信たっぷりに云って、希早子は落ちてくる綿雪に掌《てのひら》を差し出す。その無邪気とも見える姿を、そわそわと落ち着きのない気分で眺めながら、

「でも」

と、私は云った。

「やっぱり、またにしましょう」

どうしても断わらなければならない理由があったわけではない。ただ、大袈裟《おおげさ》な云い方だけれども、若い女性を家に招く心の準備が、私にはできていなかった。

「じゃ、きっとですよ」

ちょっとがっかりしたふうに彼女は云った。

「きっと今度、見せてくださいね」

＊

途中までの道を、希早子と肩を並べて歩いた。その道すがら、彼女は自分の身の上を語った。

子供の頃から絵を描くのが好きで、本当は美術大学に行って日本画の勉強をしたかったのだという。ところが、他の教科の成績が非常に優秀だったことから、周囲で「もったいない」との声が上がった。何も美大になど行かなくても、いくらでも「良い大学」に入れるのに、というわけである。

親の反対もあったらしい。彼女の父親は地元の某銀行の重役で、娘が「芸術にかぶれる」のをひどく嫌った。――結果、そういった圧力に押し切られる形で志望を変更し、K＊＊大の文学部に進学したのだそうだ。

「意志が弱かったなって、今でもときどき後悔するんです」

この時はやけにしんみりと、彼女は云った。

「だけど、自分にそんなに絵の才能があるなんて、自信もなかったし」

「才能なんて、いい加減な言葉ですよ」

思わず、私はそう応えていた。

「好きこそものの上手なれって、結局はあれが本当のところだと思いますね。本気で絵が描きたいのなら、何をしながらでも描ける。その結果できた作品が、第三者によって良い悪いを判定される。そういう評価なんてね、絵の本質とはぜんぜん別次元の問題でしょう。だから本気に好きなこと、やりたいことには、存分に自信を持てばいいんです」

すらすらとそんな台詞《せりふ》が口を衝《つ》いて出た。自分に云えたことではない――と内心、思ってはいた。

「飛龍さんは、だけどやっぱり、才能があるんだと思います。架場さんもそう云ってました」

「それは僕の絵を見て、あなたが決める問題でしょう」

「いいえ。そんな、評価とかいう意味じゃなくって……」

そして彼女は、私の父親――飛龍高洋の名前を口にした。それも架場から聞いたらしい。

「そういう云い方はどうも、あなたらしくないと思いますね。父親がどうだったか知らないが、僕なんてはっきり云って、くだらない人間だ」

これは本音だった。

「彼が遺した財産に甘えながら、自己満足を絵にしつづけてるだけです。世間の人から見れば、この年になっても独身でぶらぶらしてる、どうしようもない男でしょう。いまだに自分でお金を稼いだこともないんだから」

「お金なんて、それこそ別問題だと思います」

「それはね、あなたの、芸術っていうものに対する信仰がそう云わせるんですよ」

かなりあくどい物云いだと思った。

云ってしまってから、当然のごとく私はひどい自己嫌悪にさいなまれた。

7

その夜。

道沢希早子と別れて部屋に帰ると私は、昼間に郵便受けの下で見つけた手紙をもう一度、読み直した。

(島田さん……)

彼と最後に会ったのは、手紙にもあるように、昨年の秋――確か九月の終わりか十月の初め頃――だった。当時、病院で療養中だった私を、わざわざ九州から訪ねてきてくれたのだ。

島田潔。

彼は私の大学時代の友人だった。と云っても、私が行っていたＭ＊＊美大の学生ではなく、よその大学で宗教学か何かを専攻していた。それがたまたま、下宿の部屋が隣同士だったおかげで知り合ったのである。

私よりも三つ学年が上だった。だから、友人と云うよりもむしろ先輩後輩の関係として付き合っていたのだが、知り合った当初は、たいそう変わった男だなと思ったものだ。

あまり熱心に勉強しているふうでもなく、遊びまわっているふうでもない。かと云って、当時はすでに学園紛争の嵐は過ぎ去ったあとで、その方面の活動家といった様子でもなかった。飄々《ひょうひょう》としているようでいてやたらと好奇心が強く、大酒飲みではないけれどもすこぶる話し好きで、その話題がまた多岐にわたった。とりわけ、推理小説とか奇術とかオカルトとかの分野にたいへん詳しくて、まったく別の話をしていたはずが、いつのまにか話題がそちら方面に引き寄せられてしまって……ということがよくあった。

私は最初のうちこそおっかなびっくりで、そんな彼と接していたのだけれど、やがて徐々にその距離は縮まっていった。友情、と云うよりもたぶん、私が彼に対して抱くようになったのは、一種の依存心だったのだと思う。

正直な話、大学時代に東京で始めた一人暮らしは、私にとって非常に心細く辛《つら》いものだった。あまりにも巨大な街の、あまりにも多くの見知らぬ人間たちの眼差しに、私の神経は常に悲鳴を上げていた。また、その頃の私は今以上に病弱で、しょっちゅう熱を出しては寝込んでいる始末だった。

そんな時、親身になって相談に乗ったり看病してくれたりしたのが、島田だった。実の兄というものがいたならば、きっとこういう感じなのだろうな。いつしか私はそんな思いを、そのいっけん風変わりな先輩に対して向けるようになっていた。

入学の前に一年浪人していた彼は、卒業に際してもかなり余分に時間をかけたようで、私が四年間の学業を終えて東京を離れるのと同じ時期に、九州は大分の実家のほうへ帰っていった。密に連絡を取り合いはしなかったが、その後も年に何回かは手紙のやりとりが続いた。幾度か彼が、静岡へ遊びにきたこともあった。

（島田さん……）

一年前の秋、私を見舞いにきてくれた時の島田は（顔を見るのは三年ぶりくらいだったのだが）、学生時代とほとんど変わるところがないように見えた。

自分の車でやって来たのだという。レイバンのサングラスをかけて病室に入ってきた彼は、それがなかなかさまになっていた。ひょろりと長細い身体つき。私と同じ瘦《や》せた浅黒い顔。けれども私と違って、彼のいくぶん垂れて落ちくぼんだ目の光は、潑《はつ》剌《らつ》とした少年の無邪気さに満ちていた。

（ああ……島田さん）

手紙の日付は六月三十日。ほぼ半年の間、この手紙は郵便受けの下のあの雑草の中で眠っていたわけである。

母が、私の退院の知らせを彼に送ってくれていたというのは知らなかった。ああいや……そう云えば退院直後、こちらへ越してくる前に、彼女がちらりとそんなことを云っていたような気もする。だが、何故かしら私のほうは、彼に新しい住所や近況の報告をするのをすっかり失念してしまっていた。

手紙の文面は、島田の相変わらずぶりを伝えていた。私に対する親しみやいたわりといった気持ちも、そこには読み取れるように思った。ただ――。

ただ、そう、そこには同時に、私の心を不吉な物思いへと強く誘ってやまない記述があった。それは――。

『死神に魅入られているのは僕ではなくて、かの建築家の手に成る「館」たちなのだ――と、半ば本気で思いたい気持ちですらあります』

かの建築家。――中村青司。

見舞いに訪れた島田潔が、病室で語った話を思い出す。

彼の知人の兄に当たる人物に、中村青司という名の奇矯《ききょう》な建築家がいたこと。大分県の角島《つのじま》という小島にみずからが設計して建てた自邸で、一昨年の秋、その青司が無惨な死を遂げた事件のこと。

その半年後、同じ島の「十角館」と呼ばれる奇妙な建物で起こった、前代未聞の大量殺人事件の話。その事件にたまたま彼、島田が関係していたということ……。

さらに島田は、九州から静岡まで来る途中で巻き込まれたある事件の話を、いささか興奮気味の口調で語った。

それは「水車館」という、これもまた中村青司が設計した風変わりな「館」で起こった殺人事件だった。そして驚いたことに、その水車館の主人というのが、藤沼紀一――あの藤沼一成画伯の息子――だったというのである。

私の実父高洋が、亡くなった一成画伯と親しくしていたと聞いて、島田もまたたいそう驚いた様子だった。そうしてその時も、建築家中村青司が残した「館」とそれらに関係した（島田自身を含めた）人間たちを巡って、何やら良からぬ因縁めいたものを感じてしまう——と、彼は真顔で云っていた。

建築家、中村青司。

その名前を耳にしたことが、最近になってあった。あれは二ヵ月前、母の提案で囲んだ鍋の席で。

——中村青司っていう名前、聞いたことありますか。

そう。辻井雪人が持ち出した話題だった。

——どうです？　僕が「人形館」って呼ぼうと決めたこの家も、彼の作品の一つだったら面白いと思いませんか。

——この家が、中村青司の？

——いかにも、じゃないですか。……

苦い酔い心地の中での会話。おのずとそこで思い出された、島田潔の話……。

確かにあのとき辻井が云ったように、「水車館」を建てた藤沼紀一との関係から、父高洋と中村青司とのつながりを想像するのは容易だろう。二十八年前に祖父武永が他界し、この家を継いだ高洋が、その直後に行なった家の改築に際して青司に仕事を依頼した。それもまた、ありえない話ではないと思う。

(もしも本当にそうだとしたら……)

そうだとしたら、いったいどうなるというのか。

「死神に魅入られている」と島田が云う、中村青司の館。その一つがこの家(「人形館」?)なのだとしたら……。

まさしくそうだ、と私は思った。

父高洋は、この家の庭で首をくくった。母沙和子は、炎に焼かれて死んだ。そしてなお、この私に向けられている何者かの殺意……。

……ああ、まさにそうではないか。

死神に魅入られた家。不吉な事件を呼ぶ家。——人形館。

(……島田さん)

手に持ったままでいた島田潔の手紙に、私はまた視線を落とす。青いインクで書かれた、右上がりの達者な文字。見憶えがあるその筆跡に、懐かしい彼の顔が重なって浮かぶ。

(今、彼がそばにいてくれれば……)

切実に、私はそう願った。

8

翌十二月十四日、月曜日の午後。

私は島田潔に連絡を取る意思を固めた。

土蔵が焼けずに済んだのは不幸中の幸いだった。机の抽斗《ひきだし》を掘り返して、知人の住所や電話番号が書き留めてあるノートを見つけ出すと、あるだけの小銭を持ってホールのピンク電話の前に立った。

私はめったに自分から人に電話をしない。昔からそうだった。学生の頃も、親しくしていたクラスメイトの家にさえ、よほどの事情がなければ電話をかけることはなかった。

島田の実家に電話をかけるのも、これが初めてだった。ノートに記された番号を確かめつつ、私は緊張でこわばる指をダイヤルにかけた。

この電話には誰が出るだろうか。島田自身が出てくれればいいのだが、もしも彼の親とか兄弟とか、会ったこともない人間の声が返ってきたら……。

呼び出し音が何度か繰り返される間もずっと、私はしきりにそんな不安を抑え込まねばならなかった。

「はい。島田ですが」

やがて聞こえてきたのは私の知らない、嗄《しわが》れた男の声だった。

「あ、あの……」

私はきっと、蚊の鳴くような声で云ったに違いない。

「あの……潔さん、おられますか」

「はあぁ？　何です？」

「あの、潔さんを」

「潔ですかあ。どちらさんですかな」

「飛龍という者ですが」

「飛龍さん？　はあん。すんませんなあ。潔は今、おらんのやけど」

「あ……ええとあの、いつ頃お帰りでしょうか」

「さあなあ。こんあいだ、ちっと旅行に出てくるち云《ゆ》うて出ていきよったんだがな、何ちゅうてん鉄砲玉みたいな奴やけ、いつ帰ってくっか。まったく三十いくつにもなってから、なに考えてぶらぶらしよるんかのう」

たぶん彼の父親なのだろう、嗄れているくせによく響く声で、ぼやくように云う。

「すんませんな。あんた、何か急ぎの用かね」

「いえ。あの……じゃあ、いいんです」

あたふたとそう答えて、私は受話器を置いた。

9

「明日の夕方、伺《うかが》ってもいいですか。また塾のバイトがあるから、その帰りに」

そう云って道沢希早子が電話をかけてきたのは、十九日土曜日の夜のことである。架場から緑影荘の電話番号を教えてもらったのだという。

「こないだの約束、忘れてませんよね。今度きっと飛龍さんの絵を見せてくれるっていう」

例によってうろたえた受け答えをする私に、彼女はあっけらかんとした調子で云うのだった。

「それとも、明日はもう何か予定が入ってます？」

そんな予定など、もちろんあるはずはなかった。私は相変わらずほとんどの時間を家に閉じこもりきりで過ごし、顔を合わせたり言葉を交わしたりする相手と云えば、水尻夫妻かアパートの住人たちくらいのものだったのだから。

迷った末——本当は迷う必要などこれっぽっちもなかったのだが——、私はＯＫの返事をした。翌二十日の午後六時に、〈来夢〉で待ち合わせをすることになった。

10

二十日日曜日の夜、私に案内されて緑影荘——いや、辻井に倣《なら》って私も「人形館」と呼ぶことにしようか——に足を踏み入れた希早子は、やはりまず、廊下の角に置かれた例のマネキン人形を見て驚きを露《あら》わにした。

「気味が悪いでしょう」

十月の末に架場がここを訪れた時にも、同じように云った憶えがある。

「他にもあるんでしたよね。こういう、その、のっぺらぼうの人形」

希早子は私に訊いた。

「夜に一人で出会って、びっくりしたりしません？」

「最初のうちは、ね。でも、すぐに慣れるみたいですよ。アパートの人たちからそんな苦情が出たこともないし」

「ふーん」

彼女は表情豊かにくりくりと目を動かし、

「架場さんも、いつだったか不思議がってたなあ。どうしてこの家の人形、こんなふうに顔がなかったり身体のどこかが欠けていたりするんだろう、って。——ね、飛龍さん。どうしてなんですか」

「さあね。僕にもよく分らないんです」

そうして私たちが、その上胴部のない人形の前を通り過ぎたところで、ちょうど〈1—C〉の部屋から出てきた倉谷誠と出くわした。

「や。どど、どうも、こんばんは」

私が若い女性と一緒にいるので、ちょっと面喰らった様子だ。まずいものでも目撃してしまったというふうに、彼は視線を斜め上にそらした。

「こんばんは」と挨拶を返して、私たちは倉谷とすれちがった。突き当たりの角を曲がってしまってから、彼がK＊＊大の大学院生であることを話すと、

「そうじゃないかなって思いました」

希早子は右の頰《ほお》にえくぼを作って微笑した。

「ああいう雰囲気の男の人、多いんですよ、うちの院生って」

と云われても、それが具体的にどういう「雰囲気」なのか、私にはいま一つ理解できなかったのだが。

母屋へ通じるドアは、今でも普段は鍵を掛けた状態にしてある。あの火事の夜、異状に気づいて目覚めた時、私はとっさにガウンを引っかけて部屋を飛び出した。このドアや土蔵の錠前の鍵がぶじ手許に残ったのは、そのガウンのポケットに鍵束が入っていたおかげだった。

母屋の廊下に上がり、土蔵へ向かう。焼け落ちた部分との継ぎ目は、雨や風が入ってこないようにトタン板とベニヤ板で塞《ふさ》がれている。その様子がいかにも痛々しく、また寒々しい。

「ここがアトリエに使ってる蔵です」

そう云って、観音開きの扉を示した。袖《そで》廊下の奥の、かろうじて炎から免《まぬか》れた首ないしのマネキン人形にちらちらと目をやりながら、希早子は何かしら神妙な面持ちで頷いた。

自分のアトリエに母以外の女性を入れるのは、静岡に住んでいた頃から通して考えてみても、たぶん初めてのことだったのではないかと思う。

薄暗くだだっ広い部屋。——油絵の具と埃《ほこり》の臭《にお》いが、今夜はことさらのように鼻についた。ゆうべ希早子の来訪が決まってから、慌《あわ》ててある程度の片づけをしてみたものの、やはり部屋は雑然としている。

「寒いですね。今、ストーヴを点けますから」

初めてガールフレンドを家に招待した若者さながらの心地で、私はストーヴに火を入れ、希早子に椅子を勧めた。

「何か飲みますか」

「いえ。どうぞお構いなく」

手袋を嵌めた両手を組み合わせて中央へ進み出ると、彼女は好奇心いっぱいといった眼差しで、ぐるりと室内を見まわした。

「むかし描いた絵はたいがい、こっちへ越してくる時に処分してしまったか、納戸にしまいこむか、してあるんです。だからここにあるのは、この半年くらいの作品ばかりなんですけど」

彼女の視線を追いながら、要らぬ説明をする。

壁のあちこちに立てかけてある大小のキャンバス。そこに描かれた奇妙な――いや、「奇怪な」と自分で云ってしまってもいい――風景を、彼女はどのように見、感じるだろうか。

それは——そんなことは、どうでも構わぬ問題であるはずだった。

この十年ほどの間、私はいっときたりとも、自作を他人に見せる場面を想定して絵筆を握ったことがない。いかなる意味においても、である。

私の描く絵は、云ってみれば、己の内宇宙の己自身に対する表現なのだった。従って、自分以外の誰かの目にそれらが晒《さら》された時、彼らがそれらをどのように見、感じるか、などといった問題は、私にとって何の意味も持ちえぬはずなのだ。

希早子はしばらく何も云わず、部屋に置かれた数点の絵をいろいろな距離や角度から眺めては、しきりに首を傾げていた。やがて小さく「うーん」と唸《うな》ると、ストーヴの前に立つ私に向かって、遠慮がちな声で尋ねた。

「作品に題名は付けてるんですか」

「付けているものもあります」

と、私は答えた。

「ここにある中では？」

「この中では……そうですね。そこのそれ、本棚の横に立ててある大きな絵にだけ、考えているタイトルが」

「何ていうんですか」

私は恐らく、しかめっ面で答えたに違いない。

「『時の蟲《むし》』、と」

緑色の空と紺色の大地。林立する赤茶色の枯れ木。——画面の中央、地面にへばりつくようにして、男の首が転がっている。かさかさに干涸《ひか》らびた黄色いその顔には、眼球のない真っ黒な眼窩《がんか》と醜くひしゃげた鼻、歯の抜け落ちた口が。前面に向けられた頭部がざっくりと大きく割れ、中に蒼白い胎児の身体が覗いている。その周囲から地面へと湧き出す、おびただしい数の赤い虫たち……。

希早子は少し眉《まゆ》を寄せて、

「どういう意味なんですか、『時の蟲』って」

と問うた。私は煙草《たばこ》を取り出しながら、

「それは僕が解説することじゃないでしょう。好きなように受け取ってくれたらいいです」

「ふうん。——でも、ちょっと意外な感じ」

「と云うと？」

「何となくね、もっと淡いタッチの絵を描く人なんじゃないかなって想像してたんです。あんまり原色は使わずに、微妙な色彩で」

「そう云えば、強い色を多用してるみたいですね」

まるで他人事のように、私は応えた。

「こういうのは嫌いですか」

「いえ。嫌いっていうんじゃないです。——でも何て云うのかな、不気味な絵が多いんですね。ダリなんか、やっぱりお好きなんですか」

「ダリとはまた違うでしょう」

「そうかぁ。わたし、よく分らないけれど、こういうのって全部、空想で描くわけですか」

「まあ、そういうことになるんでしょうね。もちろん普通の風景や人物、静物もたくさん描いてますよ。ずいぶん前の話ですけど。——空想って云うよりは、心象風景みたいなものに近いんじゃないかな。だから僕自身、それぞれの絵に対して特に意味づけをしようというつもりもないんです」

不気味な絵。——確かにそうなのかもしれない。

傾いた石の塔の尖端で胸を貫かれている男。

ガラスの十字架に磔《はりつけ》にされた人面の獣。

高層ビルの狭間で、アスファルトに腹まで呑み込まれた女。

盲目の赤ん坊をくわえている巨大な犬。

天空から下がったロープで首を吊った老人。……

一枚一枚の絵を、希早子はもう一度、熱心な表情で見ていた。やがて――。

「これは？」

と、彼女はイーゼルに立ててある十五号キャンバスに目を留めた。

「いま描いている作品ですか」

「そうです」

「あの、もしかしたらこれ――違ったらごめんなさい――、いつだったか架場さんと話していた、飛龍さんの古い記憶の？」

「そう。よく分りますね」

「ええ。何となく……」

昨日からふと思い立って描きはじめた、それは絵だった。

赤い花――彼岸花の群れ。秋の風。赤い空。二本の黒い線――線路。近づいてくる轟音。まるで巨大な蛇のような、その屍《しかばね》のような――列車の影。流れる水。子供。母を呼ぶ声。……

ときおり心のどこかで揺れるそれらの断片を、何とかして絵にしてみよう。そう考えて始めた作業である。

と云っても、まだ木炭でとりとめのない線を引いただけの状態で、全体のおおまかな構図すら決まっていない。これが何らかの形で、二十八年前に母実和子が死んだ列車事故と関連してくるのだろうとは予想できるのだが、今はまだ、何をどのように描けば良いのか、どこから描けば良いのか、ほとんど見当がつかないというのが正直なところだった。

そんな段階のキャンバスを見て、すぐさま私の〝記憶〟の件と結びつけた希早子の洞察力は、やはり鋭いと云わねばならないだろう。

「あれから何度も思い出そうとしてみたんですけどね、どうしてもうまく見えてこないんです。遠すぎて手が届かない。加えて何か、形の違う破片がたくさん交ざり込んだパズルみたいな感じで。だから何となく、筆の赴《おもむ》くままに絵にしてみたら、と思ったんですが……」

そんなふうに語ってから私は急に、彼女にすべてを話してみる気になった。そこに至る心理の動きがどのようなものであったのかは、自分でもよく分からない。ただ無性に、そうしてみたくなったのである。

一ヵ月前の火災と母沙和子の死について、私が考えてきたこと。例の正体不明の人物からの、第二の手紙のこと。島田潔から聞いた中村青司の話と、この家「人形館」との関わり……。

先月、研究室を訪れた際の私と架場の会話を耳に挟んで、希早子はある程度の事情を承知しているはずだった。あるいは、後に架場の口から詳しく聞かされているかもしれない。

いま私の話を聞いて、彼女はどんな反応を示すだろうか。どのような行動に出るだろうか。それを深く考えてみようとはしなかった。

警察に知らせるべきだと強く云われるかもしれない、とは予想した。今の私にはしかし、みずから進んでそうする意思はやはりない。

なるようになればいい。

というのがたぶん、偽りのない気持ちだと思う。

なるようになればいい。ただ……。

これから先、今度は私自身にどんな災いが降りかかることになるのか。そういったところに大した関心はない。けれども、ただ……。

古い記憶の疼《うず》き。——遠すぎる風景。

手紙の主が執拗《しつよう》に「思い出せ」と繰り返すもの。

私の「罪」。私の「醜さ」。……

その問題についてだけは、どうにかして解決をつけておきたい——と、切にそう願っていた。たとえ自分が、いずれ〝彼〟の手によって殺される運命にあるのだとしても、だ。

第七章　一月　(1)

1

年末から年始にかけて、私の生活には多少の変化があった。

一日中、家に閉じこもりきりということはあまりなくなって、夕方にはまた〈来夢〉に顔を出すようになった。以前のように、ふらりと散歩に出かける機会も多くなった。新しいテレビとビデオデッキを購入して〈2―B〉の北側の居間に置き、気が向くと近くのレンタルビデオショップへ足を運んだりもするようになった。

例の手紙の件にその後、新しい動きはない。妙な云い方だけれども、小康状態、とでもいったところか。

どこかで私を狙う〝彼〟は、じっと息をひそめて頃合を見計らっている。そんな感じだった。

一方で、私の〝彼〟に対する感情にも、ここしばらくの間にいくらかの変化が生じつつあった。もうどうでもいい、なるようになればいい——と、まったく投げやりであった気持ちが揺らいできて、自分に向けられた殺意に対する恐れの感情が蘇《よみがえ》り、大きく膨らみはじめているのである。

いったい何故《なぜ》なのだろう。

思うにそれは、私をこの世界につなぎとめる新たな鎖が、私の前に現われたからなのではないか。

道沢希早子。

そうだ。彼女の存在だ。

私は彼女に惹《ひ》かれている。この事実を認めないわけにはいかないだろう。

ただしそこにあるのは、普通に云う恋愛感情のようなものではないと思う。彼女が全身から放つ瑞々《みずみず》しい〝生〟の光に、恐らく私は惹かれているのだ。

彼女と接していると、その光が私の心の奥深くまで入り込んでくる。そうして、いったん朽ち果てたはずの——みずから〝生〟を諦《あきら》め、もはや死に絶えようとしていたはずの私の心の細胞が、次々に再生されていく。そんな心地がするのである。

アトリエを訪れたあの夜以降も、希早子は幾度か電話をかけてきた。

予想に反して、彼女は母の死や例の手紙の件についてはほとんど触れようとせず、絵の感想を改めて述べたり、何でもない世間話をしたりした。納戸にしまいこんである昔の絵をいつか見せてほしい、とも云った。

年末――十二月二十七日だった――には、彼女と二人で岡崎《おかざき》の美術館へ行った。友だちにチケットを貰ったから、と向こうから誘ってくれたのだ。

彼女が果たしてどういうつもりで、十歳以上も年の離れた私のような男に接近してくるのか、最初はずいぶんと不思議だった。だがそのうち、そんなことはどうでも良く思えてきた。

彼女と話し、彼女と会い、彼女の笑顔を見る。それだけで私は充分に楽しかった。生臭い男と女の感情や関係を不用意に想像して、そんな彼女との付き合いのバランスを壊してしまいたくなかった。

こうして――。

彼女との接触が続くにつれ、私はまたぞろ、いつ襲いかかってくるとも知れぬ正体不明の殺意に対して、人並みの恐怖心を抱くようになってきたのである。

もっとも、今さら警察へ相談にいく気にはどうしてもなれないでいる。だから、せいぜい部屋の戸締まりに注意したり、あまり夜遅い時間には外を出歩かないようにしたり、といった自衛策を講じることで恐怖心を和らげるしかなかった。

希早子は年が明けてから帰省した。学部の講義は一月にはほとんどないそうで、せっかくだから大学の共通一次試験が終わる頃までゆっくりしてくるとのことだった。

＊

一日のうちの何時間かは土蔵のアトリエにこもり、記憶の疼《うず》きを探るための例の絵に取り組んでいる。

ときおり痺《しび》れるような感覚とともに見え隠れする、あの〝遠すぎる風景〟に何とかして近づこうと、私は懸命だった。むやみに己を問いつめるのはかえって逆効果だと思い、希早子にも話したように、とにかく筆の赴《おもむ》くまま、心の深奥に眠るそれを写し出してみようと努めたのだが。

年が明けた頃には、一枚の絵が完成に近づいていた。

それは——。

黒い線路が、遠くから手前へ、大きなカーヴを描きながら延びている。澄み渡った秋の青空。線路の両側の野原には、群れ咲いた赤い彼岸花《ひがんばな》が風になびいている。

近景には、線路の傍《かたわ》らにしゃがみこんだ一人の子供がいる。白いシャツを着、グリーンの半ズボンを穿《は》き、頭髪は五分刈り。俯《うつむ》いていて顔の造作は分らない。そしてずっと遠く――画面からはみだそうかというあたりに、ぼんやりと黒く、線路を走ってくる列車の長い影がある。

この風景のあとに続く場面を、私の心は知っている。

「巨大な蛇の屍《しかばね》のような」――転覆した黒い列車。

「ママ……ママは？　……」――母を呼ぶ子供の（私自身の？）声。……

やはりこれは、そうだ、二十八年前に起こった列車事故に関わる風景なのだ。

その事故で母、実和子は命を落とした。彼女以外にも大勢の死傷者が出た。

もしも、手紙の主が「思い出せ」と迫る記憶がこれなのだとすれば、たとえば九月の末、最初に〝殺された〟土蔵のマネキン人形は、事故で死んだ実和子の姿を暗示しようとしたものだった、と考えられはしないだろうか。二度目の〝人形殺し〟は、では、その他大勢のあの事故の犠牲者たちを示したもの、なのか。

同じような解釈が、他の出来事についても可能であるような気がする。

郵便受けのガラスの破片は、事故で割れた列車の窓ガラスを暗示するものだった。自転車のブレーキの故障。それによって引き起こされた私の転倒を、列車の転覆になぞらえてみることができる。

野良猫の死骸は？　――あの猫は頭を潰されて死んでいた。頭を潰されて……それは（……ああ、何ということだろう）実和子が列車事故で死んだ、その死に方ではないか。――そうだ。思い出した。彼女は転覆の衝撃で椅子から投げ出され、頭部を強打して死んだのだ。そう聞かされた憶《おぼ》えが、確かにある。

しかし――。

何故にそれが「お前の罪」という言葉に結びつくのかは、いくら考えても私には分らなかった。

イーゼルに立てた絵を眺めながら、私は考える。

（……どうして？）

（どうしてこの絵が……）

線路のそばにしゃがみこんだ子供。――これは私なのだろうか。だとすれば、私はそこで何をしている（していた）のだろうか。

分らないことは他にもある。

心の奥で疼く〝断片〟の中には、この絵には描かれていないものがまだいくつも残されている。そんな気がしてならないのだ。

たとえば、それは「赤い空」である。

この絵の空は「赤」ではない。が、だからと云ってそこで空を赤く塗り直そうとすると、何故かしら「違う」という思いが湧き出してくる。

あるいは、それは「黒い二つの影」であり、「流れる水」である。

長く伸びた二つの影は、線路を表わす「黒い二本の線」とはまた別物であるように思える。「流れる水」と云っても、この絵にはどこにも、そんなものを描き込む余地がないではないか。

………ん！

希早子に云った私自身の言葉の中にもあった。

——形の違う破片がたくさん交ざり込んだパズルみたいな感じで。

形の違う破片。

……くん！

形の違う……。

架場にまた相談してみようか、と思うこともある。このところ連絡を取ってこないけれど、希早子から話を聞いて、彼もその後の私の状態は知っているだろうから。

それをしないでいるのは、彼に相談したところでどうなるものでもない、という諦めに似た感情があるからだ。いま一つ彼は頼りにならない。そんなふうに思えてしまうのである。

（……島田さん）

と、そこでおもむろに迫《せ》り出してくる、大学時代の友人の顔。

彼ならば——と思う。

彼ならばもしかしたら、私をこの状態から救ってくれるかもしれない。

2

島田潔から連絡があったのは一月六日、水曜日のことだ。

〈来夢〉から帰ってきたあと、私はアトリエに入り、完成間近の絵を前にしていた。おりしもその時、電話のベルが鳴ったのである。

「もしもし、飛龍君かい」

受話器から聞こえてきたその懐かしい声に、私は驚いた。どうにかして島田に連絡を取りたい——と、この数日間ずっと考えていた、まるでその願いが通じたかのようなタイミングだったからだ。

「やあ、久しぶりだね。島田だ。島田潔だ。元気にしてるかい。去年、わざわざ電話をくれたって？　親父から聞いたよ。悪かったなあ。いやあ、ちょっと長いあいだ家を空けてしまっててねえ」

低音だが張りのある独特の声で、半ば独り言のように彼は喋《しゃべ》る。

「しかし、君が電話とは珍しいね。何か急な用事でもあったのかな」

「島田さん」

胸の詰まる思いで、私は答えた。

「実は、母が死んだんです」

「お母さん？　あのお母さんが？　そりゃあまた、いったい……」

「去年の十一月に、火事で」

そして私は、ほとんどまくしたてるような調子で彼に話した。昨年の七月、京都へ越してきてから今日までに起こったこと、自分が考えてきたこと——そのすべてを、である。

「ふうむ」

黙って私の長い話を聞きおえると、島田は低く唸《うな》った。

「そいつは大変だったんだなあ。すまなかったね、連絡が遅れて」

「どう思いますか、島田さんは」

すがる気持ちで、私は訊《き》いた。

「いったい誰が、僕を狙っているのか。何故、狙っているのか」

「そうだねえ」

彼は云った。

「今ここで答えを出せって云われても困るんだが。——ううむ。そうだなあ。いくつか思いついたことを云ってみようか」

「ええ」

「誰が〝犯人〟なのか？　っていうのが、まず最大の問題なんだろうけど、いま聞いた話からそれを特定するのはかなり難しい。決定的な限定条件がないんだな。

しかしね、最初に君が考えたように、怪しいのは緑影荘の住人だと思う。何と云っても、鍵の掛かった母屋や蔵に、いとも簡単に忍び込んだりしてるわけだからねえ。合鍵を手に入れるにしても、まったく外部の人間に比べれば、彼らのほうにより多くの機会があっただろう。

緑影荘の住人は、ええと、管理人の夫婦を含めると全部で五人だったね。合鍵の点から考えると、やっぱりまず疑うべきなのはその管理人夫妻なんだろうが。——どう思う？　君は」

「初めは僕も、水尻さんたちのことを警戒するべきだと思ったんです。でも、とりわけ母が死んだあとのあの人たちの様子を見てると、どうしてもそういう疑いは薄れてきて……」

「と云うと？」

「とてもよくしてくれてますからね、僕に。特に夫人のキネさんは、食事の面倒から何から、本当によく気を遣《つか》ってくれて」

「なるほど。心情的に犯人だとは思えない、か」

「そういうことです。夫の道吉さんのほうにしても、もうだいぶ身体が弱っていて、とてもそんな、人の命を狙えるようには……」

「じゃあ、とりあえずその二人は措《お》いとくとして、他の三人について、特に何か感じるところはないかな」

「辻井雪人は、非常に屈折した男ですね。話し方も態度もいやにねちねちしてて。逆に倉谷誠は、胡散臭《うさんくさ》いところもあるけれど、性格的にはあっさりした人間のように見えます。木津川伸造については……ああ、そう云えばいつか、ふと思ったことがあるんですが」

　私は以前——母が木津川にマッサージを頼んだあの時——自分が抱いた疑念を、島田に話してみた。彼は本当に目が見えないのだろうか、という疑念である。

「はあん。盲目の彼には一連の〝犯行〟は難しい。だが、もしもその盲目が偽りであったとしたら、そうとは云いきれなくなる。なるほどねえ」

「もちろん断言はできないんですよ。何となくそんなふうに感じただけで……」

「なら、確認してみればいいんだ」

　いともあっさりと島田は云った。

「木津川が本当に盲目なのかどうか、調べてみればいい」

「と云われても……どうやって」

「ちょっとした仕掛けをしてやれば簡単なことさ。彼の部屋のドアに何か、悪戯《いたずら》をしておくんだよ。たとえばだね、へのへのもへじでも描いた紙切れを画鋲《がびょう》で張っておくとかしてやる。午前中にその工作をして、次の日に紙の状態を確かめる」

「ああ、なるほど」

　木津川の目が本当に見えないのならば、紙切れはそのまま放ってあるだろう。そうではなくて、彼の盲目が偽りであるのならば、自分の部屋のドアに張られたそんな悪戯書きはすぐさま取り去ってしまうはず、というわけだ。

「もしも彼が盲目じゃなかった場合は、こちらの工作に疑いを持つかもしれない。誰かが自分を試そうとしているんじゃないか、とね。けれど、そう思い至る前にまず、そんな悪戯書きは剝《は》がしてしまおうとするのが、普通の人間の心理だと思う。仮にそのあとで元どおり張り直したとしても、ドアや紙にはそれなりの形跡が残るはずだし……」

「確かに」

「明日か、できれば今晩にでもすぐ、こいつは実行してみたらどうかな」

「ええ。そうします」

「それからね、その粘着気質の作家についてなんだけど、一つ思うことがある」

「辻井雪人について、ですか」

「うん。つまりね、問題は彼と君との関係さ。又従兄弟同士だっていう」

「それがどうか」

「動機だよ、動機」

「…………」

「分ってないんだなあ」

島田はちょっと呆れたように、

「君と辻井は又従兄弟……ってことは、彼は君の、数少ない血縁者なわけだろう。池尾家のほうとは公式の親戚関係がないんだから、もしもこの先、君が死ぬなんて事態になったら、飛龍家の財産はどこへ行く？」

「あ……」

「遠い血筋であろうと、とにかく血縁者なわけだよ、彼は」

「彼が僕の遺産を狙って、と？」

「実際のところは確か、又従兄弟に相続権はなかったはずなんだがね。それでも、辻井自身があると思い込んでいれば……」

「それじゃあ、手紙に書いてあることは全部、その動機を隠すための？」

「カムフラージュ。そうだね。そういう可能性もあるだろう。とにかく辻井は要注意人物だってことさ。

もう一人の倉谷っていう大学院生については、何とも云えないなあ。聞いてるとその男、多少マザコンの気があるようにも思えるんだけれど、何かその、君のお母さんに対して良からぬ感情を持っているふうには見えなかったかい」

「さあ。云われてみればまあ、そんな気がしないでも……」

「ふん。――〝犯人〟の問題については当面、云えるのはこのくらいのことかなあ。

君の記憶の件については、絵を描いてみるっていうその方法、気長に続けるべきだろうね。とにもかくにも君自身の問題なんだから、僕には何も口出しできない」

「この家については？　どう思いますか。つまりその、前に島田さんが云ってた、中村青司という建築家との関係について」

「ああ、それねえ」

島田は少し間をおき、重い口調で云った。

「中村青司が昔、京都の『人形館』っていう家の改築に関わった。——うん。確かにね、そんな噂を耳にしたことがある」

「やっぱり……」

「それはしかし、今さら気にしても仕方がないだろう。すでにこの世にはいない人物の話なんだ。因縁だとか何だとか、僕もときどき思いはするけど、そこには何ら科学的な根拠があるわけじゃないんだからねえ。むしろ僕が気に懸かるのは、君の家に置かれているっていう人形そのもののほうだなあ」

「人形、そのもの？」

「どうして君の父上が、そういった不完全なマネキン人形を家のあちこちに遺したのか、っていう問題」

「それは……彼は晩年、気がおかしくなって」

「父上の精神状態が正常じゃなくなっていたということには、あえて疑義を挟みはしないさ。しかしそれにしても、どうもその、人形の特徴とか置き方とかが気になるんだなあ。いかにも何か意味ありげじゃないか。狂人には狂人の論理がある、ってね、よく云われるだろう」

狂人には狂人の論理、か。

改めて、父高洋が遺した人形たちの様子を思い浮かべてみる。母実和子の〝復活〟をめざして、と私が想像する〝顔〟のない人形たち。身体のどこか一部分が欠けたのっぺらぼうの人形たち。……

「また電話するから。何か変わったことがあれば、遠慮なく連絡してくれ。いいね、飛龍君」

やがてそう告げて島田の声は消え、耳には取り残されたような静寂だけが残った。

3

その夜も遅くなってから、私は島田に指示されたとおり、意味のない落書きをしたメモ用紙を用意して、こっそりと木津川の部屋へ向かった。そしてそれを、入口のドアの、ちょうど目の高さあたりの位置に画鋲で留める。

木津川の住む〈1—D〉の入口は、前庭の小道を建物の裏手へまわりこんだところにある。だから木津川本人以外の住人が、この悪戯に気づいて剝がしてしまう心配はないだろう。

木津川は仕事に出ている。帰ってくるのはいつも、もっと遅くなってからだ。明日の午前中、忘れず確かめにくることにしよう。その時、もしも紙がそのままの状態で残っていれば、とりあえず木津川はシロだという話になる。

小道を引き返す際、辻井の住む〈2—C〉の窓を見上げた。彼は部屋にいて、まだ起きているようだった。

＊

〈2—B〉の部屋に戻り、ぐったりとベッドに横になりながら私は、電話での島田とのやりとりを独り反芻《はんすう》してみる。

〝犯人〟は誰か。

この家に住む者たちが断然、怪しい。財産目当てという動機がありうることを考慮して、特に辻井雪人には要注意。記憶を探るための絵には、気長に取り組みつづけるべし。「人形館」はやはり、中村青司が関わった建物。それよりも気になるのは、父高洋が遺した人形そのもの……。

この家の人形たちそのもの。

引っ越してきた当初は、私も大いに気になったものだった。けれどもあの人形たちの持つ不自然さや不気味さに目が慣れてくるにつれ、結局それは、孤独と老いの中で自殺した父の狂気の産物であり、意味を推し測るのは無駄なことだろうと、そう割り切って見るようになっていた。

しかし――。

狂人には狂人の論理があるはずだ、と島田は云う。「今ある場所に置いたまま動かしてはならない」という遺言とともに遺された人形たちには、必ず何か、相応の重要な意味が込められているに違いない、という話か。

私も無性にまた、それが気になりはじめた。

時刻はもう十二時をまわっている。普段ならそろそろ眠くなる時間なのだが、逆に頭が冴《さ》えてくる。

この家の人形たち……。

ベッドを離れ、居間を通って廊下に出てみた。

出て右へ。明りの消えた廊下の角を一つ曲がった正面に、六体の人形のうちの一体――左脚の欠けた――が立っている。一階の廊下に置かれた上胴部のない人形の、ちょうど真上に当たる位置だ。

窓から射し込む星明りで、ぼうっと白く闇に浮かび上がったその姿を見るうち、私はふとあることに気がついた。それは――。

彼女の〝視線〟である。

もちろん、彼女の顔は例の、何の起伏もないのっぺらぼうなのだから、そこに厳密な意味での〝視線〟があるわけではない。私が云いたいのは、斜めに窓のほうを向いた、その顔の向きのことだ。

この真下に置かれた人形も、確かこれとまったく同じ方向を向いて立っていたのではないか。

同じ位置にあるから同じ方向を向いている、というわけだろうか。だとすれば、どうして彼女たちはその方向を向いていなければならないのだろう。

（これは……）

これがひょっとして、この人形たちに与えられた意味なのではないか。

そう考えだすと、居ても立ってもいられなくなった。

私は部屋に戻ると、机の上でスケッチブックを開き、鉛筆を握った。そうしてこの家の、焼けた母屋も含めた全体構造や間取りを思い浮かべながら、できるだけ忠実にその平面図を描いてみる。

記憶が曖昧《あいまい》な部分もあったし、正確な寸法も分っていない。が、何分かの時間をかけてとにかく図を完成させてしまうと、次はそこに、六体の人形たちが置かれている位置を○印で書き込んだ。

母屋の玄関脇。蔵の扉がある袖《そで》廊下の突き当たり。母が使っていた座敷の縁側。そして〈1—B〉の前の廊下の角。

二階に置かれたものを別にすることはせず、同じ平面図の、相当する場所に印を付ける。この部屋の前の人形は、真下のものと重ねて二重の○印にする。もう一体はホール部の回廊、その南東の隅だ。

六体すべての位置を記入しおえると、今度はそれぞれの人形が向いた方向を心に浮かべた。

玄関の人形は確か、戸口の横から斜めに左を向いていた。縁側の人形も、部屋を背にしてわずかに左向き。

袖廊下の人形は、頭部自体が欠けてはいるものの、明らかに正面を向いている。それから——。

一階と二階、同じ位置にある廊下の角の二体は、さっき見たとおり斜め左方向。回廊の隅の人形は逆に、斜め右の窓のほうを……。

それぞれの人形の〝視線〟を、矢印で書き込む。すると、どうだろう、六本の矢印はすべて、同じ一つの場所に向かっていることになるではないか。

正確な図ではないから、ぴったりというわけにはいかない。けれども各々の矢印を延長してやると、それらは六本とも、内庭の中央あたりのほぼ一点で交差してしまうのである。（Fig.2「人形館平面図」p.281参照）

そこまで確認すると、私は再び廊下に出た。そして、その角に立つ左脚のない人形のそばに寄り、自分の顔を彼女の顔の横に並べてみた。

窓の外が見える。仄《ほの》かな星明りの下、荒れた庭が見える。彼女の〝視線〟を追いながら、図上で矢印の延長線が交差した点を目測すると……。

「……ああ」

溜息《ためいき》のような声が、思わず洩《も》れた。

その地点にあるのは、他でもない、父が首をくくったというあの桜の大木だったのである。

4

もう時間が遅かったので、行動を起こすのは次の日に持ち越そうと決めた。行動とはむろん、問題の桜の木の付近を調べてみることである。

六体の人形たちの〝視線〟はどうして、あの桜の木に集中しているのか。

これは決して偶然ではないはずだ。亡父高洋が意図的にそのようにしたとしか考えられない。

では、それは何のために？

自分が死んだ場所を、その後も〝彼女〟たちに見守らせるため？　そんな単純な話だろうか。——いや、私にはそうは思えない。他に何か、きっと意味があるに違いない。人形たちが見つめるあの桜の木そのものか、でなければあのあたりの地面に、きっと何かが……。

家の平面図を描いたり、そこに人形たちの位置を書き込んでみたり……と、そういった何やら〝宝探し〟じみた行為からの連想かもしれない。私にはどうも、あの桜の

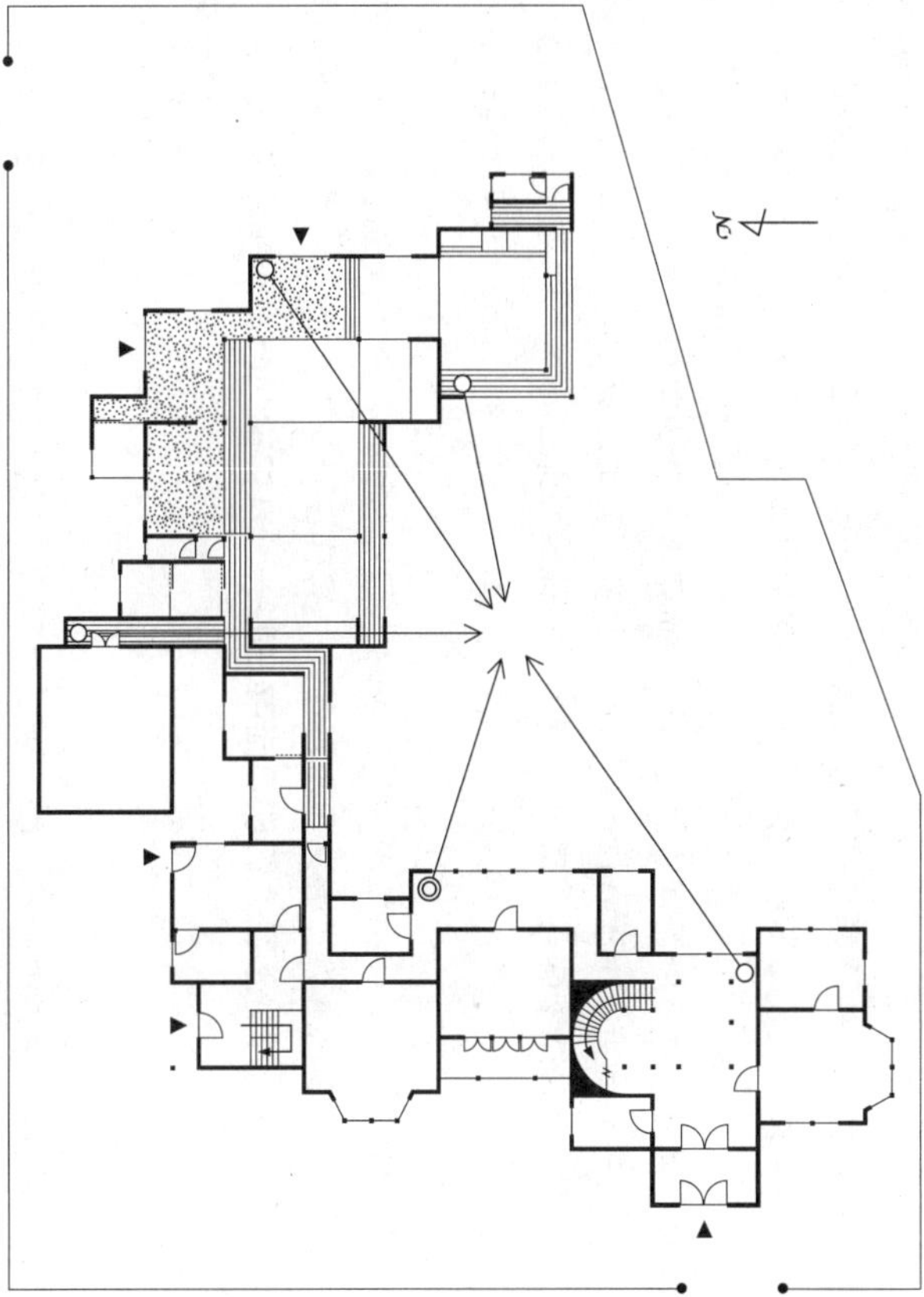

Fig.2 人形館 平面図

木の付近に何かが埋められているのではないかと思えてならなかった。

*

翌七日。

午前九時に起き出すと、私はまず木津川伸造の部屋へ向かった。

昨夜ドアに張っておいたメモ用紙は、そのままの状態で残っていた。いったん剥がした様子がないかどうか、注意深く調べてみたが、それらしき形跡はまったく見られない。

(木津川はシロ……)

そっと画鋲を外し、メモ用紙をズボンのポケットに突っ込んだ。

彼の盲目に対する疑いは、やはり私の思いすごしだったということか。

〈1―D〉のドアから離れると、私はその足で内庭へと向かった。玄関の前を通り過ぎ、洋館の南側からまわりこむ。

空はよく晴れている。珍しく山から吹き下ろす風もなかった。と云っても、真冬の寒さには変わりがない。周囲に立ち並んだ常緑樹の葉の隙間《すきま》から洩れ込む陽光は、暖かさよりもむしろ心寂《うらさび》しさを感じさせた。

葉を落とし、ごつごつした線ばかりが目立つ桜の大木の下に立つと、私はズボンのポケットに両手を潜り込ませながら、付近の地面の様子を観察しはじめた。うずたかく積もった落ち葉、枯れ草。冬を生きつづけている雑草。火災の爪跡として残る真っ黒な灰。……

何かが埋められているとすれば、あまり木の根元に近い場所ではないだろう。近すぎると、地中に広がった木の根が邪魔で、穴を掘るのが難しいに違いないから。

足先で落ち葉や枯れ草を払いながら、私はうろうろと木のまわりを歩きまわった。そうしてしばらく経った頃、ようやく私はそれらしき部分を見つけた。木の根元から一メートルほど北側——そのあたりの地面が、何となく他とは違っているような気がしたのだ。

地面にへばりついた雑草の密度が、他よりも若干まばらであるように見えた。もっとも、父がこのあたりに何かを埋めたのだとすれば、それは今から一年以上も前の話になる。経過した時間を考えると、雑草の密度などという指標は必ずしも当てにならないわけだが……。

私は試しに、自分の感覚が捉えたその場所に立ち、洋館のほうへ目を向けてみた。

まずは一階の廊下。塗りの剝げた白枠の窓が並んでいる。それらの中に例の人形の姿を探す。

それはすぐに見つかった。光のバランスの関係で非常に捉えにくいけれど、うち一枚の窓の向こうに、薄暗い廊下の角に立つ〝彼女〟の影が見える。そして、その顔の向き。彼女の顔はまさに、一直線にこちらを向いているではないか。

同様にして私は、二階の廊下に立つ二体の人形の姿を探し、〝彼女〟たちもまた、いま自分がいるこの場所へとまっすぐに顔を向けている事実を確認した。

(やはり……ここに?)

私は母屋の焼け跡から手ごろな瓦礫《がれき》を拾ってきて、その場所に置いた。目印にするためである。

もしも本当に、ここに埋められているものがあるとすれば、いったいそれは何なのか。

この時すでに、私は漠然とながらその答えを予感していた気がする。

5

水尻夫人の用意してくれた料理を部屋で食べおえたあと、私は彼女に頼んでスコップを貸してもらった。どうしてそんなものを？　と目を丸くする彼女に対しては、気まぐれにちょっと庭をいじってみたくなったのだ、と適当な口実を述べた。

この時ついでに、私はそれとなく尋ねてみた。

「この家のあちこちにある人形なんですけどね、あれはいつから、あの場所に置かれていたんでしょうか」

一昨年《おととし》の秋の終わり頃だったんじゃないか――と、夫人は答えた。父が自殺する一、二ヵ月前である。

「そのころ彼――父は、庭で何かをしていませんでしたか。植木の手入れをするとか、穴を掘るとか」

この質問には、彼女は「さあ」と曖昧《あいまい》に首を傾げた。

「そんなことがあったような気もしますけどねえ。どうでしたやろか」

午後から、晴れていた空は急に翳《かげ》りだしていた。吹きはじめた強い風が、庭木の枝々をしならせ、葉をざわめかせている。水尻夫人によれば、今日はこれから雨か雪になると予報で告げていたらしい。

天気が崩れる前に、何とか片をつけておきたいと思った。

さっそく私は、目印の瓦礫を置いておいた場所にスコップを突き立てたのだが、この数日間の好天のため土が乾いていて、ひどく掘りづらかった。慣れない力仕事で、ものの五分もしないうちに腕や腰がだるくなってくる。背中や腋《わき》の下に滲《にじ》む汗とは裏腹に、スコップを握る手や頬《ほお》が痛いほどに冷たい。

二十分も作業を続けてようやっと、穴の深さは三十センチくらいになった。加速度的に広がってくる頭上の厚い雲。吹きつける風はいよいよ強く、冷たく感じられる。

どれほどの深さまで掘ってみるべきなのだろうか。早くもそんな、後悔とも諦《あきら》めともつかぬ気分が芽生えはじめた頃——。

ガチッ……と、スコップの先端が何か硬いものに当たった。

慌てて穴の中を覗《のぞ》き込んだ。今の感触が何だったのかは、土にまぎれて見えない、よく分らない。

もう一度スコップを、同じところに突き立ててみる。ガチッ、とまた確かな手応えがあった。

私はその場に屈《かが》み込むと、邪魔な土を素手で掻《か》き分けていった。やがて、かじかんだ指先がそれを探り当てた。何か硬い、平らなもの……。

(……あった)

これだ、と思った。

私はスコップを握り直すと、寒さや疲労も忘れて夢中で作業を再開した。

＊

それは相当に大きな物体だった。

長さ一メートル半。幅が四、五十センチ。深さ三十センチ。

かれこれ一時間以上の苦労の末、やっと穴をその大きさにまで掘り広げた。

まだ夕暮れには早いというのに、すでにあたりは薄暗くなってきている。いつ雨か雪が降りだしてもおかしくないような気配である。

掘り出したそれは、長細い木の箱だった。

（これは……何を入れるための？）

考えてみるまでもなかった。この大きさの、こういった形の木箱と云えばまず、連想するものは決まっている。——そう。棺だ。

（棺……？）

その中に納められたものが何なのか、蓋《ふた》を開けてみなくても私にはうすうす見当がついた。

（……そうだ）

（それはたぶん……）

箱の蓋はしっかりと釘付けにされていた。私はいったん家の中に戻ると、また水尻夫人に頼んで釘抜きを借りた。

「どうしはったんですか、ぼっちゃん」

土や灰ですっかり汚れてしまった私の姿を見て、彼女は心配そうに訊いた。

「庭を掘ってはったみたいやけど」

「探し物をしてたんです」

今度は正直にそう答えた。夫人は不思議そうに目をぱちくりさせて、

「はあぁ？　何を探してはるんですか」

「父の形見を」

唖然《あぜん》とする夫人を残して、私は再び庭へ駆け出した。

蓋を開くのに、さらに十分ほどの時間を要した。ようやくすべての釘を抜きおえると、私は荒くなった呼吸と鼓動を鎮めながら蓋に手をかけた。

（……ああ）

予感していたとおりのものが、目に飛び込んできた。

(ああ……やっぱり)

箱の中に横たわっていたそれは、一体の白いマネキン人形だった。

頭部、上胴部、両腕、下胴部、左脚――すべてのパーツが揃《そろ》っている。仰向けに寝かされたその顔面にはそして、ちゃんと目がある。鼻も口もある。髪の毛もある。

(……お母さん)

父は完成させていたのだ。これを――この母、実和子の人形を。

私は穴の縁にひざまずき、両手を伸ばして彼女の身体を抱き上げた。

ぽつりとその時、冷たい滴が頬に当たった。見上げた暗い空が、今しも大粒の雨を吐き落としはじめていた。

6

人形を抱えて、私は家の中に駆け込んだ。

だんだんと激しくなってくる雨音に追われるようにして、小走りに廊下を突っ切りアトリエへ向かう。

自分の服を着替えるよりも先に、長らく地中の棺の中で眠っていた人形の汚れを、丁寧に布で拭き取ってやった。そうして彼女を、背凭《せもた》れを倒した揺り椅子の上に置くと、私は肘掛《ひじか》け椅子に坐り、それと向かい合った。

(お母さん……)

斜めに天井を仰いだ彼女の顔を見つめる。

黒い髪は肩を通り越し、背中の真ん中あたりまであるだろうか。ほっそりとした輪郭の内側に刻まれたその顔立ちは確かに、私の記憶に残っている母、実和子の面影と一致するものだった。

それはどことなく、私自身の顔と雰囲気が似ているような気がした。

水尻夫妻は初対面の時、私が祖父飛龍武永によく似ている、と感想を述べていたが、こうして父が再現した実和子の顔を見ていると、自分はむしろ母親似だったのではないかとすら思えてくる。

(ああ……お母さん)

この人形を、父は完成させていた。記憶の中にある妻の姿をそのままの形で取り出し、自分のそばに置くことに成功していた。

父がこの人形を作り上げたのがいつだったのか、私には知るすべがない。ただ、これだけは云えると思う。父にとって必要なのはたった一体の完璧な人形だけだった、ということである。

この家に遺された他の人形たちは、すべて〝顔〟を持たない。これはしかし、父が最初から意図してそのようにしたわけではなかったはずだ。

それぞれの人形を彼は、実和子の〝再生〟をめざして作った。できあがった時点では恐らく、どの人形にもちゃんと〝顔〟が与えられていたのだろう。だが、そのいずれにも彼は満足できなかったのだ。新しい人形を作り、それがより〝本物〟に近づいていくたびに、彼はすでにできていた人形の〝顔〟を削り取り、その身体の満足できない部分を廃棄していったのではないかと思う。

そういった幾たびもの試行錯誤の末、ようやく彼は完璧な一体を完成させた。それがすなわち、この人形だったのだ。

その後、彼がみずからの死を決意するに至った心理を分析する力は、私にはない。が、あえて無責任な想像をするならば――。

彼の死は、彼一人の自殺ではなかった。再生した妻、実和子との〝心中〟を、彼は敢行したのではないか。

自分が首をくくる桜の木の下に、みずからの手で〝復活〟させた実和子の棺を埋めた。そんな父の行為に、私はどうしても〝心中〟という意味合いを感じ取ってしまうのである。

不完全な形をした六体の人形たちは、では云ってみれば、〝墓守り〟のような役割を担っていたということだろうか。人知れず埋葬した妻の眠りを見守りつづけるように……と命じられた六体の番人。

さらに想像を逞《たくま》しくしてみると、あるいはそれは、父が意図的に遺したメッセージだったのかもしれない。

頭部、上胴部、下胴部、右腕、左腕、左脚——各々にどこかが不完全な〝彼女〟たちの〝視線〟が示すところに、唯一完全な形の〝彼女〟がいるのだ。そんな暗示が、あの六体の人形たちに込められていたとは解釈できないだろうか。

それは誰に対して向けられたメッセージだったのか。——この私に対して？　彼が一度として振り向こうとしなかった、この息子に対して？

ならば、それはいったい何故なのだろうか。

蔵の屋根を打つ激しい雨音を聞きながら、私はしばし、身じろぎもせずに揺り椅子の人形の顔を見つめ、あれこれと思いを巡らせていたのである。その心の奥で、ふっとまた——。

…………赤い花

……涼やかな秋の風

見え隠れしはじめる、遠い風景。

……黒い、二本の

……しゃがみこんでいる子供の……

（子供……これは、私だ）

……………………………石

……石ころが

……手に握られ……………

石ころが…………………………

……………ぽつんと……………

（石ころ？）

（子供は石ころを握っていた？）

…………ゴ……

…………ゴゴゴ……

（子供は――私は、その石ころを……）

……ゴゴ……ゴゴゴゴゴゴ………

（近づく列車の音）

（転覆した列車の影）

……………まるで、巨大な蛇の屍のような

…………ママ

……ママは？

……どこなの？

……ママ！

……ママ！

……ママァァァァァァ!!

「ママ！」

頭を抱え、私は絶叫していた。

その声にも、一瞬にして蒼白になったであろう私の顔色にも、表情一つ変えない美しい母が、目の前にはいた。

「ママ……お母さん……ああ、何てことだ」

たった今、まざまざと脳裡《のうり》に蘇《よみがえ》った恐ろしい光景。それをすべて否定してしまいたかった。

「まさか……まさか」

しゃにむに首を振りながら、揺り椅子の人形から目をそらす。白い母の顔に瞬間、そんな私を哀れむような色が浮かぶ。

長い間、心の深みに封じ込められていた記憶。二十八年前、私が六歳の時の。

まさか、父が六体の人形たちを遺したのは、これを——この記憶を、私の心から引きずり出すためだったとでも……？

人形からそらした目が、イーゼルのキャンバスに描かれた例の絵を捉える。

線路のそばにしゃがみこんだ子供。——顔は見えないけれど、これは私だ。間違いない。やはりこれは私だったのだ。そこで私は何をしていたのか。何を、そして何故……。

……分った。

分ったから。もう分ったから。——だから、私がこれからどうすればいいのか、誰か教えてくれ。

そうだった。

二十八年前の秋、私は母を殺したのだ。いや、母だけではない。もっと大勢の人々の命を私は奪ったのだ。

絶望にも似た気分で目を閉じた私の耳にその時、電話のベルの音が聞こえてきた。

7

「もしもし、飛龍君?」

「ああ」

受話器を握りしめ、私は喘《あえ》いだ。

「島田、さん……」

「ああん? どうしたんだい、今にも死にそうな声を出して。もう寝てたなんてことはないだろう」

島田潔は云った。

「それとも何か、急な展開でもあったかな」

「島田さん。僕は――」

私は心中から溢《あふ》れ出てくる言葉を、躊躇《ちゅうちょ》する余裕もなく彼にぶつけた。

「僕は、そんなつもりじゃなかったんだ。そんなつもりじゃなかった。まさかあれが、あんな大変な事故になってしまうなんて……」

「どうしたんだい、飛龍君」

「あの日——あの日、母は僕をサーカスに連れてってくれるはずだった。そういう約束を、ずっと前からしていたんです。父は、そんなものにわざわざ連れていく必要はないと。だから二人だけで——あの日こっそりと、父には内緒で、二人だけで行こうって約束してた。なのに……」

なのに、そうだ、その直前になって、母には別の用事ができてしまったのだ。父の制作した彫刻作品が、初めて何かのコンテストで入選した。その授賞式（だったと思う）に行かなければならなくなって、それで彼女は……。

——また今度ね。

泣きじゃくる私に、彼女は優しく云った。

——今度きっと、連れていってあげるからね。だから、今日は堪忍《かんにん》して。ね、想一ちゃん。

けれども私の行きたかったサーカスの公演は、その日が最終日だったのだ。私は二ヵ月も前から、大好きな母と二人だけでそれを見にいけるその日を、何よりも楽しみにしていたのだ。

——お父様の、大事な日なの。ね？　分ってくれるわよね。想一ちゃんも一緒に行きましょ。お父様が会場で待っておられるから……。

そんなものに行きたくなどなかった。私はまだ幼くて、その授賞式だか何だかが父や母にとってどれほどの意味を持つのか、理解できなかった。加えて、そう、いつもアトリエに怖い顔で閉じこもって、私が入っていったりすると鬼のように叱る父のことを恐れ、嫌ってもいた。

母は結局、私を留守番に残して家を出ていった。私は独り取り残された。

「……だから」

島田は黙って私の話を聞いていた。私は細かく震える声を意識しつつ、

「だから僕は、電車が止まればいいと思ったんだ。そうしたら、母は父のところへ行けなくなる。行けなくなったら、僕のところへ帰ってきて、サーカスに連れてってくれる……」

母が乗っていく電車は、当時の私の家の裏手——子供の足で数分のあたり——を通って街へ向かっていた。母が出ていって少しすると、私は夢中でその線路へ走った。

電車が止まれば……と、それだけを考えていた。

電車さえ止まってしまえば……。

「……それで僕は、あの線路の上に石ころを置いたんです。いつか、誰かに聞いた憶

えがあった。線路に石を置いて遊ぶ悪い子供がいる、そんなことをしたら電車が止まってしまう、って。だけど、まさかあんな……」

駅を出、スピードを上げて驀進《ばくしん》してくる列車。線路があそこで大きくカーヴを描いていたことも災いしたのかもしれない。

私が線路の敷設構内から逃げ出し、離れた場所から様子を見守る中――。

置き石をした箇所にさしかかった列車は、物凄い大音響とともに走行体勢を崩し、脱線し……捩《ね》じれ、のたうつようにして地に横転した。秋風になびく赤い彼岸花の群れに囲まれ、やがて動きを止めたその姿は、まるで……そう、巨大な蛇の屍のように見えた。

私は叫んだ。母を呼んだ。

しかし、応えてくれる声などあるわけもなく……。

……あんな結果になるはずではなかった。そんなつもりではなかった。私はただ、電車が止まってくれれば良かっただけなのだ。たった一個の石ころがまさか、あんなに大きな電車を引っくり返してしまうなんて……。

「……父は恐らく、それを知ったんだろうと思います。僕が泣きながら、自分の口から自分の行ないを打ち明けたような気もする」

だから——。

彼は私を許すことができなかったのだ。彼は私を、少なくともそのとき以降、激しく憎悪するようになった。かと云って実の息子の罪を他言することもできず、だから私を捨てて、独りこの街へ……。

「なるほど」

ようやく私が言葉を切ると、島田は云った。

「その事件がつまり、君の『罪』だったってわけか。玄関に置いてあった石ころっていうのも、これで意味を持ってくるね」

「島田さん……」

「あまりにもそれが忌まわしい事件だったから、君はその記憶を、いつしかみずからの心の底に封印してしまっていた。あるいは……ふん、もしかして飛龍君、君がお父さんにそれを告白した時、何か強く命令されはしなかったかい。お前のしたことは絶対に誰にも云ってはいけない、とか」

「ああ、そう云えば……」

——忘れるんだ。

押し殺した声で、恐ろしい形相で、彼は私に命じたのだった。

──忘れるんだ。そんなことはなかったんだ。いっさいなかったんだ。いいか。分ったか、想一。

「島田さん。僕は……」

「こらこら。何もそんな、悲愴な声を出すんじゃない」

島田は低い、けれども暖かみのあるいつもの声音で云った。

「君にしてみればそりゃあショックだろうが、いいかい？　それはもう三十年近くも昔の話なんだ。その時の君には何の責任能力もなかった。犯罪を行なおうっていう自覚もまるでなかったんだから」

「でも……」

「罪は罪かもしれないが、そのために今、君が殺されなきゃならないなんて話には全然ならないんだよ」

「……………」

「仮に君を狙う犯人が、その二十八年前の置き石事件を理由に君を殺そうっていうんだったら、それこそ思い上がりってもんさ。どんな理由があろうとも、個人が個人を裁くことなんて、僕らの社会では許されちゃいないんだ。ましてやそいつは、君を苦しめるために母上──沙和子叔母さんの命まで奪ってしまったわけだろう。そんな暴挙が許されてたまるもんか」

彼の言葉は力強かった。

「分ったね、飛龍君。決してここで、自棄《やけ》になっちゃいけないぞ」

「――はい」

いくらか救われた思いで、私は頷いた。

「よしよし。じゃあ煙草《たばこ》でも吸《す》って、気を落ち着けて」

云われるままに、煙草に火を点《つ》ける。

「とにもかくにも問題の一つが明らかになったんだ。それだけでもまあ、現在の状況にとってはプラスだと考えなきゃいけない」

そして島田は、私に訊いた。

「ゆうべ云ってた木津川の件、もう実験をやってみたかい」

「ええ」

私がその結果を報告すると、島田は「ふんふん」と鼻で頷いて、

「そうか。これでまずは一人、消去できたわけだ。本当に盲目なんだったら、どうしたって一連の〝犯行〟は不可能だからねえ。となると、残る〝容疑者〟は辻井か倉谷か……」

「…………」

「ところでね、誰が犯人であるにしろ、いったいどうやってそいつは君の『罪』を知ったのか。これも重要な問題だなあ。二十八年前、実際に君の行為を目撃したのか。何らかの方法で調べ出したのか。あるいは君のお父さんから聞いたのか」

「どうして彼は、今になってこんな……」

「さあねえ。ただ、もしもそれが――君の『罪』がそいつの動機を支えているのだとすれば、そこで二種類の犯人像が浮かんでくる」

島田は自信たっぷりに考えを述べた。

「一つは、そいつ自身はまったく昔の事故とは無関係な人物で、なおかつ君の犯した『罪』を裁こうとしているっていう場合。云ってみればこれは、そういう〝使命感〟に取り憑《つ》かれた一種の狂人だって話になるね。

もう一つは、そいつ自身が事故に関係していた場合。その電車に乗っていて大怪我をしたとか、事故で死んだ人間の遺族だとか恋人だとか。要は、君に〝復讐〟しようってわけだ」

「復讐……」

「いずれにせよ、二十八年前のその事故については、詳しく調べてみる必要があるなあ。——よし。それじゃあね、これは僕が動いてみよう。君に任せてはおけないみたいだから」

「——ありがとう、島田さん」

「とにかくね、くよくよしちゃあいけないぜ。いずれ僕もそっちへ行くから」

「——本当に？」

「うん。ちょっとこっちで手を離せない用事があってね、今すぐにってわけにはいかないが。部屋の戸締まりとか、まわりの人間の怪しいふるまいとか、充分に気をつけるようにね。いいかな」

「分りました」

「じゃあ、近いうちにまた連絡するから……」

——1

その夜、——はたまたま外へ出た。

確たる目的があっての行動ではなかった。が、しいて理由を求めるならば、このあとどうやってあの男を殺すか、その方策を考えるため、と云えなくもない。

——は、あの男が散歩でよく通る道を知っている。今夜はそのコースを歩いてみよう。

いい加減にあの男も、自分が犯した罪を思い出したことだろう。こちらの動きに対しても、相当の警戒心を抱くようになったに違いない。

とすれば、こちらもこちらで何か良い手を見つける必要がある。あの男のガードを緩め、うまくその隙に付け入る方法を。そしてなおかつ、あの男の罪を裁くのに最もふさわしい方法を。

よけいなことは考えず、ひと思いにもう片をつけてしまおうか。やり方がどうであれ、結果は一つなのだ。だからもう……。

……いや、待て。

（その前に……）

その前に、そう、まだ行なっておかねばならないことがある。

（それは……）

深夜だった。閑静な住宅街。人通りはまったくない。

前方に、ささやかな神社の鳥居が見えてきた。鳥居の向こうには深い闇がうずくまっている。夜風にざわめく木々の音が、かすかに聞こえる。何の気なしにその前を通り過ぎようとした時――。

（……ん？）

――の目は、視界の端に何か動くものを捉えた。

（あれは？）

とっさに、鳥居の陰に身を隠した。

（あれは……）

大小二つの人影が、境内の暗がりの中に見える。

小さいほうは、どうやら子供らしい。この時間にどうしてあんな子供が、と訝《いぶか》しむまもなく、大きいほうの影がその子供に覆《おお》い被《かぶ》さるように動き……。

犬の鳴き声が聞こえた。

仔犬が鼻を鳴らす、かぼそい声……これも、同じ神社の境内から。

重なった二つの影の動きが止まる。大きい影が離れ、その足許に子供の小さな影が崩れ落ちた。

（あれは……）

――は息を殺し、目を凝らした。

（あの男は……）

＊　　＊　　＊

子供の身体からくたりと力が抜けた。喉に喰《く》い込んだ手を離して一歩、身を退《ひ》く。

ざざっ、と音を立てて、子供は俯せに倒れた。

辻井雪人は、血走った目であたりを見まわした。

真夜中の神社の、暗い境内……。

……誰もいない。

(大丈夫だ)

大丈夫。誰にも見られてはいない。

悲しげな仔犬の鳴き声が、境内のどこかから聞こえてくる。付近の住民からも存在を忘れられているような、寂れた小さな神社である。その古びた社の、たぶん縁の下から……。

(運のない奴だな)

動きを失った子供の背中に、冷酷な一瞥《いちべつ》をくれる。

(あんな犬っころのために……)

今夜この子供を見つけたのは、もちろん彼にとっても予期せぬ出来事だった。こんな深夜の時間帯にこんな子供が一人で出歩いているなど、普通は考えられないことだから。

アルバイトの帰り道だった。

夜道をちょこちょこと走ってくる子供の姿を見て、彼はまず驚き、次にちょっとした警戒心を抱いた。ひょっとすると何かの罠かもしれない、と思ったのである。だがしかし、そうでなければこれは絶好のチャンスだ。

胸をぐぐっと締めつけられるような感覚。わらわらと心の表層に湧き出し、一点に集中してくるある種の欲望。……

(……ガキめ)

とにかく探りを入れてみよう、とすぐに決めた。

「こんな時間にどうしたの」

なるべく優しい声で、彼は子供に尋ねた。小学校一年生か二年生くらいの男の子だった。体操服か何かの上に、青い毛糸のセーターを着ている。

子供は最初、叱られると思ったらしい。もじもじと後ろへ手をまわし、おっかなびっくりの目で彼の顔を見上げながら、

「別に」

と答えた。

「怒らないから云ってごらん。何か事情があるんだろう」

「別に……」

「ねえ。正直に云わないと、おまわりさんのとこ連れてくよ。子供が外に出る時間じゃないからね」

少し考えてから、子供は後ろにまわしていた手を前に出して、

「チビのご飯、持ってったるんや」

と云った。

「チビ……何それ。犬？」

「そうや」

子供の手には、スーパーのレジ袋に入った牛乳の紙パックがあった。

「ママもパパも犬、嫌いやねん。持って帰ったら、捨ててこいて云わはったんや」

「そっか。それで、どこかでこっそり飼ってるわけかい」

「うん。あっちの神社の中にいるん」

「でも、どうしてこんな時間に？」

いつもはもっと早い時間に来るのだが、今夜は両親に見つからないよう、こっそり脱け出す機会を窺ううちに一度、眠ってしまった。どうしようかと迷ったのだけれども、犬がお腹《なか》を減らしていると思うと、出てこずにはいられなかった。——と、そのような事情を、子供は舌足らずな言葉で説明した。

大丈夫だ——と、辻井は思った。

(こいつは絶好の獲物だ)

一緒に行ってやろう。こんな夜中に一人じゃあ危ないから。

そう云うと、子供は見知らぬ彼のことをまるで疑ったり恐れたりする様子もなく、彼をこの神社へ連れてきた。莫迦《ばか》なのか純真なのか、親がまったくそういった躾《しつけ》をしていないのか……。

ともあれこうして、彼にしてみれば非常に都合の良い状況ができあがってしまったのだった。途中で誰か人と出会うようなことがあれば、むろん犯行は中止するつもりでいた。

(ガキめ)

心中で呪いの言葉を吐きつけ、彼は子供の死体を足先で仰向けにした。

(俺の邪魔をするからだ)

（俺の邪魔を……）

（俺の……）

この街にいる子供はすべて死んでしまえばいい——と、彼は思っている。何の役にも立たない、理性もデリカシーもない、騒がしくて薄汚い生き物だ。こんな奴らのせいで自分が犠牲になってたまるものか、と思う。

もともと子供は好きではなかったのだ。何も分っちゃいない大人たちは、やたらと子供の純粋さや可能性を讃《たた》えたがるが、とんでもない。

子供が純粋だって？

彼らの中には無限の可能性が秘められているって？

そんなのは全部、嘘っぱちだ。近代社会が勝手に作り上げた、おめでたい幻想ではないか。

彼らほど残酷な連中はいない。彼らほど他人の迷惑を考えず、己の欲望のままに生きている連中はいない。

一クラス四十人の小学校の生徒の中で将来、真に意義のある仕事をなしとげる才能のある奴が、いったい何人いる？　ほとんどはクズばかりじゃないか。人は努力すれば何にでもなれる可能性を持っているなどという思想は、可能性を持たない者たちを慰めるための支配装置にすぎないのだ。

自分はしかし、数少ない真の才能の持ち主である——と彼は信じている。いずれ日本の、いや、世界の文学史上に残る傑作を書く、それだけの才能を与えられた人間であると信じている。なのにいまだ作品が世間に認められないのは、ひとえに運がないだけなのだと信じている。

何よりもまず、金に不自由していた。親が金持ちではなかったという、ただそれだけの理由で、本当になすべき仕事に取り組む時間を削って、当座の生活費を得るためのアルバイトをしなければならなかった。

前に住んでいた部屋は、今にも床が抜け落ちそうなボロアパートで、そのうえ大通りに面していた。ほぼ終日、騒々しく窓ガラスを震わせて行き交う車。同じアパートの住人たちがまきちらす無神経な音や声。……あんな劣悪な環境にいて、満足な芸術作品を創作しろというほうが無理な話だったのだ。その前に住んでいた部屋も、似たり寄ったりのものだった。

昨年の春になって、ようやくあのアパートからの脱出が叶《かな》った。北白川のお屋敷町だというから、今度は環境の悪さに苦しめられることはないだろうと思っていた。ところが……。

隣室のギターの音は、部屋を替えてもらって解消できた。だが、いっこうに仕事は捗《はかど》らない。情景が浮かばず、人物は動かず、文章は捩《ね》じくれ、言葉を探せばそれに弄《もてあそ》ばれた。増えていくのはただ、くしゃくしゃに丸めて投げ捨てられる原稿用紙ばかりだった。

才能のあるはずの自分が、どうして書けないのか。どうしてこんなに苦しまねばならないのか。どうして……。

答えはすぐに見つかった。

それはあいつらのせいだ。家の外で遊びまわり、遠慮のない大声を張り上げるあいつらのせいなのだ、と。

あいつらが俺の邪魔をしているのだ。あいつらの声が、俺の心を掻き乱すのだ。あいつらの走りまわる音が、俺の才能をもぎとっていくのだ。

いったんそう思い込むと、あとは坂道を転げ落ちるがごとく、だった。

原稿に向かっている間だけではなく、起きていても寝ていても、道を歩いている時も……ちょっとでも子供の声が聞こえてくると、そのたびに彼は自分の才能がもぎとられていくのを感じた。

被害妄想は加速度をつけて膨れ上がり、やがて「子供」なるもの全般に対する強い憎悪へと変わっていった。いつしか彼は、窓の外で遊びまわる子供たちに向かって「殺してやる」という呟きを繰り返している自分に気づき、それを当然のこととして認めるようになっていた。

去年の八月。最初の子供を殺したあの日――。

あの時はまったく無意識のうちに、あの行動を起こしていたように思う。

早番のバイトの帰り、通りかかった疏水《そすい》沿いの道で、彼の身体にぶつかってきたあの子供。

こいつっ！　と思った次の瞬間には、両手が相手の首に伸びていた。子供は声一つ上げるまもなく、口から泡を噴いて息絶えた。

夕暮れ時だった。

近くで遊ぶ他の子供の声が聞こえたので、彼は慌《あわ》てて、殺したその子の身体を疏水に投げ込んだ。

罪悪感はまるでなかった。むしろ爽快ですらあった。俺の創作活動の邪魔をした当然の報いだ、とまで思った。――俺は俺を守らなければならない。俺の才能を、あいつらの攻撃から守らなければならないのだ。

あの子供が実際に、彼の部屋の外で騒いだわけではもちろんなかっただろうが、そんなことは彼にしてみれば本質的な問題ではなかった。

その夜は妙に頭が冴えて、それまでは一日に一枚も書けなかった原稿が、一気に十枚以上も進んだ記憶がある。

次の子供を法然院の境内で殺したのは、これは突発的と云うよりも、みずから求めて犠牲者を探しに出ての犯行だった。この時点ですでに彼は、子供を殺す行為自体にある種の積極的な価値を見出すようになっていた、と云えるかもしれない。

犯行のあとは、自分でも不思議なくらい筆が滑らかに進んだのも事実だった。だが、時間が経つにつれてその効力も薄れていき、すると彼はまたぞろ、自分の才能を守るための戦いを始めなければならなかった。

連続して起こった殺人事件に、さすがに子供を持つ親や警官たちの警戒が強まり、しばらくはうかつな動きが取れなかった。ようやく三人目の獲物を捕まえたのが、十二月に入って少ししたあの日のことで……。

あれからもう一ヵ月。今日は一月十二日。そろそろまた、彼は自分を守る必要を感じはじめていたのである。

いま書いている作品の完成までには、まだまだ時間がかかりそうだ。子供ばかりでなく、去年の火災からこっちは、飛龍想一の世話をするあの管理人の足音にまで悩まされた。ようやく部屋を替えてもらったと思ったら、このあいだは何を考えたか、飛龍が庭で穴掘りなんぞをしていた。あの音もたまったもんじゃなかった。

(しかし――)

と、彼はもう一度、足許の死体に視線を落とす。

(これでまた、少しは楽になる)

悲しげな仔犬の声が耳にまとわりついてくる。餌《えさ》を持ってきてくれた幼い主人の不幸を嘆いているのか、単に腹を空かせているのか。

彼はその場を離れ、乱れた呼吸を整えながら神社の出口へ向かった。

たたたた……と、そのとき前方で何者かの足音が聞こえたような気がした。驚いて、鳥居の下まで一気に走った。――が。

(気のせい、か)

薄暗い道路の左右を見渡してみても、人影はない。

(大丈夫だ。大丈夫……)

罪の意識を彼は、依然として微塵《みじん》も持っていない。

罪に罰を下すのが神の役目であるとすれば、罪でもないものに天罰が下るわけがない――と、これもまた辻井雪人が信じるところなのである。

8

父が庭に埋めた母実和子の人形を発見し、みずからの心に埋もれていたあの列車事故の記憶を掘り出してから一週間――。

母を殺したのは私だった。母ばかりではなく、他にも見知らぬ大勢の人々を、私はこの手で死に追いやってしまった。

あまりにも忌まわしい記憶だった。何があろうと絶対に掘り出すべきではない記憶だったのかもしれない。

父高洋は「忘れろ」と命じた。私はその言葉に従って、また自分自身の内側からの要請もあって、それを心の奥底に封印しつづけてきたのだ。

庭に埋められた母の人形と、そのありかを暗示する六体の人形たちは、父が私に放った最後の憎しみだったのではないかと思う。いったんは「忘れろ」と命じた〝罪〟を私に思い出させ、私を苦しめることが、彼の目的だった。彼の、私に対する〝罰〟だった。そう考えるのは穿《うが》ちすぎだろうか。

すべてを島田に話してしまったのは、やはり正解だったようだ。キリスト教会での懺悔《ざんげ》に似たような効果があったのかもしれない。思い出した己の罪を余すところなく告白したことで、私の気持ちはずいぶんと楽になっていた。

でなければ、私は再び救いのない自暴自棄に陥ってしまっていたに違いない。自分の「罪」を認め、自分をひたすら責め、そうして自分を狙う〝彼〟の手に、甘んじてこの身を投げ出そうとさえしていたに違いない。

しかし――。

島田が云ったように、そうだ、ここで投げやりになってはいけないと思う。

私は決して、意図してあんな事故を引き起こしたわけではないのだ。私は子供だった。私はただ、母に戻ってきてほしかっただけだったのだ。

みずからの過ちを必要以上に正当化するつもりはない。けれども、あの二十八年前の悲劇を理由に、私の命ばかりか母沙和子の命まで奪ってしまった〝彼〟のことを、私は今、許す気にはなれない。そんな行為が許されるはずはない。

希早子が京都に戻ってきたら、彼女にもすべてを話してしまおうか。あるいはそう、架場久茂にも……。

そうすれば、さらにいくらか気持ちが楽になるのではないかと思う。彼らならきっと分ってくれる。私の過ちを責めたりはせず、島田と同じように私を励ましてくれるだろうから。

あのあと私は、アトリエで新しい絵に取り組んでいる。それは、母の絵だ。掘り出した人形の姿と自分の記憶にある彼女の面影を頼りに、母実和子の肖像画を描いているのである。

優しかった母。私を愛してくれた母。私が誰よりも好きだった母。……幼い日の無邪気な欲望ゆえに死なせてしまった彼女に対する私の、それは贖罪の絵なのかもしれなかった。

＊

島田潔から電話がかかってきたのはその日、一月十四日の昼下がりだった。

「大変なことが分ったんだ！」

開口一番、彼は勢い込んだ声でそう告げた。

「島田さん？」

私は絵筆を置いて、受話器を握り直した。

「どうしたんですか」

「とんでもない事実が判明したんだ」

彼がこんなに興奮した調子で喋《しゃべ》るのは珍しい。

「いいかい、飛龍君。聞いてるかい?」

「は、はい」

「先週、君から例の話を聞いて、調べてみるって云っただろう。二十八年前の、問題の列車事故について」

「ええ」

「調べてみたのさ。ちょっと苦労したが、新聞社に問い合わせてね、こっちから出向いていって昔の新聞記事を漁ってみたんだ」

「それで?」

「大きな事故だったんだね。ずいぶん派手に報道されていたよ。事故の原因に関してはしかし、置き石の件には触れられていなくて、運転士が酒気帯び運転をしていたせいで、というふうに書いてあった」

「運転士が?」

「ああ。それもまた事実だったらしいのさ。君の行為も原因の一つではあったが、そのせいだけじゃなかったってわけだ」

「…………」

「まあ、それはそれとしてだね、同じ記事に、その事故で死んだり負傷したりした乗客の氏名が載っていたんだよ。君のお母さんの名前も、確かにあった。だけど驚いたのは——」

島田は言葉を切り、少し声のトーンを落とした。

「事故で死亡した人間は全部で五名いた。一人は飛龍実和子、君のお母さんだね。問題は残り四名なんだが、この四人全員の苗字を、すでに僕は知っていたんだ」

「知っていた？」

私は意味を取りかねて、

「島田さん。いったいどういう……」

「つまりね、君の口からすでに聞いたことのある苗字だったのさ」

「僕の口から？」

「水尻、倉谷、木津川、そしてもう一つは森田っていう姓だった」

「えっ」

「森田というのは確か、辻井雪人っていう例の作家の本名だったね」

「そ、そんな」

信じられぬ思いで、私は宙を見つめた。

「まさか、そんな……」

「本当なんだ。僕も一瞬、自分の目を疑ったさ。けれども間違いなく、新聞にはそう書いてあった」

「じゃあ……島田さん、その四人の死亡者はみんな、それぞれ今この家にいる人たちと関係のある人間だった、と？」

「一つくらいの一致なら偶然で済ませられるだろう。しかしねえ、こいつはちょっとねえ。しかも、水尻とか木津川とかって、そんなにありふれた苗字じゃないだろう。いくら何でも、意味のない偶然の一致とは思えない」

「ああ……まさか」

「もちろんね、偶然の一致である可能性が皆無だというわけじゃない。しかし普通に考えると……」

あまりにも衝撃的な事実に、私は頭がどうにかなりそうだった。

水尻道吉・キネ夫妻。倉谷誠。木津川伸造。辻井雪人＝森田行雄。――彼らのすべてが、二十八年前のあの事故で犠牲になった乗客とつながりがあった？　死んだ乗客が彼らの、たとえば息子や娘であったとか、甥《おい》や姪《めい》であったとか、妻であったとか、父母、兄弟姉妹、叔父叔母であったとか……。

「いいかな。一つ仮説を立ててみるから、聞いてくれ」

島田が云った。

「仮に、実際に彼らが事故で死んだ四人の縁者だったとする。その場合、よりによって彼ら全員が君のアパートに集合してしまったのは何故か。その納得のいく理由を考えてみよう。

たとえばだね、たまたま問題の列車に乗り合わせていた水尻某《なにがし》が、水尻夫妻の息子だったのだとしよう。事故で息子を亡くした夫妻は後になって、君の父上、飛龍高洋氏から、事故の原因の一つが君の置き石であったことを知らされた。

そこで夫妻は、君に対する復讐を思い立つ。高洋氏が亡くなり、君が京都へ引っ越してくると知った彼らは、事故で命を落とした他の三人の遺族に連絡を取った。そうして、自分たちが知った事故の真相を彼らに話し、共謀して復讐を実行する計画を立てた。つまりだね、彼らが人形館に集まったのは単なる偶然ではなく、水尻夫妻によって呼び集められた結果であるってわけだ」

「ということは島田さん、彼ら全員が僕を狙う〝犯人〟なのだと？」

「あくまでも一つの仮説だよ」

と、島田は念を押した。

「鵜呑《うの》みにしてもらっても困るんだな。まったくありえない話じゃないだろうが、よく考えてみると多少、強引すぎるようにも思える。これならむしろ、苗字の一致は偶然ということで片づけてしまったほうが、まだしも現実的なのかもしれない。

　でもね、全員共犯っていう今の説によって、これまで不明なままだった謎の一つが解決できるのも事実ではあるんだ」

「それは、どんな」

「ずいぶんあれこれと悩んでいただろう。土蔵の扉の問題さ。どうやって犯人は、錠前の掛かった蔵に忍び込んだのか」

「…………」

「母屋に忍び込むのは、水尻夫妻が一枚嚙《か》んでいるんだったらまあ、造作もないことだっただろう。では、蔵の扉はどうか。

　錠前の鍵は、二本とも君が保管していた。合鍵を作るのは非常に難しかった。扉の金具を外したような形跡もなかった。なのに、どうして犯人は蔵に入れたのか。

　扉を開く方法について云えば、もう一つやり方がある。扉そのものを蝶番ごと外してしまうっていう手だ。これは、君も考えてみたと云ってたね。ところが、問題の扉は相当に大きくて重い代物だから、そうそう簡単にできたはずがない、とも云ってただろう。

　しかしね、どうだろうか。一人の力では困難でも、五人の人間が協力して行なえば、それも容易に可能だったんじゃないかな」

　なるほど、と思いはしたが、私は何も相槌を打てずにいた。

「とりあえず、いま云えるのはこの程度のものか。——飛龍君？　聞いてるかい」

「——ええ」

「とにかくまあ、そういう可能性があるっていうことだけは頭に入れて、できれば君のほうから彼らに探りを入れてみてくれないかな。こっちでこれ以上の調査を進めるのは、ちょっと難しいから」

　私は何とも応じあぐねた。いったいどんなふうにして、彼らにそんな探りを入れればいいのか、まるで見当がつかなかったからである。

「いや、無理にやれとは云わないさ。そういうのは君、苦手だろうしね」

　と、島田は云った。私の心中を察してくれたのだろう。

「手が空き次第、僕もそっちへ行くつもりだから。いいかい、飛龍君。くれぐれも気をつけて……」

9

その日の夕方、私はまた手紙を受け取った。正体不明の人物からの、第三の手紙である。

部屋にそれを届けてくれた水尻夫人に、私はずいぶん迷った挙句、そろりと問うてみた。彼女たち夫婦の子供は今どうしているのか、と。

「息子が一人と娘が三人、おったんですけどねえ。娘三人はみんな関東のほうへ嫁いでいって、ほとんどこっちには帰ってきぃしません。息子ははように病気で死んでしもて……」

別に訝しむふうでもなく、彼女はそう答えた。

その反応が演技なのかどうか。また、息子は病気で死んだという言葉が本当なのか嘘なのか。――正直云って、私にはどちらとも判断がつかなかった。

飛龍想一宛て、差出人名なしの手紙は、前二通とまったく同じ体裁のものだった。白い封筒。筆跡をごまかした黒いペン書きの文字。「左京」の消印。そして、灰色の縦罫《たてけい》が入ったB5サイズの便箋には――。

もう一人のお前を見つけた。

たった一行、それだけの言葉が記されていた。

10

一月十五日、金曜日。

夕刻〈来夢〉へ足を運んだ私は、そこで久しぶりに架場久茂と出会った。

相変わらずうっとうしそうな前髪を額に垂らした彼は、店に入ってきて私の姿を見つけると、

「ああ、いたいた」

ほっとしたようにそう呟いた。

「うまく捕まって良かった」

「ああ、やあ……」

何となくうろたえる私の前に坐《すわ》ると、架場はコートを脱ぎながら、

「最近またこの時間帯に君が来てるって、マスターから聞いてね。一度、会って話をしたほうがいいなと思って」

「それでわざわざ?」

「うん。ま、そういうことだよ。電話で話すよりも、やっぱりね。僕のほうから家に押しかけていくのも気がひけたし。――あ、マスター。僕、エスプレッソね」

架場は冷えた両手をこすりあわせながら、象のような目で私の顔を見据えた。

「だいぶ落ち着いたみたいだね。いや、そうでもないのかな。ちょっとまた頰《ほお》が痩《こ》けたようにも見えるけれども。体調はどうなんだい」

「まあ、何とか」

私は右手で自分の頰を撫《な》でた。ぞろりと、まばらに生えた髯《ひげ》の硬い感触があった。

「いつかはごめんよ。せっかく心配して電話をくれたのに」

「ああ、去年の? 風邪をひいてた時だったっけね」

「あの時は本当に、人と会ったり話をしたりするのが苦痛で。風邪のせいって云うよりもね、むしろその、精神的に……」

「いいよ、気にしなくっても。あんな大変な事件のあとだったんだから。無責任に元気を出せって云うしか、こっちには能がなかったしね」

「…………」

「あのあと、道沢さんとここで会ったんだってねえ。彼女からいろいろ聞かされて、こりゃあ僕が出る幕じゃないかな、とは思っていたんだ」

「い、いや、そんなことは……」

「道沢さん」と聞いて思わず、顔に血が上るのが分った。架場は小さな目を細め、薄い唇をわずかにほころばせながら、

「いい子だろう、彼女。あれで大学の成績も抜群でね、教授たちにもいたく気に入られているんだ。来週には京都に戻ってくるんじゃないかな。

彼女も君のこと、たいそう心配してたよ。年末には美術館へ行ったんだって？　僕も一緒に行かないかって誘われたんだけれども、ちょうど旅行と重なったもので」

「あ、そうだったのか。君も誘われてたのか」

「ところで——」

マスターが運んできたコーヒーにたっぷりと砂糖を入れ、少し口をつけてから、架場はおもむろに質問してきた。

「道沢さんからある程度は聞いてるけど、その後、例の件はどういう状況なのかな。あの手紙の主の動き、それから君の記憶の問題だね。何でも絵を描いてるって？」

「ああ」

私は返事とも溜息ともつかぬ声を落とし、

「絵はね、もうできたんだ」

「できた？　と云うと……」

「思い出したんだよ、あのことは」

そこで私は、心を決めたのだった。この友人にもすべてを——私の過去の罪、そして私が現在置かれている立場、そのすべてを——話してしまおう、と。

「聞いてくれるかい、架場君」

私の真摯《しんし》な問いかけに、彼はほとんど表情を変えず頷いた。

長い話になった。その間、架場は一度も口を挟まず、ひっきりなしに煙草を吹かしながら私の口許に視線を固定していた。

「ううん」

最後まで聞きおえると、彼は空になったハイライトの箱を捻《ひね》り潰《つぶ》し、長く唸《うな》った。

「僕に話してしまう決心がよくついたね。誰にも云いたくないっていうのが本音だろうに」

「いや、それが逆なんだ」

私は云った。

「話さずにはいられない、っていうのかな。島田さんに対してもそうだった。そうしないと——誰かに聞いてもらわないと、僕自身どうにかなってしまいそうで」

「その気持ちも、うん、よく分るよ。うん」

架場はゆっくりと何度も頷き、

「ともあれ、これでかなり事件の輪郭がはっきりしてきたわけだ。君の『罪』とは何だったのか。何故に君は狙われなきゃならないのか。

その島田っていう人が調べ出したとおり、二十八年前の事故で犠牲になった乗客の遺族が、いま君のアパートに集まっているのだとすると、これは予断を許さない状況だと考えるべきだね。肉親を失った悲しみっていうのは、やはり大きなものだよ。なかなか拭い去れるものじゃない。ことにそんな、不慮の事故に巻き込まれての死っていうのは。僕もね、むかし同じような経験をしているから……」

「同じような？」

私はちょっと驚いて、

「ご両親はまだ健在だったんじゃあ？」

「親は元気にしてるよ。けれども昔、兄貴を亡くしてててね」

「お兄さんを？」

「うん。おや、君は知らなかったっけ」

「…………」

「二つ年上の兄貴がいてね。もう遥か昔の話になるけれども。——それはともかく飛龍君、どうする？　一度、警察へ行ってみるかい」

「——警察、か」

「抵抗がある？　だろうね。去年の火事にしても、放火だったっていう決定的な証拠はないんだから、警察が積極的に動いてくれるとは限らないか」

架場は丸めていた背を伸ばし、垂れた前髪を掻き上げた。

「じゃあ、こうしたらどうだろう。いっそアパートの経営をやめてしまう」

「でもまだ、彼ら全員が犯人だと確定したわけじゃないし」

「しかし飛龍君、警察に知らせないとなると、何とか自分で不安材料を取り除いていくしかないだろう」

「確かに、まあ」

「今すぐアパートを閉めるわけには、もちろんいかないだろうけれども」

「…………」

「あと、昨日《きのう》の第三の手紙っていうのはやっぱり気懸かりだね」

「ああ……」

云われるまでもなく、それは私も非常に気に懸かっている問題だった。

あの手紙のあの文面――『もう一人のお前を見つけた』。いったいあれはどういう意味なのか。

「何か心当たりはないのかい」

昨年の秋以来、架場から同じ質問を何度、受けたことだろう。

「――分らない」

そう答えてただ首を横に振るしか、その時の私にはできなかった。

――2

(……あの男だ)

、、

――は、先日の真夜中に偶然、目撃した光景を思い出す。

(あの男がもう一人、いた)

神社の境内。重なり合った大小二つの影。

(子供を殺した)

(子供を……)

――があのとき見たのは、まぎれもない、二十八年の時間《とき》を超えて蘇ったもう一人のあの男の姿だった。

見逃すわけにはいかない、と――は思った。

あの男を殺す前にやらなければならないことが、また一つ増えた。

(あいつを殺さねばならない)

第八章　一月　（2）

1

テレビでは、えらの張った馬面のアナウンサーがニュースを告げている。

居間のソファに身を沈め、私は見るともなしにそれを見ていた。

「昨年夏から京都市で発生していた児童連続殺害事件は、十三日朝に加藤睦彦《かとうむつひこ》ちゃん（七つ）の扼殺《やくさつ》死体が発見され、四件目になったわけですが、警察では本日、一連の事件の犯人は同一人物であるとの見解を改めて打ち出しました。これは睦彦ちゃんの遺体の首に残っていた指の痕《あと》を調べた結果、確認されたことで……」

…………くん！

一月十六日、土曜日の午後九時前。

……くん！

テレビの傍《かたわ》らの、前庭に面した窓の外は真っ暗だった。夕刻〈来夢〉から帰ってきた時には、強い風とともにかなり激しく雪が降っていた。家々の屋根や道の端、庭の地面などは、すでに何センチかの雪で覆われていたが……。

ニュースが終わり、映画劇場が始まる。別に見たい番組でもなかったのだけれど、私はヴォリュームだけを少し落として、何となくそのまま画面を眺めつづけていた。

それから何分か経った頃——九時十五分くらいだろうか——、

キッ……キキッ

床の鳴る音が聞こえてきた。

誰かが外の廊下を歩いてくる音である。辻井雪人がいつか愚痴をこぼしていたが、なるほど二階の廊下は、こんな具合に足音がよく響く。

音の感じからして、水尻夫人ではないと思われる。彼女が行き来する足音はもっと騒々しいから。——とすると、辻井がバイトから帰ってきたのか。

こちらの廊下と奥の〈2—C〉との間に設けられている仕切り扉は、もともとは閉め切り状態にしてあったのだけれども、辻井が先月〈2—C〉に部屋を移してからは常時、開放しておくことになった。辻井が部屋に電話を引いておらず、ホールのピンク電話を呼び出し用に使っていたからである。

バイト先などから彼に電話がかかってきた際、応対に出た者（たいていは水尻夫人なのだが）が彼を呼びにいかなければならない。こういう時、二階廊下のドアが閉め切りのままだと、わざわざ外からまわっていく手間がかかるから、というわけだ。

足音はゆっくりと部屋の前を通り過ぎた。やがて、ギギーッとドアの軋む音が、続いてバタンとドアの閉められる音が、夜の静けさを震わせた。

やはり辻井が帰ってきたものらしい。

廊下側の壁ぎわではガスストーヴが燃えている。夕方に戻ってきてからずっと点《つ》けっ放しなので、部屋はずいぶんと暖かい。

頭に鈍い痛みがあった。そう云えば、ストーヴを点けてからまだ一度も換気をしていない。

私は立ち上がり、窓に向かった。相変わらず、吹く風は強い。だが、外の闇に舞う白い影はもうなかった。

窓を細く開けたとたん、風が勢いよく吹き込んできた。恐ろしく冷たい風だ。たまらずすぐに窓を閉め、羽織《はお》っていたカーディガンの前を掻《か》き合わせる。

いくらか迷った末、廊下のドアをしばらく開けておこうと決めた。

足が軽くもつれた。鈍痛だけでなく、何だか少し頭がくらくらする。——ああ、いけない。これは相当に空気が汚れていたようだ。

部屋のドアは、ノブに内蔵されたロックに加えて、内側から掛金も下ろしてある。用心のために自分で取り付けたものだったが、この時は何故か、そのドアを開放して換気を行なうことにさほど抵抗を覚えなかった。

建て付けが悪くなってきているせいか、ドアは放っておくと外側へ九十度、開いた状態で止まってしまう。ドアと同じくらいの幅がある廊下を、ちょうど塞《ふさ》ぐような恰《かっ》好《こう》である。

冷たい——と云っても窓の外ほどではない——空気が、すうっと室内に流れ込んでくる。私は重い頭を振りながら、のろのろとソファに戻った。

*

ぱたぱたと騒々しい足音が近づいてきた。

点けっ放しのテレビに目を向けてぼんやりとしていた私は、ふっと我れに返って背後を振り向いた。

「あれまあ」

聞き慣れた声がしたかと思うと、廊下側へ開いたままになっていたドアが、ギギッと音を立てて動いた。

「どうしはったんです？　ぼっちゃん。ドア開けたままで、寒うないですか」

水尻夫人だった。私はソファから腰を浮かせて答えた。

「ああ、換気をしてたんです」

額に手を当てた。少し汗が滲《にじ》んでいる。

「ええと……何か用でも？」

「違うんですよ。辻井さんにお電話」

「あ、そうですか」

夫人はちょこっと頭を下げると、せわしない足取りで廊下を奥へと向かった。ギギッとまた音を立てて、ドアが元の状態に戻る。

時計を見ると、午後九時五十分だった。階下《した》の電話の受付時間は一応、午後十時までと決められている。

頭痛はもう消えていた。空気がきれいになったのはいいけれど、部屋はすっかり冷えてしまった。

ドアを閉めようと思って、私はソファから立ち上がった。

「辻井さん」

左手——〈2—C〉のほうから、水尻夫人の声が聞こえる。ドアをノックする音も聞こえてくる。

「辻井さん。お電話ですよぉ。辻井さぁん」

徐々に大きくなる声、そしてノックの音。

「いはらへんのですかぁ？　辻井さぁん。——おかしいわねえ」

「いないんですか、彼」

不審を感じて私は、その場から水尻夫人に声を投げた。そんなはずはない。辻井はつい三、四十分前、部屋に戻ってきたばかりではないか。

「返事がないんですよ」

首を傾げながら夫人が、こちらへ引き返してくる。

「九時過ぎ頃、階下《したお》で会うたんですけどねえ」

「そのあと僕も、この部屋の前を彼が通る音を聞きましたよ。また出ていったんでしょうかね」

「そやけど——」

彼女は不安げに表情を曇らせ、

「中から水の音、聞こえるんですよ」

「風呂に入ってるとか」

「そやけど、なんぼ呼んでも返事があらへんし」

「ドアは？　鍵、掛かってるんですか」

「ええ」

夫人はちらっと廊下の奥を見やりながら、

「何か事故でもあったんとちゃいますやろか」

「事故？」

「何かその、お風呂場で……」

去年あんな火事があったばかりだからだろうか、そんなことを云いだすと、水尻夫人はますます不安そうな顔つきになり、

「ちょっと合鍵を取ってきて、見にいってみます」

そうして足を踏み出す彼女に、

「合鍵なら僕も預かってましたよね」

と云って、私は室内を振り返った。このアパートのオーナーとして、私にも一応、各部屋のドアの合鍵が渡されている。

「待っててください。すぐに……」

小走りに書き物机の前へ向かい、抽斗《ひきだし》にしまってあった鍵束を取り出した。私の手からそれを受け取ると、水尻夫人は踵《きびす》を返し、再び〈2—C〉のほうへ駆けていく。その後ろ姿を見送るうちに私も、何となく胸騒ぎを覚えはじめた。部屋を出て、彼女のあとを追う。

「辻井さぁん」

夫人はさっきよりもさらに大きな声で呼びかけ、ドアをノックした。

「辻井さぁん。何かあったんですかぁ」

先月まで閉め切り状態にしてあった廊下の仕切り扉の向こうは、ささやかな階段ホールになっている。〈2—C〉のドアは、この扉を抜けてすぐ右手の奥にある。

「やっぱり変やわあ。ほれ。お風呂場の音、聞こえますやろ?」

夫人が私のほうを振り返って云った。確かに部屋の中から、ザーッ……というような水の音が聞こえてくる。

「入って見てみますわ」

そう云って鍵束から必要な鍵を探し出し、夫人はドアを開いた。

「辻井さぁん」

部屋の明りは点いている。だが、やはり返事はない。

私はガウンのポケットに両手を突っ込み、開いた廊下の仕切り扉に凭《もた》れかかるような恰好で、夫人が〈2―C〉の中へ踏み込んでいくのを見守っていた。

「辻井さん？」

ギギーッ……バタン、とドアが開閉し、彼女の後ろ姿が室内に消える。するとそのタイミングで、背後から新たな足音が近づいてきた。

「どうしたんですか。何かあったんすかぁ」

見ると、茶色い綿入れを羽織った倉谷誠が廊下を走ってくる。どうやら風呂上がりらしく、髪が濡れているのが分った。

「あのう、何か……」

その倉谷の声を掻き消すようにして、その時。

「うわっ。うわあああああっ!!」

耳をつんざかんばかりの物凄い悲鳴が、洋館の夜を揺るがした。

「どうしました」

仰天して、私は〈2―C〉のドアに飛びついた。

「水尻さん！」

ドアを開けると、転がるようにして出てきた夫人が私の胸にぶつかった。

「どうしたんです。いったい何が」

「し、し、し……」

とにかく部屋から逃げ出そうと必死だったのだろう、夫人は凄い力で私の身体を外へ押し戻すと、そこでへなへなと床に腰を落としてしまい、

「し……あの、つ、辻井さん、あの、し、死んで……」

「何ですって」

「お風呂場で辻井さん、死んで……」

怖気《おじけ》づいて、身動きできなくなっても決して不思議ではない状況だった。だがこの時、私はほとんど何を思考することもなく、反射的に行動していたように思う。

「倉谷さん。ちょっと、この人を頼みます」

階段ホールに駆け込んできた大学院生に水尻夫人を任せると、私は〈2―C〉に飛び込んだ。

浴室のドアは、入って左手の奥にあった。夫人が覗《のぞ》いたためだろうか、半開きになったそのドアの向こうから、流れる水の音が洩れてくる。

(あの中で？　辻井が死んでいる？)

浴室内には白い湯気が立ち込めていた。カランかシャワーから湯が出しっ放しになっているのだ。

洗い場のタイルの上に、シャワーのホースが黒い蜷局《とぐろ》を巻いている。靴下が濡れてしまうのも構わず、私は湯気の中を進んだ。

そして——。

私は呆然と、真っ赤に染まった湯の中で揺れる彼の顔に目を落とした。叫び声の衝動とともに、凄まじい吐き気が込み上げてくる。

水尻夫人の言葉どおり、辻井雪人はそこで死んでいた。

白い浴槽の中、両足を外に突き出し、上半身をどっぷりと湯に沈め……。

2

「……で、結局その辻井っていう人、自殺だったんですよね」

暖房が効いていて寒くもないのに、そう云うと希早子は、両腕を胴に巻きつけるようにして身を震わせた。

「そうです」

私は頷《うなず》いて、コーヒーを啜《すす》った。

「遺書はなかったんですが、その代わりに彼の日記、と云うよりも手記が、部屋に残っていたらしいんですよ。そこにすべてが記されていたんです」

「自分が四人の子供を殺した犯人だって？」

「ええ。子供を殺すに至った動機だとか、犯行の具体的な描写とかまで。彼は創作の行きづまりで非常に悩んでいたようで……と、この辺のことは新聞やテレビのニュースでも云ってたでしょう」

「自分が書けないのは全部、子供のせいだっていうふうに思い込んで……ですね。新聞にはそう載ってましたけど」

希早子は眉根を寄せて、溜息《ためいき》混じりに吐き出した。

「最低……」

「単なるノイローゼを通り越して、何と云うか、かなり切羽詰まった精神状態にまで追い込まれていたようだといいますね。確かにそういう雰囲気はあったな、彼」

「気が狂ってしまっていた？」

「ということなんでしょうね。何しろ、ほら、いつか話したことがあったでしょう。彼が去年の夏から取り組んでいたっていう小説」

「飛龍さんの家を舞台にしたっていう？　『人形館の殺人』でしたっけ」

「そう」

私もまた、寒くもないのに身震いをしながら、

「問題の彼の手記に付けられていいいいいたんですよ、そそその題名が」

「ええっ」

「つまり、自分の行なった殺人の記録を詳細に書き留めることが、すでに彼の〝創作活動〟になってしまっていたわけです。恐らく彼自身は、そういう現実を正しく認識してはいなかったんじゃないかって話ですけど」

「何てこと……」

再び溜息混じりに呟《つぶや》いて、希早子は窓の外に目を向けた。

一月二十日、水曜日の夕刻である。京都に戻ってきた希早子から昨夜、電話で連絡を受け、私たちは今日、例によって〈来夢〉で会う約束をした。

彼女は一昨日、実家のほうで新聞を読んで、辻井雪人の死と彼が連続子供殺しの犯人であったことを知った。すぐに私に連絡しようと思ったが、翌十九日には上洛すると決まっていたので、電話は昨夜になったのだそうだ。

架場久茂からは、十八日の夜に電話があった。彼も今日、希早子と一緒に来るはず

だったのだけれど、急な用事が入って来られなくなったらしい。

十六日——先週土曜日の夜、辻井雪人の死体を発見したあとの騒ぎは大変なものだった。

倉谷に警察への通報を命じると私は、腰が抜けて立てなくなった水尻夫人のそばについていてやった。まもなく駆けつけた何台ものパトカーと大勢の警察官たち。現場検証が行なわれ、私たちには山のような質問が浴びせられ……。

辻井は浴槽の中で息絶えていた。

頸動脈《けいどうみゃく》切断による出血多量。死ぬ前に意識を失って湯に沈んだものと思われ、肺からは多量の水が検出されたという。直接的な死因は、すると溺死《できし》ということになるのだろうか。

頸動脈の切断に用いられたカッターナイフが、浴槽の底に落ちていた。これが辻井自身の持ち物であったかどうかは確認されていない。

ところで、最終的に彼の死は、異常な精神状態における自殺と判定されたわけだけれど、捜査開始の時点では当然のごとく、他殺の可能性も検討された。そのため、私や水尻夫人をはじめとする「人形館」の住人は皆、捜査員たちから執拗《しつよう》な尋問を受けなければならなかったのである。

けれども、私たちへの尋問と現場状況の検証が進むうち、他殺説は早々に打ち消される流れとなった。というのも、辻井が一連の子供殺しの犯人であったと判明する以前に、いくつかの物理的状況が、事件は彼の自殺でしかありえないということを示していたからだ。

簡単に云ってしまうとそれは、推理小説などでしばしば用いられるところの〝密室状況〟である。すなわち、辻井の死は辻井本人以外は決して出入り不可能な〝密室〟の中で起こったものだった。従って、これは自殺としか考えられない。――と、そういった理屈である。

まず、辻井の部屋〈2―C〉の状況。

私と水尻夫人が証言するように、あの部屋のドアには鍵が掛かっていた。室内の窓もすべて、捜査員たちの検証によって、内側からしっかりと施錠されていた事実が確かめられた。

これだけならばしかし、犯人があらかじめドアの合鍵を作っておいた可能性もあるのだから、一概に「密室→自殺」とは断定できなかっただろう。重要なのはこの先である。一応の密室状態であった〈2―C〉の、さらに外側に、もう一つの〝密室状況〟が存在したのである。

ここで、辻井の死亡時刻が問題となる。

彼がアルバイトから帰ってきた時間は午後九時過ぎだった。一階のホールで彼を見かけた水尻夫人の証言と、そのあと彼が部屋に戻っていく足音を聞いた私の証言とによって、これは確認されている。正確に云えば、私が彼の足音を聞いたのは九時十五分頃だった。

辻井に電話がかかってきた（これは彼のバイト先からの、スケジュール調整についての連絡だった）のが、それから約三十分後。死体が発見されたのは、だから午後十時頃になる。そして検視の結果、打ち出された死亡推定時刻は、この時間帯に彼が死んだことを裏付けるものだった。

ではこの時間帯、犯人が〈2―C〉に忍び込み、辻井を殺して逃走することが、いかにして可能だったか。

具体的に云って、あの部屋に入るためには、次の二つの経路のうちのどちらかを通らねばならない。

一つは、二階の廊下を通って〈2―C〉の前の階段ホールへ行く経路。

もう一つは、建物の裏手からまわりこんで、階段ホールの一階にある裏口から入っていく経路である。（Fig.3「人形館部分図」p.353 参照）

現場に駆けつけた捜査員たちは、〈2―C〉の室内および一、二階の階段ホールに何者も潜んでいないことを確かめたうえで、裏口の外を調べてみた。ところが、そこにはいちめん、夕方から降った雪が積もっていたのだ。

あの日の雪は、午後八時前にはやんでいたらしい。よって、仮に犯人がこの裏口を使って侵入・逃走したのだとすると、雪の上に必ず足跡が残ったはずだという話になる。けれどもこれが、ただの一つも見つからなかったのである。

捜査員たちはさらに、その戸口付近だけではなく、前庭から玄関へ至る部分も入念に調べてみた。反対側の〈1―D〉――木津川伸造の部屋――の入口にかけても同様に調べてみたというのだが、雪の積もった地面にはやはり、まったく足跡は残されていなかった。

階段ホールの二階部分には、北側へ張り出した小さなヴェランダがある。が、ここに出るための扉は内側から施錠されており、外に積もった雪にも乱れはなかった。

階段ホールには一階部分にあと二枚、他へ通じる扉がある。一階の廊下との仕切り扉と〈1―D〉に通じるドア、この二枚である。

しかしながら、これらが二枚とも使用不可能であったことは一目瞭然だった。

すなわち、前者は階段ホール側に置かれた大きな戸棚に塞《ふさ》がれていて、とうてい開閉できるような状態ではなかった。後者は、使用禁止という意味合いでだろうか、ホール側から板が打ち付けられて使えないようにしてあるのだ。ちなみにこの夜、木津川はいつものように仕事に出かけており、〈1―D〉には誰もいなかったらしい。

従って――。

残された経路は唯一、二階の廊下しかなかった、という話になる。ところが、である。

犯人は絶対にこの廊下を通ってはいかなかった。――という事実が、他ならぬこの私自身の証言によって明らかになっているのだ。

辻井が部屋に戻っていった九時十五分以降、水尻夫人が彼を呼びにやって来た九時五十分までの間、あの廊下を通った者はいない。私はそう断言できる。

私はその時間帯ずっと居間にいて、ぼんやりとテレビを眺めていた。もしも誰かが部屋の前を通ったとしたら、廊下の床が軋《きし》むあの音に気づいたはずである。

それだけではない。その間、私はそう、換気のために廊下側のドアを開けたままにしておいた。このドアは廊下を塞ぐような恰好《かっこう》で、外側に開いていたのだ。もしも誰かがあの廊下を通って〈2―C〉へ行こうとしたならば当然、行く手を阻むドアを動かさねばならない。いくら私がドアに背を向けて坐っていたとは云え、必ず軋み音を

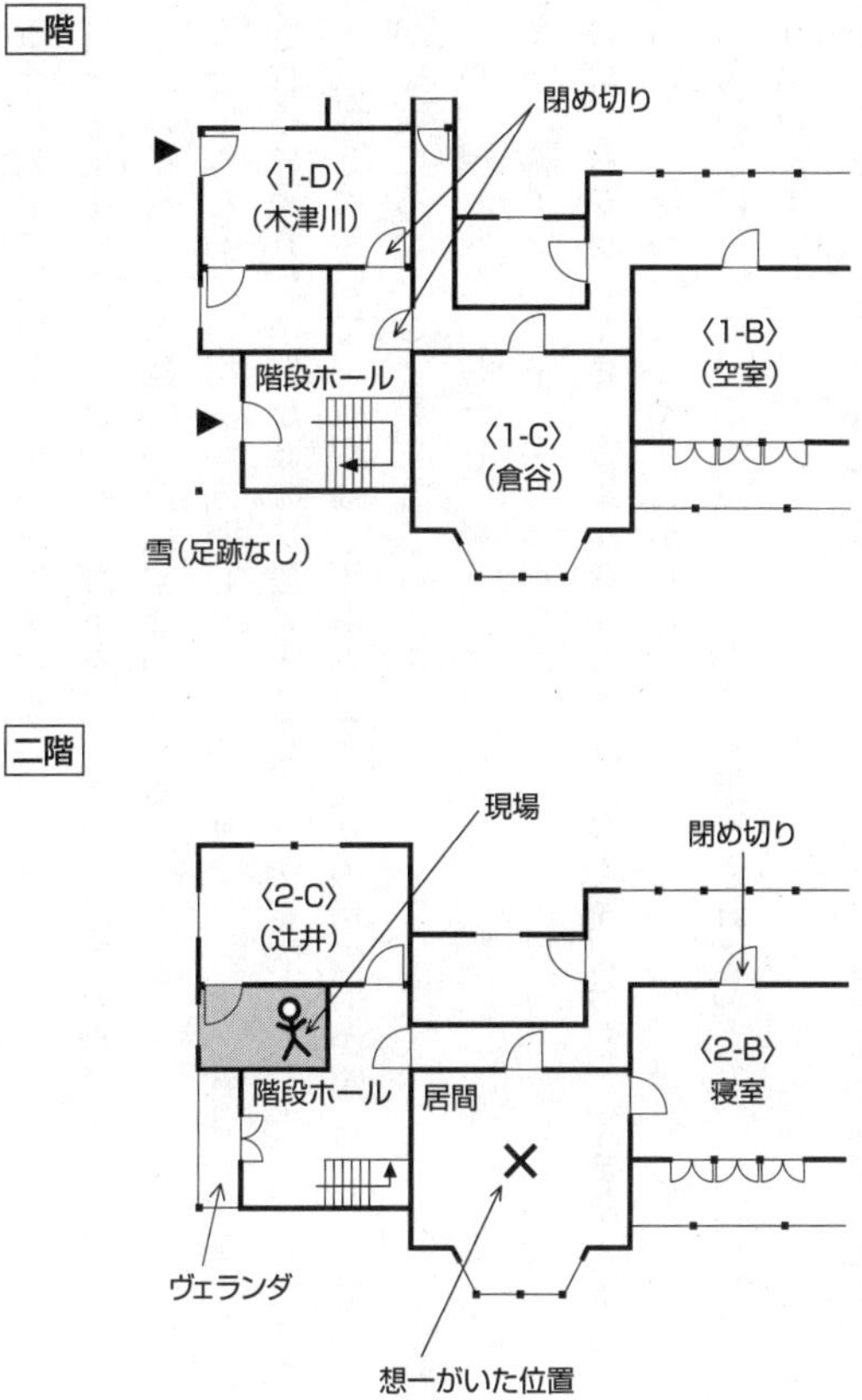
一階
閉め切り
〈1-D〉
（木津川）
〈1-B〉
（空室）
階段ホール
〈1-C〉
（倉谷）
雪（足跡なし）
二階
現場
閉め切り
〈2-C〉
（辻井）
〈2-B〉
寝室
階段ホール
居間
ヴェランダ
想一がいた位置

Fig.3　人形館 部分図

発するその動きに気づかなかったはずがない。

足音を立てない猫科の動物が、廊下を塞いだドアの上を飛び越えてでもいかない限り、それは絶対に不可能だったはずなのである。

——といった細かい状況が判明してきたのに加えて、例の辻井の手記が彼の机から発見されるに至り、事件を彼の自殺とする見方は決定的になった。さらにその後、一連の子供殺しにおいて犯人が残した指の痕と辻井の指の形が照合された結果、手記の内容が真実であったことが立証され……。

「……ね、飛龍さん。わたし、思うんですけど」

改まった調子で、希早子が云いだした。

「あのね、もしかしたら、去年からずっと飛龍さんを付け狙ってきた犯人も、その辻井っていう人だったんじゃないかしら」

その可能性は、一昨日の電話で架場からも指摘されていた。

「そう思いますか」

と云って私が顔を伏せ気味にすると、彼女は大きな目をしばたたかせながら、

「だって、ありうると思うな。そんな、罪もない子供を四人も殺すような男だったら、飛龍さんの財産を狙って……あ、これは今日、架場さんから聞いたんです。そう

いう動機も考えられるわけなんでしょ。だったら……」

「家に火を点けたのも、彼だと？」

「だとしても、ぜんぜん不思議じゃないと思います」

「そう云われればまあ、そうですね」

浮かない面持ちで応えながらも私は、すべては辻井の狂気が産み出した事件だった――という考え方を、半ば肯定してしまいたい気分でいた。

彼が二十八年前の私の「罪」を知っていたのかどうか、は定かではない。だが、仮に何も知らなかったのだとしても、彼が狂気に衝き動かされて行なった数々の行為、したためた手紙のすべてが、たまたま私が実際に持っていた過去の罪と呼応する内容になってしまった――と、そのような偶然が決してなかったとは云いきれないのではないか。

「でしょう？」

と云って、希早子は淡い桃色の唇に微笑を浮かべた。

「きっとそうだったんですよ。だから飛龍さん、きっともう何も、心配する必要はありませんよ。ね？」

「――ええ」

私は曖昧に頷いた。

(もう何も、心配する必要はない)

(……本当に?)

そう信じてしまいたい。のだが、いまだにどうしても気に懸かるのは——。

『もう一人のお前を見つけた』

〝彼〟から最後に届いた、あの手紙の文句だ。あれはいったい……。

「それよりもね、ほら」

希早子は生き生きとした笑みを頰《ほお》に広げて、

「これも今日、架場さんから聞いたんですけど、飛龍さんのお友だちの島田さんっていう人、もうすぐ京都へ来たりするんですか」

「何でも聞いてるんですね」

私は思わず苦笑いして、

「彼は何でも今、忙しいらしくって。だけど手が空き次第、来てくれると云ってましたから」

「来られたら一度、会わせてくださいね」

「興味があるんですか、島田さんに」

「うん、わりと」

希早子は悪戯《いたずら》っぽく目を動かした。

「わたし、何て云うのかなあ、あんまり同年代の連中と話してても面白くなくて。架場さんとか飛龍さんとかね、そのくらい年上の人のほうが、いっぱい自分にはないものを持ってるでしょ。だから……」

3

遠い、遠すぎる……二十八年前の、子供の頃の。

あの日のあの場面。あの音。あの声。

高い空。涼しい風。赤い花。線路にしゃがみこんだ私。石ころを握った私。そして遠くから近づいてくる列車の音が……。

一転して現われる、脱線した電車の残骸。

地に倒れ、いびつに捩《ね》じれ、ひしゃげた黒い影。

ママ！　どこなの？　ママ！　……泣きながら母を呼ぶ、私の声。

……赤い花

（……ん？）

……赤い空

（……これは？）

……二つの、黒い影が

……長く伸びた、二つの……

（これは何だろう）

……流れる水……

……揺れる水面……

（これは……）

……ん！

……くん！

……くん！

……くん！

（……い、い、くん？）

辻井雪人が死に、久しぶりに希早子と会い、何となくまた生きる希望に向けて動きだした私の心の中で、遠い風景が揺れている。

眠りたい時に眠り、起きたい時に起き、〈来夢〉でコーヒーを飲み、アトリエでは母実和子の絵を描く。二度ばかりかかってきた希早子からの電話に、少年のように胸を躍らせ……。

……といった大して変化のない一日の繰り返しが続くうち、徐々に大きくなってくる〝揺れ〟があることを私は、再び首をもたげつつある不吉な予感とともに実感しはじめていた。

そんな時――一月二十五日、月曜日の午後、私は自分の予感が的中していたことを否応なく知らされる羽目になった。

〝彼〟からの、第四の手紙が届いたのである。

> 思い出したか。
> もうすべてを、思い出したか。
> もう一人のお前は殺した。
> 次こそ、お前だ。

＊

〈来夢〉へ行こうと思って階下《した》のホールに降りてきたところで、水尻夫人からその手紙を受け取った。すでにお馴染みになってしまった表書きの文字を見て、私はそれこそ心臓の止まる思いを味わった。

（辻井ではなかった）

（やっぱり辻井ではなかったのか……）

〝彼〟はまだ、生きている。

生きていて依然、この私を狙っているのだ。

玄関へ向かおうとしていた歩みを止め、私はその場から逃げ出すような足取りでアトリエに引き返した。震えの止まらぬ指で手紙の封を切り、中身の文面を読んだ。

『もう一人のお前は殺した』

三行目に記されたその文章にまず、目が釘付けになった。

（もう一人の、お前は殺した？）

い、い、い……

これはどういう意味なのか。

一瞬、頭が空白になった。

（これは、どういう……）

その答えを見つけるのに、愚かなくらい時間がかかった。

（……まさか）

（まさか、辻井雪人がもう一人の私だと？）

辻井の他に最近、私の周囲で死んだ者などいないのである。この手紙の主は、彼を「殺した」というのか。そして、彼が「もう一人のお前」だと云いたいのだろうか。

しかし――。

辻井は自殺したのである。これは疑う余地のない事実として、立証済みのことなのだ。それとも――。

それとも〝彼〟は、私たちが思い至らなかったような何らかの方法で、あの夜〈2―C〉に忍び込んだというのか。完全な密室状態であったはずのあの部屋に。

困惑と疑念と恐怖がごったまぜになって渦巻く頭の中で、その時また――。

…………赤い空

…………長く伸びた、二つの……

後頭部がかすかに痺《しび》れるような感覚とともに、
見え隠れしはじめた風景は……。

………二つの、黒い影が…………

(赤い空)

これは、あの時の空ではない。あの時――私があの電車を止めようとした時の空では、ない。

(二つの、黒い影)

これは?　――ああ、そうだ。これも違うのだ。あの時の線路ではない。線路ではなくて、これは……。

(……二人の子供の影?)

………流れる水の…………

形の違うパズルの破片。

………揺れる水面に…………

形の違う……。

………くん!

……くん!

(……くん?)

……くん!

（、、、、くん！）

……くぅぅぅぅぅん！

『思い出したか』

〝彼〟は問うている。

『もうすべてを、思い出したか』

「ああ」

私はゆるゆると頭を振りながら、深い溜息《ためいき》をついた。

「ああ……そうだった」

形の違うパズルの破片。これは――。

これはそうだ、昨年、例の絵を描きはじめた時からずっと覚えていた違和感ではなかったか。

何か違う。どこか違う。

たとえばそれは「赤い空」であり、あるいは「二つの黒い影」であり……。

……そう。そうだった。

思い出すべき風景はもう一、つ、あ、っ、た、の、だ。

4

二十八年前の、秋。

私は六歳だった。気が弱く、身体もあまり丈夫ではなく、父を恐れ、母を愛し、いつもその母の陰に隠れている子供だった。

あの日、母を引き留めたい一心で犯してしまったあの過ち。母の死を知り、自分がしでかしたことの重大さを思い知り、悲しむよりも前に途方に暮れる思いで、父にそれを打ち明けた。彼は私にすべてを忘れろと命じ、私はその言葉に頷いた。

ところが——。

母の葬儀が終わってまもなく、私の耳許に囁《ささや》かれた声。

「おれ、知ってるぞ」

それは同じ町内に住む、顔見知りのある子供の声だった。

「おれ、見てたんだ」

私は彼を追いかけた。彼はケタケタと笑いながら逃げた。

学校の帰り道、だったように思う。私たちはいつしか、大きな川のほとりまで来ていた。

「お前、線路に石っころ置いただろ」

赤い空。夕陽が河原を、空と同じ色に染めていた。

「おれ、ぜーんぶ見てたんだぞ」

風に揺れていた彼岸花《ひがんばな》の群れ。

「誰にも云ってないさ、まだ」

私と彼、二人の黒い影が長く伸びていた。

「云ってほしくないだろ」

彼は笑いながら、顔を引きつらせて佇《たたず》む私のそばに近づいてきた。

「みんなに知られたら、大変だもんな。お前さ、人殺しなんだぞ」

私よりも上背のある男の子だった。学年も確か上だったように思う。

彼は私の肩を小突き、被《かぶ》っていた野球帽を取り上げた。

「これ、くれよな」

ケラケラと高笑いしながら、彼は奪った帽子を自分の頭に載せた。

「これからお前、おれの命令は何でも聞くんだぞ。でなきゃ、お前のしたこと、みんなに云うぞ。飛龍は人殺しだ、ってさ。人殺し。飛龍の人殺し……」

人殺し。

何度も彼は、その言葉を私に投げつけた。くるりと背を向け、両手を腰に当てて川の流れに目をやりながら、またしてもケタケタケタケラケラと笑った。

「いいか。おい、何とか云えよ」

やがて彼はこちらを振り向き、

「えっ？　人殺しの飛龍。何たってお前、自分の母ちゃんまで殺し……」

刹那、幼い心の中で弾けた炎。

わあああああああああああっ！　と、ありったけの声で叫んでいた。私は体勢を低くし、彼に向かって頭から突進していった。そして――。

夕陽を受けて赤くきらめく川面が、水しぶきとともに激しく割れた。

私の手には、母が買ってくれた野球帽が取り返され、瞬間的に発揮された私の、気違いじみた力によって突き倒された彼は、無様なほどに呆気《あっけ》なく、堤防の上から川の中へ転がり落ちていた。

川の流れは速く、水は深かった。

彼は泳ぎが苦手だったらしい。むやみやたらに両手をばたばたさせながら必死でコンクリートの堤防に取りすがろうとしていたが、そのうちとうとう力尽き、流れに呑まれていった。

「……くん！」

彼の姿がすっかり見えなくなってしまってから、私はようやっと声を上げた。

「……くぅうううううん！」

…………

…………

……そうだ。

そんなことがあったのだ。

「……くん！」というのは、あのとき私が呼んだ彼の名前だった。私が幼い日、まさにこの手で殺してしまった男の子の名前だったのだ。

＊

『もう一人のお前を見つけた』

手紙の主が突きつけたこの言葉の意味を、ようやく私は理解した。

恐らく〝彼〟は、何らかの機会に、辻井雪人が四件の子供殺しの犯人であることを知ったのだ。そうして「子供を殺す」というその行為に、その姿に、二十八年前の私の「罪」を重ね合わせて見たのではないか。

だから〝彼〟は、私を殺そうとするのと同じ理由で、同じ〝裁き〟の意識で、辻井雪人を殺したのではないか。

（北白川疏水《そすい》に――子供の――他殺死体……）

ああ、そうだった。

そう云えば去年の八月、〈来夢〉で最初の〝揺れ〟を感じたあの時――。たまたま目に入ったあの新聞記事。あの横に載っていた列車事故の記事だけではなくて、あの子供殺しの報道もまた、埋もれた過去の記憶を呼び起こす引き金の一つになっていたのだ。

『北白川疏水に子供の他殺死体』

あの記事はまさに、私がむかし犯したもう一つの罪を暗示するものだった。

北白川疏水に子供の他殺死体。――川に浮かんだ子供の死体。

列車事故。

子供殺し。

二つの大きな「罪」の記憶を、〝彼〟の望みどおり、私はいま心の表に引きずり出した。いまだにはっきりしないのは、「……くん！」――あのとき自分が呼んだ、あの子供の名前だけか。

顔の輪郭はぼんやりと思い出せる。

卵形の顔、だった。気の強そうな目をしていた。細い、茶色い目……いや、茶色と云うよりも……。

（……くん）

名前。あの男の子の名前は……？

（……くん）

ああ、駄目だ。どうしても思い出せない。

『次こそ、お前だ』

〃彼〃はそう宣言する。

母――沙和子を殺し、辻井を殺し、そうしてついに私の番が来たということか。やはり私は、殺されなければならないのか。

道沢希早子の〃生〃の輝きに満ちた笑顔が、心に浮かぶ。島田潔の暖かい声が、力強い言葉が、耳に蘇《よみがえ》る。

殺されたくない。

どんな理由があろうとも――どんな罪を自分が過去に犯していようとも、私は今、殺されたくはない。

電話のベルの音が、寒さに凍りついた私の耳に響いた。

(ああ……島田さん)

すがりつくような、祈るような気持ちで、私は受話器を取った。

5

「……なるほどね。それで辻井雪人は、犯人が見つけた『もう一人の飛龍想一』として殺害されたんだ、っていうわけかい」

島田は考え深げな声で云った。この前に彼から電話があって以降ついさっきまでの間にあった出来事を、私が細大洩らさず話して聞かせた、そのあとのことである。

「しかしだね飛龍君、いま君が説明してくれたその事件の発生状況を考えると、辻井が誰かに殺されたなんて、そんなことはありえなかったはずじゃあ？」

「そうなんです」

見えない相手に向かって、私は強く頷《うなず》いた。

「あの部屋には、誰も入っていけたはずがなかったんです。それなのに……」

「密室状態、か」

島田は低く呟き、

「問題の部屋の窓は、内側から施錠されていたって云ったね。そこには何か、物理的な工作をする余地はなかったのかなあ」

「推理小説に出てくるような、針とか糸とかを使った？」

「まあ、そういうことだ」

「よく分りませんけど、たぶん無理だったんじゃないかと。部屋は二階だし、それにあの部屋の窓の下も当然、積もった雪の状態を調べただろうから」

「やっぱり足跡はなかったわけ？」

「あったという話は聞いてませんが」

「ふうん。——一階にある二枚の扉が開閉不可能だったっていうのも、間違いのないことなんだね」

「ええ」

「そうしてなおかつ、君の部屋の前を通った人間は誰もいなかったのか。——ははあん。ということはだ、それでもやはり辻井の死が他殺だったのだとすると、正攻法で考えるならば、可能性は一つしかないわけだな」

「えっ。可能性って、どんな……」

「水尻夫人が犯人」

島田はそっけなくそう答えた。私が「えっ」とまた声を上げると、

「おやおや。まさかその可能性を考えてみなかったわけじゃあるまいね」

「…………」

「彼女が君の合鍵を使って部屋に入った時、辻井はまだ死んではいなかったってことさ。君を外に残して入っていった彼女が、そこで入浴中の彼を殺した。そのあとすぐさま、さもすでにあった死体を発見したかのような態度を装った。いわゆる〝早業殺人〟ってやつだ」

「ああ、でもそれは……」

「賛成できないってかい？」

「――ええ」

「いや、うん、そのとおりだね。今の考え方は明らかにおかしい。分ってるさ。たとえば、どうして執拗《しつよう》な水尻夫人の呼びかけやノックの音に、その時点で生きていたはずの辻井が応えなかったのか。六十一歳の彼女に、それほど大胆かつ迅速な犯行が可能だったのか。とつぜん彼女が浴室に押し入ってきて、辻井はどうして声一つ

出さなかったのか。出していれば、君の耳に届いたはずだよね。他にもまだ、挙げていけばたくさんある」

「…………」

「ふん。いいだろう。水尻夫人による早業説は、ここで捨ててしまっていいと考えるね、僕も。――しかしさて、そうなると事件はいよいよ不可能味を帯びてくるわけだねえ。いったいどうやって犯人は辻井の部屋に侵入し、逃走したのか。君には分るかい、飛龍君」

私には何も答えられなかった。まるで見当がつかない、というのが本音だった。

「分らないのかい？　ヒントはすでに充分、示されていると思うんだけどなあ」

と、島田が云った。

「ヒント？」

私は驚いて聞き直した。

「島田さん。あなたにはもう、それが分っていると？」

「たぶんね。論理的に考えると、これはもはやそれしかない。その答えが成立するための条件も揃《そろ》ってる」

「教えてください」

　私は云った。

「どうやって犯人は……」

「すでにヒントは示されてるって云ったろう。しかも、そのヒントとなる情報を君が最初に聞いたのは、一昨年《おととし》の秋のことだった」

「一昨年の、秋……」

　私が静岡の病院にいた頃である。

「そうさ。一昨年の秋、他ならぬこの僕の口から、君はそれを聞かされたはずなんだよ。どうかな」

　島田の口から聞かされた情報。あのとき病室の私を見舞ってくれた彼の口から……ああ、それは。

「中村青司？」

　と、私は思いついた言葉を投げ出した。

「この家——『人形館』に彼が関わっていたっていう、それが？」

「そう。そのとおり」

「でも、それがどうして……」

「憶えてないかなあ。あの時も確か話しただろう。風変わりな建築家、中村青司。彼が手を染めた仕事には必ずと云っていいほど見られる、ある特徴について」

「――ああ」

私はようやく、島田の云わんとするところが分った気がした。

「そう云えば……」

一昨年の秋、その直前に岡山の「水車館」事件に関係してきたばかりだという島田は、長期間の入院生活に退屈していた私に、自分の冒険談を語って聞かせてくれた。中村青司の建てた奇妙な館。そこで起こった不可解な殺人事件。そして……。

「からくり趣味、ですか」

「やっと思い出したね。もっと早くに僕も、その点を指摘しておくべきだった」

そう云って、島田は小さく舌打ちをした。

「自分が設計した建物には必ず、何か子供の悪戯じみたからくり仕掛けを忍ばせておく。そんな趣味と云うか性癖と云うかが、中村青司にはあったんだ。ある時は建築主と相談のうえで、ある時はまったく秘密のうちに……隠し戸棚だの隠し部屋だの秘密の通路だの、そういったものをどこかに造ってしまう、っていうね」

「じゃあ島田さん、この家にもそんな仕掛けがあると？」

私の問いに、

「恐らくね」

と、島田は答えた。

「何か巧妙な仕掛けが、その人形館にもある。少なくとも辻井が死んだ〈2—C〉の部屋か、あるいは外の階段ホールは、どこかにきっと秘密の抜け道があるはずだ」

「秘密の、抜け道……」

「それこそが密室状況を解決する答えだってわけさ」

「…………」

「犯人は一階の裏口を使う必要はなかった。君の部屋の前を通る必要もなかった。どこかに造られたその秘密の抜け道を通って、雪に足跡を残すこともなく、君に気づかれることもなく、辻井の部屋に侵入し、逃走したんだ」

島田はそう断言し、さらに続けて、

「それからもう一つ、君がアトリエに使っている蔵にもね、恐らく同じような隠し通路があるんだと思う」

「ここに、ですか」

私は思わず、いま自分がいるその空間をぐるりと見まわした。

「この蔵のどこかに？」

「そう。つまりだね、去年その土蔵で起こった〝人形殺し〟も、云ってみれば完全な密室状況での事件だったんだろう？　合鍵を作るのは難しかった。このあいだは、大勢の人間が協力して扉を外したっていう方法を検討してみたが、これもちょっとどうかなと思われる。とすると、中村青司がその家に関係している以上、秘密の通路の存在が俄然《がぜん》、有力になってくるわけだ。

燃えた母屋のほうにも、同様の仕掛けが隠されていた可能性があるね。もしもそうだったなら、その仕掛けの存在さえ知っていれば犯人は、合鍵なんか用意しなくても自由に母屋へ出入りできたことになる」

中村青司の「人形館」。その各所に造られた秘密の通路……。

私は身震いしながら、広い蔵の内部に改めて視線を巡らせた。

黄ばんだ厚い漆喰《しっくい》の壁。板張りの黒い床。高い天井。交差する太い梁《はり》。小さな明り採りの窓。――このどこかに、その通路の扉が隠されている？

犯人はそれを使って、いつでもここに侵入できたのだ。私がここにいる時でも、あるいはその扉の陰に潜んで息を殺し、狙うべき獲物の様子を窺《うかが》っていたかもしれない。もしかしたらそう、今この瞬間も……。

「……島田さん」

喚《わめ》きだしたい衝動を懸命に抑えながら、私は受話器に向かって喘《あえ》ぐような声を絞り出した。

「いったい僕は、これからどうしたら……」

どうしたらいいのだろう。

私は常に、どこかから〝彼〟に見張られているのだ。いくらこちらが用心していようとも〝彼〟は、私の知らないその秘密の道を通って、私のすぐそばまで忍び寄ってくることができるのだ。

「そんなに怖がる必要はないさ、飛龍君」

島田は云った。

「充分に用心していれば人間、そうそう簡単にやられるもんじゃない」

「でも、島田さん」

「それよりもね、さっき君が話してくれた、君のもう一つの『罪』の件なんだが」

と、島田はそこで不意に声を低くして、

「どうも気になるんだなあ」

ほとんど独り言のように呟いた。

「ねえ、飛龍君。どうしてもその、君が川に突き落とした男の子の名前、思い出せないのかい」

「――ええ」

「ふうん。――待てよ。ああ、あれは……」

「何か」

「ん？　いや、ちょっとね」

島田は何やら意味ありげに言葉を濁らせた。

「ちょっとその……」

「島田さん！」

私は切実な想いを込め、声高に彼の名を呼んだ。

「島田さん、お願いです。お願いだから早く、早く来てください」

「飛龍君？」

「僕一人じゃあ、とても身を守る自信がないから。あなたが来てくれれば、そうすれば……」

「そりゃあ君、僕だって……」

「まだそっちを離れられないんですか」

「ああ、いや……」

「来てください、島田さん」

知らないうちに、うっすらと目に涙が溜っていた。

「お願いします。早くこっちに来てください」

「——分ったよ」

と、島田は応えた。

「分った。とにかく京都へ行こう。今ちょっとね、思いついたこともあるんだ。そうだな、二、三日中には必ず行けるようにする。だから飛龍君、それまではとにかく、誰に対しても気を許さないように。——いいね？」

——1

、、

——は笑った。

かすかに、喉《のど》の奥深くで。

(母親は、殺した)

一文字に結んだ唇の端が、冷ややかに吊り上がる。

(もう一人のあの男も、殺した)

すべてはあの男の罪なのだ。あの男、飛龍想一の。

次は、次こそはあの男の番……いや、待て。その前に……。

（その前に）

そうだ。その前にもう一人、殺さねばならない人間がいる。

もう一人。もう一人だけ……。

（あの女を殺さねばならない）

＊　＊　＊

尾《つ》けられている。

ふと、そんな気がした。

さっきから誰かに尾けられている——。

道沢希早子は立ち止まり、意識して耳を澄ました。どこかで自分のものとは違う足音が、ほんの一瞬、遅れて停止したような……。

そっと後ろを振り返ってみた。

今出川通りの北側に位置する、K＊＊大農学部の構内である。

正門からまっすぐに延びてきた並木道。葉を落とした銀杏《いちょう》の木々に交じって、まばらな間隔で外灯が並び、仄白《ほのじろ》い蛍光を放っている。

風景は色彩の後退した黒白の絵だった。道の両側に建つ四角い研究棟の、無機質な灰色の影。真冬の、冷酷なばかりに乾いた冷たい風が、かさこそと枯れ葉の吹《ふ》き溜《だま》りを震わせている。

夜のキャンパスに、人影はまったくなかった。

腕時計をちらりと見てから、希早子はまた歩きはじめた。

すっかり遅くなってしまった。もうとっくに十二時をまわっている――。

（気のせい、かな）

一月二十八日、木曜日。希早子は夕方からずっと共同研究室に残って仕事をしていた。架場久茂に頼まれた仕事である。

架場は大学の助手を務める傍ら、何やら怪しげな企画会社の経営にもタッチしていて、その下請け仕事をときどき、希早子ら研究室の学生にまわしてくれる。何とか博覧会の不思議パビリオンだの、大阪どこそこ祭りのびっくりパレードだの……内容はとりどりでなかなか面白いものなのだけれど、作った企画が実現された様子はあまりない。それでもまあ、けっこう割りのいいバイト代をくれるので、頼まれれば嫌とは云えなかった。

今回は市内の某インテリア会社からの発注だとかで、ＰＲ冊子の写真に添えるイメージコピーを考えてほしい、という依頼だった。四コマ目に一つ講義があったので、それを受講した帰りに顔を出すと、「ちょうど良かった」「困ってたんだ」といつもの調子で押しつけられてしまったのである。

聞けば、どうしても明日までには仕上げなければならないのだという。とりたてて用もなかったので軽い気持ちで引き受けたのだが、これがいけなかった。

あれこれと難しい注文を付けられながら、四百字詰めにして二十枚ほどにもなる原稿をやっとの思いで書き上げたのが、つい先ほどのことで――。

「やあ、どうもご苦労さん」

架場はいかにもほっとした顔を見せた。

「もう遅いから、車で送っていこうか」

「うーん。架場さん、まだ自分の分がだいぶ残ってるんでしょ。早くやっちゃわないと困りますよ」

希早子がそう応じると、彼は苦笑して、不精に伸ばした髪を掻きまわした。

「こんなに切羽詰まるまで放っておくなんて、ほんと相変わらずなんだから。わたしが来なかったら、どうするつもりだったんですか」

苦労させられたお返しのつもりで、いくぶん皮肉っぽく云ってやった。

「こんなはずじゃなかったんだけれども」

架場は眠そうな目をこすりながら、

「急に思い立ってね、ちょっと昨日《きのう》、遠出しちゃったもんだから」

「遠出って?」

「うん。まあそう、日帰りの旅行みたいなものを」

「大学を休んで旅行?」

「うん」

「どこへ行ってきたんですか」

「まあまあ、いいじゃない。そのうちゆっくり話すつもりだから」

煮えきらない調子で云うと、架場はまた髪を搔きまわした。

「それじゃあ道沢さん、気をつけてね。本当に送っていかなくても大丈夫かな」

「ご心配なく」

「どうもありがとう。助かったよ」

ああ云わずに送ってもらえば良かった——と、今になって希早子は若干の後悔を覚えはじめていた。

大学へ行った帰りにはいつも、この道を通る。だが、こんなに遅くなって、しかも一人きりで帰るのは初めてだった。

カツッ、カツッ……と、ヒールの音がアスファルトの路面に響く。前方に長く伸びた影がだんだんと自分のものでなくなっていって、今にも好き勝手に踊りだすんじゃないか。そんな気味の悪い想像に囚《とら》われ、ぞっとしてしまう。

どうしたんだろう、と思った。

(何をこんな、臆病になってるの)

三日前——月曜日の夜、飛龍想一の家に電話をかけた。その時の彼の話が、またぞろ頭に浮かんでくる。

すべてを思い出したのだ——と、彼は云った。

手紙がまた来た。辻井雪人は自分を狙う犯人ではなかった。彼は本当の犯人によって殺されたのだ。もう一人の自分＝飛龍想一として。

二十八年前にみずからが犯していた、もう一つの「罪」の記憶。「人形館」には中村青司の造った秘密の通路があるのだ、という島田潔の指摘。……

怯《おび》えた声音で、すがるような口調で、飛龍は語った。

「あと一つだけ、どうしても思い出せないことがあるんです」

と、さらに彼は云った。

「二十八年前に僕が殺してしまった男の子の名前。それだけが、どうしても。声は聞こえるんですよ。彼の名を呼ぶ僕の声が。でも、何とか君って叫んでいる、その名前の部分だけがどうしても思い出せないんです」

この話は翌日、架場にも伝えた。すると架場はひどく難しい顔をして、ぶつぶつと独り何事か呟いていたが……。

飛龍想一。

彼の表情。彼の声。彼の言葉。——そこに感じる深い翳《かげ》りを、時として希早子は恐ろしく思うこともある。何だかとうに自分自身を見捨て、遠くへ突き放してしまったような……そんな冷たい静けさが、彼を包み込んでいる気がするのだ。

己を狙う殺人者の存在を知りながら、ことさら大騒ぎしようとはしない。むろん、まったく動じていないわけではないだろう。彼は確かに怯えているし、苦しんでいるし、警戒しようとしている。けれども根本的なところで、何となくもう諦《あきら》めを含んだような……。

もしも希早子が彼の立場であれば、一も二もなく警察へ駆け込むに違いない。現実問題としてはなるほど、そういう悪戯の手紙くらいでは、警察は本気で動いてくれないかもしれない。が、それにしても……。

架場も架場だ、と思う。どうしてもっと積極的に、友人を助けてやろうとしないのだろうか。

飛龍想一は、希早子が今までまったく知らなかったタイプの人間だった。だから、十二月に〈来夢〉で出会って以来、ときどき電話をかけて話をしたり、実際に会ってみたりもする。特別な感情にまでは成長しそうにないが、深い翳りを背負った彼が一方で、彼女の心を惹《ひ》きつけてやまないある種の魅力を持っていることもまた、否定できない事実なのだった。

（あの人は今、どうしているだろう）

『次こそ、お前だ』——と、そんな最後通牒《さいごつうちょう》を突きつけられて、彼は今、どんな気持ちでこの夜を過ごしているのだろう。

例の島田潔という男が、もうすぐ京都へ来てくれるのだ、と云っていた。その時だけは、いくらか明るい声で。

（あの人は……）

アトリエを訪れて見せてもらった、彼の絵を思い出す。あの時は希早子も、少なからずショックを受けた。

「時の蟲《むし》」と名づけられたあの奇怪な風景をはじめ、あそこで見た作品にはどれにも必ず、何某《なにがし》かの〝死〟のモティーフがあったように思う。

子供の頃の恐ろしい体験が、今でも彼にあんな絵を描かせるのだろうか。原色をふんだんに用いながらも妙に重苦しい、不気味な〝死〟の描写の数々。だが、それらを通して何よりもショッキングだったのは……。

(……いったい、あれは)

カツッ、カツッ、カツッ、カツッ……

自分の靴音に何か、異質な響きが混じり込んでいる。無性にそう感じられて、

(ああ、やっぱり?)

希早子は再び立ち止まった。

(誰かが、わたしを尾けている?)

振り返るのが怖かった。

今ここで振り返ってみても、さっきと同じでどうせ人影は見つからないのだろうと思う。だがしかし……。

前方に裏門が見えていた。あれを抜けるとM**通りに出る。

（誰かが、わたしを……）

（……誰が？）

心臓の鼓動がにわかに速度を増す。

M＊＊通りに出て、右に折れる。通りにはけれども、歩行者の姿はおろか車のヘッドライトさえ見当たらない。

尾けられている――というその感覚は、しばらく歩いても消えなかった。何者かの視線が、ねっとりと背中にまとわりついてくるような気もする。それでもやはり、振り返るのは怖い。

希早子の神経はいつしか、かつて経験したことのない急な斜面を転がりはじめようとしていた。

しばらく後――。

疏水沿いの道との交差点を、左に折れた。折れて少し進んでしまってから、これは良くない、と思った。

右側には去年の夏、辻井に殺された子供の死体が浮かんでいたという疏水が、左側には長い塀が続いている。人通りも車通りもまったくなくて、道はこの先ますます暗く、細くなっていく。

引き返して別の道にまわろう、と考えた。急いで踵《きびす》を返そうとして、

「あっ」

思わず声を洩らした。M＊＊通りからの曲がり角に今、黒い人影が見えたのだ。

（いけない！）

心中で叫ぶなり、希早子はほとんど反射的に駆けだしていた。

疏水を流れる水の音。吹く風の音。冬枯れの木々の枝が風に揺れる音。そこに慌てふためいたみずからの靴音が加わり、すべてが綯《な》い交《ま》ぜになって夜闇を震わせた。平坦なはずの道が、その震えに応えて波のようにうねりはじめる。

いきなり〝現実〟から弾き出され、時空のひずみにでも落ち込んでしまったような感覚だった。捩《ね》じれた球形の闇。異様に粘着度の高い空気が充満した、いびつな閉鎖空間。その中に放り込まれたような……。

波打つ地面に足がもつれて、希早子はやがて、あえなく路上に倒れ伏した。

頰《ほお》に冷たいアスファルトの感触が。泥臭いような金臭いような、嫌な臭《にお》いが鼻を突き、膝《ひざ》には鈍い痛みが。そして――。

近づいてくる何者かの足音。

（……いけない！）

逃げなきゃ、と思ったが、身体が思うように動かない。

叫ぼうとしたが声が出ない。痛みのせいか、焦りのせいか。

「お前を殺さねばならない」

低く押し殺した、抑揚のない声がかすかに聞こえた。

「お前を殺さねば……」

しゅっ、と風を切る音がした。次の瞬間、右の肩口に激痛が走った。何やら硬い、棒状のもので殴打されたのだ。

(……どうして?)

どうして自分がこんな目に遭わなければならないのか、希早子にはまるで理解できなかった。

(どうして……)

しゅっ、とまた風を切る音がした。

「あうっ」

今度の一撃は背中に来た。

「や、やめて」

やっとの思いで声を絞り出した。

「嫌っ。助けて……」

それも虚しく、三たび凶器が振り上げられる音。

駄目だ。やられる。——強く目を閉じて観念した、その時。

「やめろ！」

誰かの大声が間近で響いた。

（……えっ？）

「やめるんだ！」

ばたばたと足音が乱れた。

「その娘《こ》を殺しちゃいけない」

（ああ……）

さらに乱れる足音。荒々しい息遣《いきづか》い。

伏せていた顔を持ち上げようとする希早子の鼻先に、何か長細い物体が転がった。

（これは……）

目を上げ、その物体の形状を認めたとたん、

「ひっ」

喉が震えた。

何か長細い……それは腕だった。肩の付け根からもぎとられたような、白い腕が一本。

「大丈夫ですか」

男の問いかけが聞こえた。倒れた希早子の腕に手をかけ、助け起こしてくれる。

「あぅ……」

右肩と背中の痛みに、たまらず呻《うめ》き声を洩らしてしまう。

「やあ、危ないところだった。怪我は？　痛みますか。――ん、これなら心配ない。骨に異常はないでしょう」

「あ、あのぅ」

のろのろと身を起こしながら、希早子は恐る恐る相手の顔を見た。

「あなたは……」

「道沢希早子さん、ですね」

男は希早子から離れ、張りのある声で云った。

「僕は島田です。島田潔です。飛龍君からあなたのことは聞いてますよ。今日、九州から来たんです」

「島田……」

「いいですか。今夜はもう大丈夫だと思うから、まっすぐ家へ帰って、ドアにも窓にもちゃんと鍵を掛けて。いいですか。そして明日……ああいや、もう今日になりますね、今日の正午ちょうどに人形館まで来てください。いいですね。そこですべてが明らかになります」

それだけを口速にまくしたてると、彼は希早子を残し、すたすたとその場を去っていった。

第九章　一月（3）

1

一月二十九日、金曜日。

古都の、憂鬱《ゆううつ》なほどに暗く重く、低い冬空の下、僕は目的の家の前に立った。

山茶花《さざんか》の生け垣の、引き締まった深い緑。その合間に立つ灰色の石造りの門柱。古ぼけた表札──［緑影荘］。

ひどく寒かった。

切りつけるような冷たい風に髪が散る。かじかんだ手でそれを押さえながら、門の奥に建った二階建ての洋館を見上げる。

飛龍想一の住む家。──中村青司の人形館。

濃い灰色の壁も、緑青色の屋根も、クリーム色のフランス窓も……建物のすべてがこの寒さに身を縮めている。荒れた庭に植わった木々の、冬枯れの黒い枝が、それを包み込んだ巨大な籠《かご》の骨組みのように見える。

中村青司の人形館……。

何とも云えぬ気持ちで、僕は洋館の玄関へと歩を進めた。

両開きの扉を抜けたところで、薄暗い奥のホールに立つ人影に気づいた。わりあいにがっしりとした身体つきの男である。

僕がホールに入っていくと、向かって右手にあるドアのそばに独り立っていたその男は、はっとしたようにこちらを振り向いた。四角い顔に黒眼鏡をかけ、右手には白い杖を握っている。

彼がこのアパートの住人の一人、マッサージ師の木津川伸造であることは明らかだった。

「こんにちは」

と、向こうから声をかけてきた。

木津川は道ですれちがう人間に挨拶《あいさつ》をして、その日の運を占うのだ――と飛龍が云っていたが、これも同じ意味合いなのだろうか。あるいは、場所がこの家の中だから、入ってきた僕を住人の誰かだと判断したのだろうか。

「やあ、どうも。はじめまして」

こちらへ向かってくる彼に、僕は挨拶を返した。

「木津川さんですね。僕は島田潔といって、飛龍君の友だちなんです。あなたについては飛龍君から聞いてますよ。今からもうお仕事ですか」

「はあ？」

と、木津川は虚を衝《つ》かれたふうに首を傾げた。

「島田さん、といわはる？」

「この人形館で起こった事件を解決するために来たんですよ。管理人さんの部屋はどこですか。――ああ、そのドアですか」

「はあ……」

「あなたが無実なのはもう分ってるんです。どうぞご安心ください」

僕は木津川の横を通り過ぎ、管理人室のドアの前に立った。マッサージ師はぼそぼそと何か独り言を呟《つぶや》きながら、杖の音を響かせて玄関のほうへ去っていった。

〈1―A　管理人室〉と表示のあるそのドアを、僕はノックした。ややあって、

「はいはい」

と、がらがらした声が返ってきた。ドアが開いて現われたのは、背の曲がった皺《しわ》だらけの老人である。

「水尻道吉さんですね」

僕は云った。

「突然すみません。僕は島田といいます。飛龍君に呼ばれて来たんですが、彼は今どこに？」

「はいぃ？」

老人は掌を耳の後ろに当て、ひょこりと首を前へ突き出した。

「はい？　何と」

どうやら相当に耳が遠いらしい。

「あのですね」

僕は声を大きくした。

「大事な用が、あるんです。飛龍君は……」

「どうしはったんですかぁ」

そう云って誰かが、部屋の奥から出てきた。割烹着《かっぽうぎ》姿の白髪の老婦人。これが水尻キネだろう。

「あらまあ。すんませんねえ。ちょっと台所仕事してたもんで」

「飛龍君はどこにいます。部屋ですか。彼の部屋は二階でしたっけね」

「はあ？」

老婦人はきょとんと目を剝《む》き、

「ええとあの、ぼっちゃんは……」

「いないんですか。それとも例の土蔵のほうに？　まさか外へ？　はあん。そいつは困ったなあ。大事な用なんですよ」

「あのう……」

「いや、けっこうです。どうもお騒がせしました。いやいや、僕は怪しい者じゃありません。彼を助けるためにはるばるやって来たんですよ。僕が来たからにはもう大丈夫ですから。ご安心ください」

「…………」

「ここはすべて僕に任せてください。いいですか。よし。じゃあ僕は、今からちょっと二階を調べてきます。いや、あなたたちは来なくていい。部屋にいてください。いいですね。詳しい説明はあとでしてあげますから」

何か云いたそうな管理人夫妻を残して、僕は二階への階段に向かった。

ホールの吹き抜けを取り巻く二階の廊下の角に、飛龍が云っていた例のマネキン人形が立っている。なるほど、左腕の欠けたその人形は、内庭に面した窓のほうへ、目も鼻も口もないのっぺらぼうの顔を向けている。

通り過ぎがてら、その〝視線〟を追ってみる。荒れ果てた庭の中央付近に立つ、大きな桜の木の影が、無惨な母屋の焼け跡を背景にして見えた。

建物の奥へと延びた廊下を速足で歩く。キシキシと床が鳴る。やがて現われる、今度は左脚の欠けたマネキン人形――。

さらに角を二つ折れたところで、左手に〈2―B〉のドアが見えた。飛龍が寝起きに使っているという部屋だ。

「飛龍君」

呼びかけながら、そのドアを叩《たた》いてみた。

「飛龍君。いないのかい。僕だ。島田だ」

返事はない。やはりどこかへ出かけているのだろうか。

僕は腕時計で時刻を確認した。

午前十一時半。まだあと三十分ある。

〈2―B〉のドアを離れると、そのまままっすぐ廊下を進んだ。突き当たりのあれが、辻井雪人が殺された〈2―C〉の前に通じる仕切り扉か。

扉の向こう側の階段ホールは、こちら側の廊下よりもずっと暗かった。が、昼間のことでもあり、明りを点けなければ動けないというほどではない。

右手にドアが見えた。〈2―C〉のドアだ。

ノブをまわしてみた。予想に反して鍵は掛かっておらず、ドアは鈍い軋《きし》み音を発しながら開いた。

部屋に踏み込んでみて、僕は驚いた。

「こいつは……」

ひどい有様だった。八畳くらいの広さの洋間の、壁や床の至るところが壊されているのである。

「ははあ」

低く唸《うな》りながら、僕はその惨状を見まわした。

壁に張られたアイボリーの布《クロス》があちこち破られ、灰色の板が覗《のぞ》いている。床に敷かれていたらしい赤いカーペットは、部屋の隅に乱暴に巻き上げられ、床板が何枚も剝《は》がされている。その様子はまるで、皮膚と脂肪を虫に喰《く》い荒され、骨や内臓が剝《む》き出しになった巨大動物の死骸のようだった。

これは、恐らく彼が——飛龍想一がやったことに違いない。

僕の到着を待ちきれずに彼は、この部屋あるいは外の階段ホールのどこかにあるはずだと僕が指摘した、秘密の通路の入口を探し出そうとしたのだ。それを使っていつまたこの家に忍び込んでくるか知れない、殺人者の影に怯《おび》えて。

(ああ……飛龍君)

そして——そして彼は、それを発見した?

床に穿《うが》たれた裂け目の一つに、僕は目を留めた。何か黒い、鉄製の梯子《はしご》のようなものが、床下に向かって延びている。

「こいつか……」

彼はこれを見つけた。彼は……では、それからどうしたのだろうか。

蔵だ、と僕は思った。当然ながら彼は、アトリエに使っている蔵のほうでも同様の〝秘密の通路探し〟を行なったに違いない。

僕はまた腕時計を見た。

正午まで、あと二十分と少し——。

廊下を引き返し、階段を駆け降りる。白いとっくりのセーターを着た若者が、ホールに置かれたピンク電話の前に立っていた。

「君、〈1―C〉の倉谷誠君？」

と、僕は若者に声をかけた。彼はダイヤルにかけていた指を離して、不思議そうな目をこちらに向けた。

「お願いがあるんだよ」

僕は云った。

「あのね、僕は島田っていうんだ。島田潔。飛龍君の友人だ。大切な頼みなんだけど、聞いてくれるね」

「ええと、あのう……」

倉谷は戸惑い顔である。突然、初対面の男に「頼みがある」などと云われたのだから、胡散臭《うさんくさ》く感じるのも当然だろう。が、今はそんなことに構ってはいられない。

「いいかい、倉谷君。もう少ししたら、ある男がここにやって来る。飛龍君を訪ねてくるんだ。そうしたらその男に、飛龍君のアトリエへ行くようにと伝えてくれないかな」

「は、はあ」

「だからね、悪いけど電話が済んでも、それまではちょっとこの場に残っていてほしいんだよ。分ったかい」

「はあ。ですけど、あの……」

「頼んだよ。わけはあとで説明するから」

そう云うと僕は身を翻《ひるがえ》し、ホールの奥の廊下へと走った。

―――――2

土蔵の内部は、予想したとおりの状態だった。

ハンマーに釘抜き、どこから調達してきたのか、つるはしまで使ったらしい。手当たり次第に動かされた家具。あちこちぼろぼろに崩された漆喰《しっくい》の壁。引き剝がされた床板。……と、そのひどい有様は先ほどの〈2―C〉の部屋以上のものだった。

壁にできた穴から、甲高い響きとともに外の風が吹き込んでくる。空気はすっかり冷えきっており、吐く息を白く凍らせる。

散乱した板や壁土、画材……その中に埋もれるようにして、彼はいた。入口のほうに背を向けた揺り椅子の上で、ぐったりと肩を落としている。過激な作業で疲れきってしまったのだろうか、僕が入ってきたことにすら気づかない様子だった。

「飛龍君?」

足許に注意しながら、椅子の前へまわりこむ。飛龍想一は、生気がすべて抜けてしまったかと思われるほどに蒼白な顔で、僕を迎えた。

「久しぶりだね、飛龍君。約束どおり駆けつけたよ。まったくもう、思いきったことをしてくれたもんだなあ。こんな乱暴な探し方をしなくても良かっただろうに。しかしまあ、無事で何よりだった」

「ああ……」

虚ろな眼差《まなざ》しで、彼は僕を見つめた。

「島田、さん」

「抜け道は見つかったかい」

「――そこ」

と云って彼が視線で示した方向を見ると、大きな床の裂け目があった。僕はゆっくりとそのそばまで歩を進め、身を屈《かが》めて中を覗き込んだ。

「ははあん」

先ほど〈2―C〉で見たのと同じようなものだった。暗い穴の中、そこにわだかまった闇に溶け込むような黒色の梯子が、地下に向かって延びている。

「こいつか。なるほど」

僕は飛龍を振り返って、

「ご苦労だったねえ。ふんふん。これで謎はすべて解けたわけだ。心配しなくていいよ。もう何も怯える必要はない。もう君は安全だ」

「………」

「君も僕もこれまで、合鍵の問題やら何やらね、事件を取り巻くいろいろな状況から考えて、この家に住んでいる者、つまり人形館の内部の人間に対して、主に疑いの目を向けてきた。けれど、そもそもそれが間違いだったんだな。その証拠がすなわち、この秘密の通路だ。犯人は別に内部の人間じゃなくっても良かった。この通路の存在さえ知っていれば、外部の人間であってもいっこうに不都合はなかったわけさ」

「外部の者が、犯人？」

「そうさ。水尻夫妻も木津川伸造も倉谷誠も、みんな実は、事件にはまるで無関係だったのさ。二十八年前の列車事故の犠牲者の苗字と彼らの苗字の一致も、恐らくまったくの偶然だったんだろうね。うん。今となっちゃあ、そう考えるほうがむしろ自然だと思う」

「島田さん。だったらいったい、犯人は……」

「まだ分らないのかい」

僕は両腕を広げ、軽く肩をすくめてみせた。

「まあ、それも無理はないかもしれないなあ」

吹き込む風の冷たさに大きく身震いして、僕は煙草《たばこ》をくわえた。

「このあいだの電話で話してくれた、君のもう一つの罪ね。あれが、この事件の犯人を知るための最大のポイントだったのさ。かつて君が川に突き落とした少年の名前。君はどうしても思い出せないと云っていたけれども、あの電話でそれを聞いて、僕には分ったんだ。——うん？　どうして、と訊《き》きたそうだね」

凍る息とともに煙草の煙を吐き出しながら、僕はまた腕時計を見て現在の時刻を確認する。もう正午を何分か過ぎている。

「ずいぶんと昔の話になる。大学時代、君はしょっちゅう風邪をこじらせたりして寝込んでいたっけね。同じ下宿の隣の部屋に住んでたよしみで、そのたびに僕は、君の面倒を見てやっていたよねえ。

でね、その時のことなんだ。熱を出して寝込むと、君はよく何か悪夢にうなされているみたいだった。苦しそうに呻《うめ》きながら、時には腕や足をばたばたさせたり、譫言《うわごと》を云ったり、とつぜん大声で叫んだり……って、憶えてないだろう？　けれども僕の頭には、君がそうやって悪夢の中で叫んでいた言葉が記憶されていたんだよ。

あの電話の最中、僕はそれを思い出した。その中には『ママ！』っていう言葉もあったよ。そしてね、その他にもう一つ、君がいつも繰り返し呼んでいたある名前があった」

「ああ。じゃあそれが……」

「うん。たぶんそれが、君が川に突き落として死なせてしまったその子供の名前だったんだろう」

「何ていう名前だったんですか」

「『マ、サ、シ、ゲ』」

と、僕はそれを告げた。

「君はいつも、泣きながら叫んでいた。『マサシゲくん！　マサシゲくん！』ってね」

すると、その時――。

「飛龍君」

という呼びかけとともに、土蔵の扉が開かれた。

「飛龍く……やや っ、これは」

「お待ちしていましたよ」

吸っていた煙草を床に落として踏み消すと僕は、入ってきたその男に向かって、鋭い声を投げつけた。

「ご覧のとおり、飛龍君はこの蔵に隠されていた秘密の抜け道を探し出したんです。いささか要領の悪い探し方ではあったようですけどね」

「秘密の、抜け道？」

「建築家中村青司が、二十八年前のこの家の改築に際して造った仕掛けですよ。あなたは何らかの機会にその存在を知り、この家に越してきた飛龍君への復讐の道具として、それを利用しようと考えた」

男は長い前髪を掻《か》き上げながら、うろたえを隠せない顔で僕を凝視した。

「き、君は……」

「島田潔です。飛龍君から聞いてるでしょう」

「…………」

「今、彼に話そうとしていたところなんですよ」

そう云って僕は、揺り椅子に坐《すわ》った飛龍に視線を投げかけ、

「あなたがすべての犯人であったということをね。この土蔵に忍び込んで人形に悪戯《いたずら》をしたのも、郵便受けにガラスの破片を仕込んだのも、玄関に置かれた石ころも、自

転車のブレーキも猫の死骸も、全部あなたの仕業だった。再三にわたって彼に脅迫状めいた手紙を書いたのも、あなたです。彼の母上、沙和子さんを火事で死なせたのも、辻井雪人を自殺に見せかけて殺したのも、あなただった」

「…………」

「そこまでして何故、あなたは彼を苦しめなければならなかったのか」

小さな目を見張って立ちすくむその男を冷ややかに見据えながら、僕はさらに言葉を続けた。

「それは、二十八年前に彼が殺してしまった子供があなたの兄弟だったからです。『マサシゲくん』という名前が、僕にそれを教えてくれた。あなたには二つ年の離れたお兄さんがいたんでしたよね。そしてそのお兄さんは、まだ幼い時分、何か不慮の事故で死んでしまっている」

「…………」

「飛龍君が〝記憶の疼《うず》き〟を感じた時、しばしばそのそばにあなたの顔があった。あなたのその、茶色い、と云うよりも鳶色《とびいろ》に近い瞳があったんです。それもまた事実でしょう?」

「…………」

「彼はあなたのその顔に、その目の色に、むかし自分が殺した少年の面影を見てしまったんですよ。あなたのお兄さん、架場正茂《まさしげ》君の面影をね」

――3

架場久茂はよろりと一歩、土蔵の中に足を踏み込むと、怯えたような目で僕を見、飛龍の坐っている揺り椅子を見た。それからぐるりと、このアトリエの主みずからの手によって産み出された無惨な光景を見まわす。

「観念しましたか、架場さん」

と、僕は云った。

「もうすぐ彼女、道沢希早子さんもここに来てくれるはずです」

架場はすると、すっと僕のほうへ視線を戻し、

「彼女は来ないよ、ここには」

と云った。

「彼女は来ない」

「えっ」

僕は驚いて、

「じゃあまさか、あなたは昨夜、あのあと……」

「あのあと？　僕が再び彼女を襲った、とでも云いたいのかな」

架場は灰色のコートのポケットに両の手を潜り込ませながら、のろのろとかぶりを振った。

「違うよ。昨夜の怪我を診てもらいに、病院へ行ってるんだ。だから彼女は来ない」

「病院……」

「今朝、正午にここへ来いっていう電話をくれたね。彼女にもそう云ったって話だけれども、それでだいたい、ここで何が僕を待ち受けているのか予想できた。――確かめにきたんだよ、僕は」

「ははん」

僕は鼻先で笑った。

「自分の復讐計画が挫折《ざせつ》したことを確かめに、ですか」

架場は何とも答えず、のろのろと今度は蔵の入口のほうを振り返った。

「入ってきてください」

と、彼は云った。すると――。

その声に応じて、二人の人間が扉の向こうから現われた。

一人は、先ほどアパートのホールで僕が出会い、やって来る架場への伝言を頼んだ若者――倉谷誠だった。もう一人は、黒い背広姿の、会ったことのない大柄な中年男で、焦茶色の手提げ鞄《かばん》を持っている。

「この土蔵に、中村青司が造った秘密の通路があるって云ったね。その通路は、いったいどこに？」

架場が僕に訊いた。

「何をしらばっくれてるんです」

僕は呆《あき》れる思いで、

「そいつはあなたが、いちばんよく知ってるはずでしょう。――はん。ほら、そこですよ。その床の穴の中を見てみればいい」

架場は黙って頷《うなず》くと、背広姿の中年男にちらと目配せをし、二人して僕が示した床の裂け目に向かって歩を進めた。

「倉谷君。君もこっちへ」

入口付近でぽかんとしていた若者に、架場が声をかける。

「は、はい」

気味が悪そうに室内の様子を見渡しながら、倉谷は二人のあとに従った。

「この穴だと云うんだね」

架場は問題の床の裂け目に近づくと、さっき僕がしたのと同じように、少し身を屈《かが》めてその中を覗き込んだ。

「ふうん」

軽く唸《うな》ると、並んで立った背広の男に向かって、

「いかがですか、川添《かわぞえ》さん」

「いや。私にゃあ……」

川添と呼ばれたその男は、分厚い唇を蛸《たこ》のように尖《とが》らせながら、角刈りにした頭をゆっくりと左右に振った。架場は続いて倉谷のほうを見やり、

「君は？　どうだい」

「はあ。いいえ。あの、何も……」

ああ、何なのだろう。この男たちは何を云っているのだろう。

僕はいささか混乱し、同時に、架場の妙な図太さに対して強い苛立《いらだ》ちを覚えた。相変わらず椅子に坐ったままでいる飛龍のほうを振り返り、

「おい、飛龍君。何とか云ってやれよ」

「君も、もう一度よく見てみたらどうかな」

架場が淡々とした調子で云った。

「いったいこの穴のどこが、秘密の通路なのかな。僕たちの目には、単に床板を剝がした跡としか見えないんだけれども」

「何だって？　そんな……何を今さら、たわけたことを」

怒鳴りつけるように云って、僕は三人のそばへ向かった。

「ここに──」

指さしながら、さっきの穴の中を覗き込む。

「ここにちゃあんと、黒い梯子が……」

……ところが。

「ええっ？」

僕は自分の目を疑った。

「こりゃあ……どうして」

「どこに秘密の通路があるって？」

と、架場が問いかけた。僕はすっかり狼狽《ろうばい》してしまって、

「そ、そんな……」

と言葉を詰まらせた。

架場の云うとおりなのだった。地下へ延びる黒い梯子など、そこには影も形も見当たらないのである。

そんな莫迦《ばか》なことがあるものか。さっきは確かにこの目で見たのだ。それがどうして……。

壁の穴から突風のような風が吹き込んできて、僕の顔をまともに殴りつけた。髪が逆立ち、頬が冷たさに引きつる。

「僕たちはここに来る前、あっちの洋館の二階にも行ってきたんだよ」

何かしら人を哀れむような声で、架場が云う。

「〈2―C〉の部屋を覗いてきた。ここと同じように壁や床が壊されていたね。あれも秘密の通路を探した結果だと？」

「そのとおりだ」

風の唸りに混じってどこかから、

……ブウ――――ンンン

甲高い虫の羽音のような音が聞こえてくる。

……ンンンン…………

それでもかろうじて冷静を保ちつつ、僕は云った。

「あそこにもやっぱり、床下に秘密の通路が……」

「そんなものはなかった」

「……」

「そんなものはね、あの部屋にもなかったんだよ」

架場の声音が鋭く、そして厳しくなる。

「さっき、この僕が辻井雪人を殺した犯人なんだと云ったね。けれども、どうかな。現場となったあの部屋にはどこにも、外部から入ってこられるような秘密の通路は存在しなかったんだ。外の階段ホールも同じだろう。とすると、どうなる？　どうやって僕に、密室状況にあったあの部屋に忍び込んで、辻井を殺すことができたっていうのかな」

「……」

「仮に辻井は自殺したのではなく、何者かの手によって殺されたのだとすると——どうしても君がそういった他殺説を主張したいのだとすると、残念ながらね、僕にはたった一つしか解決法が思い浮かばない。そうしてどうやら、その答えは正しかったようだね。つまり……」

「いい加減にしてくれ！」

　僕は大声で叫ばずにはいられなかった。架場はびくりとして口を閉じる。

「そこまでしてあなたは、自分の罪を認めたくないのか。――ねえ、飛龍君。君の幼《おさな》馴染《なじ》みはどうしようもない奴だ。君の母上や辻井をその手で殺しておいて、ヤバくなると今度は……」

「川添さん、あれを」

　と、架場が背広の男に云った。

　男は黙って頷き、手に提げていた鞄を開ける。透明なビニール袋に入れられた何か長細いものを、そしてその中から取り出した。

「これが昨夜、道沢さんが襲われた現場に落ちていたんだよ。彼女は物凄くショックだったようでね、警察に届ける決心もつかず、家へ逃げ帰るとすぐさま、まだ研究室に残っていた僕に電話をかけてきた。その時、彼女はこれを持ち帰っていたんだ」

　ビニール袋の中の、それは白い腕だった。

　肩の付け根からもぎとられたような、白い人間の腕……いや、そうじゃない。本物の人間の腕ではない。マネキン人形の腕だ。

「この蔵にある人形のどれかから取り外したものだと思う。中にぎっしり砂が詰め込まれている。これを凶器に使って、ゆうべ犯人は道沢さんを襲った」

「ああ……もうたくさんだ」

……ブウウウ――――ンンン……

甲高い音がどんどん迫ってくる。混乱して立ち尽くす僕の、

……ブウウウ――――ンンンン……

耳の中へ。脳髄の中へ。

ひどい寒けと頭痛を感じながら、僕は懸命に気力を振り絞り、

「もうたくさんですよ、架場さん」

と、繰り返し訴えた。

「ここでこれ以上、あれこれ云い合っても埒《らち》が明かない。いいでしょう。こうなったらもう、出るべきところに出て決着をつけるしかない」

そして僕は、奥のデスクに置かれていた黒い電話機に向かった。

「警察に連絡します。いいですね」

架場は何も云わず、何やら悲しそうに小さな目をしばたたいた。

僕は受話器を取り上げると、それを耳に当てるのももどかしく、人差指をダイヤルにかけてまわした。

1——1——0

ところが……。

「何ぃ？」

僕は呻いた。

電話がまったく反応しないのだ。ダイヤルをまわしてもフックスイッチを押してみても、受話器からは何一つ音が聞こえてこないのだ。発信音も何も……。

「無駄だよ」

架場が云った。

「その電話ね、焼けた母屋にあった一台と親子電話になってたんだろう？　去年の火災で回線が焼けて、使用不能のままじゃないのかい」

「あ……」

……ブウウ————ンンン……

……————ンンンンン…………

間近にまで迫る響き。

「飛龍君」

架場は続ける。

「すべては君の心が生み出した妄想だったんだ。秘密の通路はもちろん、君がその電話で行なっていた島田潔との会話も」

「莫迦な」

「本当だよ」

「嘘だっ」

とんでもない架場の言葉を、それから、頭の中いっぱいに広がってきた甲高い音響を打ち消そうと、僕はあらん限りの声を張り上げた。

「でたらめだ！」

「君は島田潔じゃないんだ。まだ分らないのかい。君は島田じゃないんだよ。ね、飛龍君」

「嘘だ。僕は島田潔だ。飛龍君はほら、ちゃんとそこに……」

震えの止まらぬ手で、彼が坐っている揺り椅子を指し示してしまってから、僕の目はそこにある現実を捉えた。

「あああ……」

長い溜息《ためいき》とともに、心と身体のすべてから、「僕」という人間の存在そのものが吐き出された。

椅子の上にいるのは、飛龍想一ではなかった。

僕は見た。

髪の毛が長い。何も服を着ていない。つるつるの白い肌。女性の身体つき。……ただその顔立ちだけがどことなく彼に似ている、生命を持たぬマネキン人形の姿を。

1

「大丈夫。危険はないと思いますから」

架場久茂は背広姿の男にそう云って、床にうずくまっている私に歩み寄った。

「ご覧のとおりです、川添さん。一応あなたに来てもらいましたが、彼に必要なのは警察ではなく、むしろ病院です。むろん、いずれは川添さんたちの取り調べも必要なんでしょうけれど」

「驚きましたな」

人形の腕が入ったビニール袋を鞄にしまいながら、男は云った。

「こりゃあいったい、私らはどんなふうに対処したらいいもんやら」

「大丈夫かい、飛龍君」

と云って、架場は私の腕に手をかけた。

「ああ……架場君」

私は何をしていたのだろう。

何故こんなところに、こんな恰好《かっこう》でうずくまっているのだろう。

「僕は……」

「一つだけ今、君に訊いておきたい」

架場は小さな鳶色《とびいろ》の瞳で、よろよろと立ち上がった私の顔を見据えた。

「君が、辻井雪人を殺したんだね」

「えっ」

私が辻井を殺した？　この私が、辻井を？

「どうして、僕が」

「辻井が死んだ部屋には、秘密の抜け道なんてどこにもなかったんだよ。僕と川添刑事の目が、その事実を確認しているんだ。それでなおかつ、彼の死が他殺だったのだとすると、さて、どういうことになる？」

「どういうことにって……」

(……この、私が？)

「辻井が部屋に戻ってから水尻夫人がやって来るまでの間、君は誰一人として自分の部屋の前を通った者はいないと断言したね。結果として、それは正しかったのかもしれない。ただ唯一、君の証言……と云うよりも君の意識、君の記憶から抜け落ちているものがあった。それがすなわち、君自身の行為だったんだ」

「——分らない、僕には」

私はのろりと頭を振り動かした。

「でも、そんなことが……」

「君の責任じゃないと思う。少なくとも、いま君が自覚している〝飛龍想一〟の責任じゃない。君は自分じゃあ、居間でずっとテレビを見ていたつもりだったんだろう。確かにそれは〝飛龍想一〟にとっての現実だった。けれども……」

「僕は、僕は……ああ」

私はあの時、そう、居間でテレビを眺めていた。カーディガンを羽織《はお》って、ソファに坐って、ぼんやりと独り……。

水尻夫人がやって来て、彼女に合鍵の束を渡して、〈2—C〉のドアの前に立って辻井の名を呼ぶ彼女を、私は階段ホールの扉に凭れかかるようにしながら、ガウンのポケットに両手を突っ込んで……。

……ガウン？

ガウンだって？

「僕は……」

私はいったいいつ、カーディガンからガウンに着替えたのだろうか。――そんな憶《おぼ》えはない。そんな憶えはまったくない。

（私が、辻井を殺した？）

（無意識のうちに）

（自分でも知らないうちに……）

とすると――もしもそうだとすると、あのとき私が着替えていたのは、辻井を殺した際にカーディガンが返り血で汚れてしまったから？

（……そんな）

それから、ああそうだ、あの時――水尻夫人がやって来たあの時、私の額に滲んでいた汗……。

どうして私は額に汗などかいていたのだろう。三十分ものあいだ換気をしていて、部屋の空気はすっかり冷えてしまっていたのだ。なのに、どうして。

「ああ、僕は……」

私は両手で顔を覆い、小刻みに肩を震わせていた。

「うん、分った。分ったよ、飛龍君。もういい。こんなところで追及することはなかったね。悪かった」

架場が私の肩に手を置いた。

「さ、行こう」

「――行く？」

私は弱々しい声で問うた。

「どこへ」

「君は疲れてるんだ。ゆっくり休まないとね」

架場はそう答えて、悲しげに少し笑ってみせた。

第十章　二月

＊

＊

＊

　二月一日、月曜日の午後二時過ぎ。

　他に客のいない喫茶〈来夢〉の一席にて――。

　テーブルを挟んで、希早子は架場久茂と向かい合っていた。どうしても早く詳しい話が聞きたかったから、無理を云って研究室を抜け出してきてもらったのである。

「怪我はもういいの？」

　架場に訊《き》かれ、希早子は小さく頷《うなず》いた。

「まだちょっと痛みますけど、ええ、大丈夫です。骨には異常なかったし、打撲の痕も残らないだろうって」

心に受けたダメージはしかし、まだ当分のあいだ癒《い》えてくれそうになかった。普段と比べて声に張りがないのが、自分でも分った。

「もっと早くに何か、手を打っておくべきだったのかもしれないね。だけど僕にしても、なかなか確信が持てなかったんだ。それにまさか、道沢さんがあんな目に遭うなんて、そこまでは思い至っていなかった」

「いいんです。仕方ないと思います。わたしだって、まさかあんな……」

「いや。あれはやっぱり、あんな時間に一人で帰してしまった僕の責任だよ。すまなかったね」

「いいんです」

あの時は、本当にもうここで殺されてしまうのかと思った。砂を詰め込んだマネキン人形の腕で、したたかに肩を殴られ、背中を打たれ……。

絶望の淵で聞いたあの声。「お前を殺さねばならない」と呟いていたあの、抑揚の失せた低い声。相手の顔を確認する余裕などなかったけれども、あれは確かに飛龍想一の声だった。

そしてその直後、「やめろ！」と叫んだ大声。あれも……。

ばたばたと足音が乱れ、息遣いが乱れ……何が何だか分らないうちに希早子は助け起こされた。暗かったのと外灯の光が逆光になっていたのとで、はっきりと相手の顔は見えなかった。だが、しかし——。

みずからを「島田潔」だと名乗ったその男の声も、喋《しゃべ》り方こそまるで別人のようだったが、やはり彼、飛龍想一の声だったのだ。

「僕はその方面の専門家でも何でもないから、あんまり偉そうな解説はできないんだけれども——」

両手を組み合せ、二本の親指でこつこつとテーブルの端を叩《たた》きながら、架場久茂は云った。

「最初の頃から、いろいろと気になることはあったんだよね。

たとえばそれは、飛龍君以外に誰も入れたはずのない土蔵での怪事件だったり、必要以上に自分を見放したような、彼の態度や言葉だった。特に火災でお母さんを亡くした直後は、それが顕著だった。加えて道沢さん、君があのアトリエを訪れた時に見てショックを受けたっていう、彼の絵……。

僕も一度あそこには入ったことがあったんだけれど、君みたいに、彼の描いた絵をじっくりと見たりはしなかったんだ。だからね、君に云われて初めて知ったんだよ。飛龍君の絵はそのすべてに、必ず何某《なにがし》かの〝死〟のモティーフを含み持っていた。しかも、それらの絵の中で〝死〟に見舞われている者たちの顔が、男性も女性も赤ん坊も老人も、どれもみんな飛龍君自身の顔に見えた、ってね」

「ええ。――わたしには、そう見えました」

「彼はひたすら、絵の中で自分自身を殺しつづけてきたんだ。僕はそう思う。恐らく彼は、自分ではその事実に気づいちゃいなかったんだろうけれど。

みずからの描く絵の中で、無意識のうちにみずからに〝死〟を与える。分りやすく云えば、強烈な自殺願望だね。そういったものが、彼の心の中にはずっと存在しつづけていた。

だからまあ、何となく疑いを抱いてはいたんだよ。彼の命を狙っている何者かっていうのは、もしかして他ならぬ彼自身なんじゃないか、と。だけどね、そんな漠然とした思いつきを、不用意に他言するわけにもいかなくて……。

疑いが決定的になったのは、一月も後半に入ってから。辻井雪人っていう例の殺人犯があの家で死んで、それは自殺ではなく他殺なのだという手紙が飛龍君の許に届いたと知った時だった。君から話を聞いた限りじゃあ、あの事件が起こった時の密室状況はおよそ完全なもので、自殺という解釈を選ぶしかないように思われた。にもかかわらずそれが他殺だったのだとすれば、これはもう、その密室状況を構成する要素の一つだった飛龍想一自身が犯人である、としか考えられない。彼はアパートのオーナーとして、ドアの合鍵を持ってもいたしね。

もちろんそういう、まあ云ってみれば机上の推論だけで、飛龍君がすべての犯人だったと決めつけることはできないわけで……だから僕は、先週の水曜日、大学を休んでちょっと調べ物をしにいってきたんだ」

「遠出してきたって云ってた、あれが？」

「うん。会社のほうの仕事が押してたから、どうしようか迷ったんだけれどね、でもまあ、早いに越したことはないと思って行ってきた」

「どこへ行ってきたんですか」

「静岡だよ」

架場はそこで言葉を切り、唇の端に煙草《たばこ》をくわえた。

「飛龍君が前に住んでいた家の近所を、まず歩きまわってみた。ああいうのはね、本当は苦手なんだけれども。つまり、いわゆる訊き込みってやつ」

「訊き込み？」

「うん。慣れないものだからずいぶん手間取ったけど、苦労の甲斐があってやっと、ある家の奥さんから話を聞くことができたんだ。一昨年《おととし》の夏から飛龍君が長期の療養を強《し》いられていたっていう病気の件と、その入院先について。

予想していたとおりだった。僕らに対してはただ病気になったとしか云ってなかったけれども、彼が患ったのは、実は肉体ではなくて心の病だったんだね。聞いたところによれば、一昨年の六月下旬、彼は自殺騒ぎを起こしたらしい。アトリエの鴨居にロープをかけて首を吊《つ》ろうとしたのを、彼のお母さん――沙和子さんが見つけて大騒ぎになった。ひどい錯乱状態にあった彼を何とかなだめすかして、市内のある精神病院へ連れていった。――とまあ、そういう話だったんだよ。

さっそく僕はその病院を訪ねて、一年間の入院中、彼の治療を受け持った医師に会ってみた。医者は患者の秘密を絶対に守るっていうから、訊き出すのはなかなか難しいだろうなと覚悟していたんだけれども、こっちで起こっている事件のことを詳しく説明すると、存外にすんなり話してくれた。できれば、なるべく早くにまた入院させたほうがいいかもしれない、と云ってね。

簡単に云ってしまうと、彼はかなり重い神経症にかかっていたらしい。自殺願望って云うよりも、自分は死なねばならない――と、そういった激しい思い込みが彼にはあって、どうやらその原因は、幼少時の自身の逸脱行為にあると思われる。それを責めてやまぬ強い罪の意識が、彼の心中に大きな心的外傷《トラウマ》として残っていて……と、確かそんなふうに医師は云っていた。これが要するに、二十八年前に実の母親をはじめとする何人もの乗客を死なせてしまった例の列車事故であり、そのあとの〝子供殺し〟だったわけだ。

去年の夏、彼が退院する運びになったのは、精神状態がある程度以上まで安定してきた事実に加えて、彼の育ての母親である沙和子さんの存在が一つ、大きな理由としてあったんだという。

あのお母さんは、何て云うか、彼をほとんど盲目的に愛していた人だった。これは僕もそう思う。彼を生かすために生きている。彼女にはそんなところがあって、だからね、もしも自分が先に死ねばきっと彼女も生きてはいけまいと、その辺のことを彼自身も充分に承知しているふうだったから、彼女の存在自体が歯止めとなって、そうそうむやみに自分を傷つける真似はしないだろう。医師はそのように判断して、退院を許した。

退院の際、できれば別の土地へ住まいを移したほうが良いだろう、とも助言したらしいよ。幼少時の『罪』の記憶を刺激する環境的な要因は、なるべく取り除いたほうがいい、という判断だったんだろうね。

こうして飛龍君のお母さんは、その半年前に彼の実父、飛龍高洋氏が亡くなっていたこともあって、二人で京都に移り住もうと決心をした。静岡のほうの、近所の人たちの目をはばかる気持ちもきっと、少なからず働いたに違いない」

「そう云えば、確か――」

希早子はふと思い出して云った。

「精神分裂病の人って、絵を描かせると中間色をあんまり使わない、原色を多用したがるって、いつか聞いた憶《おぼ》えが。飛龍さんの絵、どれもそうだったから……」

「ああ、うん」

架場はいくぶん曖昧《あいまい》な頷き方をして、

「ゴッホなんか有名だものね。神経症と精神分裂病はまったく別物だけれど、彼の心に分裂病的な傾向がなかったとは云いきれないだろうし」

「――にしても架場さん、いったいどうして、二十八年前なんていうそんな昔の心の傷が、最近になって急に首をもたげてきたんでしょうか。それほど根深い傷なんだったら、もっと早くに何か症状が出ても良さそうに思うんですけど」

希早子の問いかけに、架場は珍しく眉間に縦皺《たてじわ》を作り、

「付け焼き刃の知識なんだけれども、この手の病気の原因というのは結局のところ、今もって圧倒的に謎の部分が多いんだね。ただ、遺伝的な素質っていうものがある種

の病気の発現要因の一つになっていることは、やはり確からしい。

彼の中にもともと何か、そういった素因があった可能性は否定できない。父親である高洋氏の亡くなり方を考えても、父方の又従弟《またいとこ》である辻井雪人の件を考えても……ね。幼少時の異常な体験というのもむろん重大な要因なんだろうけど、それをそのまま発病と結びつけるのは、ひょっとしたら間違いなのかもしれない」

架場は眉間の皺を深くしながら、

「凄く難しい問題だと思う」

そう云って、口許を軽く引き締めた。

「最近では従来の精神分析的なアプローチよりも、むしろ大脳生理学とかね、そういった分野からの研究がクローズアップされているとも聞く。フロイトなんて確かに、云ってみれば一種の宗教だものね。まあ、こんなふうに云いだせば極端な話、この世の中で人間が関与する物事っていうのは、どんなものであれ一種の宗教現象として論じられるわけだけれども……。

……ま、それはともかくね、この事件の真相は、とても僕なんかに説明しきれることじゃないと思うんだよ。だからこのあとの話は、単なるそれらしき解釈の一つとして聞いてほしい」

1

真っ白な壁。真っ白な天井。

清潔だが、それだけにかえって寒々とした、四角い檻《おり》のような部屋。その片隅に坐って独り、膝《ひざ》を抱えている私……。

……そうだ。

いつも――いつも私の目は、暗い、真っ暗な死の淵を見つめていた。

――――1

(お前は死なねばならない)

＊　＊　＊

「飛龍想一の心の中にはずっと、『破滅へのリビドー』とでも云おうかな、自分自身を〝死〟へ向かわせようとするベクトルがあった。フロイトが使った『タナトス』なる用語《ターム》を持ってきてもいいのかもしれないね。そして、それを理由づける強力な拠《よ》りどころが、幼少時の『罪』の記憶だったのだと、そう考えてみる。

小学校、中学校、高校と、昔から彼は内向的で、ともすれば自閉的にさえなりがちな少年だった。けれども学校の教師なりクラスメイトなり、少なくとも意識の対象となる他者が、毎日の生活の中で身近に多く存在していたわけだから、その意味において、彼の精神生活はまだしも健全だったと云える。

たとえば、彼が描いてきた絵。たとえ無意識のうちにであっても、彼はみずからの犯した『罪』を作品に投影し、それを他人に見せることによって『罪』の告白をしつづけられた。——というような、云ってみればある種、懺悔《ざんげ》的な行ないによる罪悪感の浄化が、〝死〟へ向かおうとする彼の精神を救っていたわけだ。これは大学時代もそうだったんだろうと思う。

ところが——。

大学を卒業して、就職もせず実家に帰って、ほとんどの時間を家に閉じこもって過ごすようになった彼には、いったい何が残ったか。

母親との接触を除けば、それは自分自身との対話だけだった。彼は他人に見せることを想定せず、自分のためだけの絵を描きはじめ、描きつづけるようになった。もはやどこにも告白する当てのない『罪』の意識にまみれながらの、自家中毒を招くばかりの〝死〟の描写……。

　その挙句、彼はとうとう自殺を試みるに至り、それに失敗した。失敗したのは母親に見つかったからだった。嘆き悲しむ母の姿を見て彼は、彼女のためにやはり自分は生きなければならないと、そう思い直した」

　いつしか架場は、淡々と物語を語るような口調になっていた。

「一年間の入院生活で彼の精神状態は、表面的には安定したかに見えた。一年前に自分が自殺を図ろうとした事実さえ、彼は忘れてしまっていたのかもしれない。

　けれど、その間にも彼は、心の奥に潜む〝死〟への衝動と不断に戦いつづけていたんじゃないかと思うね。母のために生きねば……と、恐らくそれだけを自分に云い聞かせながら、ややもすれば〝死〟に傾きたがる〝生〟を生きた。退院を許され、京都へ越してきた時すでに、もしかしたら彼の心は無意識下において、にっちもさっちも行かないようなところまで追いつめられていたのかもしれない。

　八月に新聞で見た列車事故や子供殺しの記事は、ほんのちょっとした揺さぶりをかけただけだったんだと思う。それよりも決定的に彼の心のバランスを崩す引き金となったのは九月の、この〈来夢〉での僕との再会だったんじゃないか。

十何年かぶりで会った僕の顔に、彼が見たもの。それは、長らく意識の深層に沈んでいた『マサシゲ』という、彼が二十八年前に川で死なせてしまった子供の面影だった。以来、彼は例の〝記憶の疼《うず》き〟を頻繁《ひんぱん》に感じるようになった。

そうして――。

飛龍想一という一人の人間の中に、新たなもう一つの人格が生まれることになったんだ。つまりこの、飛龍の第二の人格こそが、そのあと彼の身辺で連続して起こりはじめた不審事の実行者であり、例の手紙の主でもあったわけだね。

第二の人格。これは飛龍の心の中に潜在する、彼の『罪』の告発者であり、かつまた〝死〟へ向かうベクトルの忠実な推進者だった。この《彼》は、みずからを飛龍想一とは別個の人間であると意識しつつ、彼を殺さねばならない、と考える。それも単に殺すだけじゃなくて、彼を怯えさせ、己の罪深さを悟らせ、そのうえで殺さねばならない、と。もしかしたらそこには、《彼》自身の産みの母親でもある飛龍実和子をかつて、彼が列車事故を起こして死なせたことに対する〝復讐〟の念もあったのかもしれない。

《彼》はまず、彼の『罪』を告発するメッセージを込めながら執拗《しつよう》な嫌がらせを行なった。次に、今度は手紙で、彼にその『罪』を『思い出せ』と迫った。しかしさて、その次の段階——〝裁き〟あるいは〝復讐〟という動機をもって彼を殺す、その最終目的の前にどうしてもしておかねばならないことが、《彼》にはあったんだ。それがすなわち、育ての母親である池尾沙和子の殺害だった。

整理すればこういう話だね。

《彼》は、彼を殺さねばならない。彼は、沙和子のために生きねばならない。そこで《彼》は、事前にその沙和子を亡き者とし、彼が生きる理由を消し去っておいてやらねばならなかった」

「ああ……」

「母屋に火を放つことで首尾よく沙和子を葬った《彼》は、彼女の死もまた飛龍自身の『罪』なのだと告発する手紙を書き、己の〝裁く者〟としての立場をより正当化しようとする。本来ならばこのあと、さほどの間をおかずに《彼》は、何らかの方法で——たとえば毒薬や何かの時限装置を用いるなどして、彼を殺害し、それですべてが終わるはずだったんだ。

ところが、そこへ……」

2

道沢希早子——。
ああ、彼女の〝生〟を見つめる瞳。あんなにも生き生きと輝いて……。

——2

（あの女を殺さねばならない）

＊　＊　＊

「そこへ現われたのが道沢さん、君だったんだね」

と、架場は云った。

「わたしが？」

戸惑う希早子に、架場はゆっくりと頷きを返し、

「飛龍君は君とここで出会って、話をして、そしてきっと君に惹《ひ》かれたんだと思う。自分とは正反対の方向性を持つ――すなわち〝生〟に向かって生きる君の内面に触れて、それに少なからず感化されたに違いない。自分の中にとつぜん生まれた〝生〟のベクトルに気づいて、恐らく彼は哀れなほどに当惑したことだろう。

これによって第二人格の《彼》は、沙和子に代わって出現した君――彼を〝生〟に、い、い、い、い、い、引き留めようとする新たな力――を察知して、そこでまた足踏みを余儀なくさせられたわけだ。

一方――ここでさらに話がややこしくなるんだけれども――、君との接触と前後して、飛龍の大学時代の友人だった島田潔という男が出てくることになる。島田はむかし飛龍と同じ下宿にいて、東京での彼の心の拠《よ》りどころのような役割を果たしてきた友人だった。その島田から届いていた手紙を、彼は発見した。

君との接触によって再び〝生〟に留まろうとしはじめていた彼は、今の自分を助けてくれる存在として、この島田の登場を切実に願った。

年が明けて、飛龍の許に島田から電話がかかってきた。飛龍は島田にすべてを話した。飛龍の期待どおり島田は、友人が陥っている苦境を知ると、その話をいろいろな角度から分析して力になろうとした。

そうして島田の提示した推理の一つが、緑影荘の住人全員が犯人であるという例の説だった。島田は二十八年前の列車事故の新聞記事を調べたと告げ、そこに載っていた事故の犠牲者の苗字が、緑影荘の住人たちの苗字と同じなのだと指摘した。飛龍は一も二もなく、島田の話を信じた。

この件についても僕は、飛龍からそれを聞いた当初から、何となく変だなとは思っていたんだよ。あまりと云えばあまりの偶然だろう。水尻夫妻が犠牲者の遺族を呼び集めたんじゃないかという仮説にしても、あまりにも強引と云うかね、絵空事めきすぎていて、まるで現実味がない。

そこで先週、静岡へ行ってきた時、地元の新聞社に勤めている知り合いに頼んで調べてもらったんだ。すぐに答えは得られた。つまり――。

二十八年前、問題の列車事故で亡くなった乗客は、飛龍実和子の他に確かに四人いた。けれどもね、その四人の苗字のうち、あのアパートに住んでいる連中の苗字と同じものは一つとしてなかったんだ。

この時点で僕は、飛龍がときどき電話で話をしているという、この島田潔なる男の存在そのものに、強い疑惑を抱かざるをえなくなった」

島田潔――。

この部屋に来てから、彼とは一度も連絡を取っていない。

今頃、彼はどうしているだろう。

心配してくれているだろうか、私のことを。

3　―――1

……………

＊　＊　＊

「でも――」

希早子は今さらながら、驚きで声が震えるのを抑えられなかった。

「でも架場さん、そんなことって」

「いや。島田潔という名前の、飛龍想一の大学時代の友人は確かに、現実の人間として存在するんだよ。彼が現在、郷里の大分に住んでいて、中村青司という例の建築家が設計した建物で起こった事件に関わったことがあるっていうのも、これは現実の話なんだ。去年の夏、静岡から転送されてきていたという飛龍宛ての手紙も、確かにあのアトリエに残っていた。消印や筆跡からして、それが島田潔本人の手によって書かれたものであるのは間違いないと思われる。

僕がいま云ったのは、もう分ってるだろう？　あくまでも飛龍が今年の一月以降、連絡を取っていたという《島田潔》のことで……まあ、こんなくどくどと云う必要はないか。君も実際に、あの《島田》と会っているわけだものね」

「………」

「だから、つまり――」

架場は静かに瞬《まばた》きをして、

「この《島田潔》は本物の島田潔ではなかった。彼からかかってきた電話も、その電話での会話も、すべては飛龍の妄想だった。云い方を変えれば、《島田潔》とは飛龍想一の心の中に生まれた第三の人格だった」

「第三の、人格……」

「そう」

架場は真顔で頷いた。

「人格分裂というのは精神医学で云うヒステリーの一症状らしいんだけれど、普通は二重人格を思い浮かべるよね。しかし実際には、三つ以上の多重人格の事例も過去、多く報告されている。

有名なものでは、たとえばアメリカの医師モートン・プリンスの著述にある、十八歳の少女の三重人格の症例。この少女は、《聖人》《婦人》《悪魔》とプリンスが命名した、三つの異なる人格を持っていたらしい。少なくとも六つの異なる人格が観察されたフランス人の例もあるっていうね。もっと凄いのは、ほら、例の『シビルの十六人格』。日本でも一時期ちょっと話題になったけど、聞いたことない？

もっとも、今回の彼、飛龍想一のように、一つの人格をベースにして、その他の二つの人格が短時間のうちに交替して現われるといったような症状は、本当に特殊な、ごく稀《まれ》なケースなんだろうと思う。

さっきも云ったとおり、彼は君と出会ったことによって、かつてなかったような〝生〟への衝動を覚えた。けれどもそれは、彼の意識の奥深くにおいては、あまりにも自分にふさわしくない、自分にはとうてい同調できるはずのない、そんな方向性として認識された。

自分一人の力では、どんなにしたって君のように〝生〟に向かって生きられはしない。しかも自分は今、何者かに命を狙われている——。

そこで彼は、誰か信頼できる人間が自分のそばに現われ、自分を励まし、力を貸してくれることを、文字どおり狂えるほどに切望した。そしてそれが、《島田潔》という新たな登場人物を呼び出したわけだ。

第三の人格として現われた《島田》は、第二人格の《彼》とは逆に、本体である飛龍を助け、彼を〝生〟へと向かわせる役割を担っていた。かつて本物の島田潔がそうであったように、ね。

ここで肝心なのは、この《島田》が、飛龍を〝死〟へ追いつめようとする《彼》の正体を知らなかったということだ。これはこの逆についても同様で、つまりは《彼》のほうも、《島田》の正体を知らなかったんだろうと思われる。

だから《島田》は、飛龍から事件についての相談を受けると、彼なりにそれを分析し、飛龍の力になってやろうと努力した。列車事故の新聞記事を調べたのも、秘密の通路の存在を指摘したのも、《島田》にしてみれば決して、飛龍を騙《だま》したり混乱させたりするつもりでやったことじゃなかった。あくまでも彼は、友人の島田潔として、飛龍を助ける〝名探偵〟の役割を果たそうとしたんだと思う。

その一方で、君や《島田》の登場によってしばらく鳴りをひそめていた《彼》は、何らかの機会に、恐らくは偶然、緑影荘の住人の一人、辻井雪人が〝子供殺し〟の犯人であるという事実を知った。辻井の犯行に《彼》は、二十八年前に飛龍が犯した〝子供殺し〟をダブらせて見てしまい、『もう一人の飛龍想一』として辻井を殺さずにはいられなくなった。

辻井殺しを成功させると、勢いをつけた《彼》はさらなる行動を起こす。飛龍を〝生〟につなぎとめる鎖をもう一度、断ち切る必要に迫られて、だ。望むべき〝死〟へと彼を導くため、そこで殺さねばならなかったのが、だから道沢さん、君だったというわけで……」

「…………」

「このあとは、君がいちばんよく知ってるよね」

と、架場は続ける。

「先週の木曜日、《彼》はそれを実行に移した。夜中まで君を待ち伏せて、あとを尾けて襲いかかり、砂を詰めたマネキン人形の腕で君を殴り殺そうとした。ところが土壇場になって、飛龍の願いに従って君を救おうとする《島田》が出現し、《彼》の行動を阻止した。それまで《島田》は、例の断線したアトリエの電話を通してしか現われていなかったんだけれども、ここに至って飛龍の、より切実な要請によって、生身の人間として登場することになったわけだ。

《島田》は、秘密の通路の存在から犯人は外部の人間であると推理し、さらには、飛龍の記憶の空白を埋める最後の一片として、『マサシゲ』なる子供の名前を思い出した。そうして彼が辿《たど》り着いたのが、この僕が『マサシゲ』の弟で、その復讐のために飛龍を狙っていると、そんな結論だったという……。

　あくまでも君を真犯人の魔手から助けたつもりでいた《島田》は、みずから事件を解決しようと決意し、金曜日の正午に緑影荘へ来るよう君に命じた。そして朝になると、彼がそうだと信じていたところの真犯人——すなわち僕に、呼び出しの電話をかけてきた」

　架場は低く息をついて、そっと希早子の顔を見た。何か返ってくる言葉を待っているように思えた。尋ねたい問題がまだ山ほどあるような気もしたのだが、けっきょく希早子は何も云わなかった。

「あとね、これはまあ、蛇足めいた情報になるけれど——」

架場が云った。

「京都府警の川添刑事……このあいだ君も事情を訊かれただろう？　彼らがあのあと飛龍が使っていた部屋を調べた結果、アトリエの机の抽斗《ひきだし》から、例の手紙と同じ便箋《びんせん》が見つかったらしい。それからアパートの寝室のほうでは、血で汚れたカーディガンがワードローブの奥に隠されていたっていう。この血液型が死んだ辻井雪人のものと一致することも、すでに確認されている」

「………」

「初めにも云ったとおり、いま話したのはほとんど、表に見えていることに対する僕の勝手な一解釈にすぎないわけでね」

架場はそう云って、あるいは自嘲《じちょう》のようにも受け取れる、微妙な笑みを目許に浮かべた。

「いずれ専門家が、また違った解釈を打ち出すだろう。飛龍君自身も今なお、自分に何が起こったのか、懸命に考えつづけているのかもしれないね」

「そういう云い方って、でも……」

どうにもやりきれない気持ちで、希早子は口を開いた。

「でも……じゃあ、真実はいったいどこにあるんですか」

ぽそりと呟くと、架場はそっぽを向くようにして窓の外へ視線を移した。

「さてねえ」

「架場さん」

希早子は思いきって質問した。

「どうしても気になるんですけど、むかし何かで死んだっていう架場さんのお兄さんって、ほんとは『マサシゲ』なんていう名前じゃなかったんですよね」

そんな偶然、あるわけがないと思う。

「飛龍さんが死なせてしまったのは、実際はまったく別の子供で……」

けれども——と、一方で希早子は疑問を感じてもいた。

どうして架場は、もっと早くに何か積極的な手を打とうとしなかったのだろう。

確信が持てなかったから、と彼は云う。だが、ことは人の生死に関わる問題だったのだ。もっと早くに、たとえば川添という先日の刑事に相談してみるとか、対処のしようがあったのではないか。そうするのが、友人として取るべき行動だったのではないだろうか。

「ね、架場さん。どうなんですか」

「そりゃあ……」

希早子の真剣な眼差《まなざ》しに、架場はちょっと気圧《けお》されたように口ごもったが、すぐに小さな目をすっと細めて答えた。

「さて、どうなんだろうね」

心の奥深くで見え隠れする、遠い……遠すぎる風景。それは決して、誰にも話すものではない。

エピローグ　島田潔からの手紙

拝復
まだまだ寒さの続く毎日ですが、お元気でお過ごしのことと思います。

先日は飛龍想一君の事件についてお知らせいただき、ありがとうございました。

昨年末、彼からうちに電話があったらしいのですが、あいにくそのとき僕は家を空けており、話す機会を逸してしまいました。こちらから連絡を取ろうともしたのですが、退院後の転居のことを僕は知らされておらず、転居先の住所も分からなかったもので、結局は漠然と気に懸けているしかなかったという次第です。

さて、お尋ねの件について――。

ご承知のとおり、建築家中村青司は一九八五年の九月に死亡しており、その際に彼が住居としていた家も焼失してしまっているので、詳細な資料は手に入らないというのが実情です。要は、青司がいつどこにどんな建物を建てたのかを正確に調べ出すのは、個人の力では非常に難しいことであるわけです。

しかしながら、お尋ねの件に関しては、とりあえず僕の考えをお答えできるように思います。

一九八五年九月の死亡当時、中村青司は満四十六歳でした。飛龍君が住んでいた問題の家が、彼の父上高洋氏によって改築されたのが、あなたの把握されているとおり今から二十七、八年前——一九六〇年頃であったとすると、青司は当時まだ二十歳過ぎ、大学の建築学科に在学中だったか卒業してまもなくだったか、といった計算になります。そんな時期に青司が、京都の高洋氏から仕事の依頼を受けたとはとうてい考えられません。

従って——。

飛龍君の家は中村青司とは何の関係もなかった、という結論になります。違う云い方をすれば、中村青司が手を染めた京都の「人形館」なる建物は、現実には存在しない、ということです。

いずれ近いうちに、飛龍君を見舞いに京都へ行くつもりでいます。その時、あなたともお会いできればいいなと思います。

まずは右、取り急ぎお礼とご報告まで——。

ご自愛のほど、お祈り申し上げます。

敬具

一九八八年　二月七日（日）

島田潔

架場久茂 様

——了

新装改訂版あとがき

一九八九年四月初刊の「館」シリーズ第四作、『人形館の殺人』の〈新装改訂版〉をお届けします。

　文庫旧版の「あとがき」で僕は、本作について「すごく愛着がある、けれど一方で、激しい嫌悪感を抱いてもいる」と記しているが、さすがに発表から二十一年も時間が経つと、そういった想いもずいぶん薄れてきている。理由の半分くらいはたぶん、その後現在までの間に、たとえば『最後の記憶』や『暗黒館の殺人』のような作品を書いたからなのだろう。それでたいがい気が済んでしまった、とでも云《い》おうか。

　一人称の叙述で、語り手の薄暗い内面をぬらりと描き出すようなタッチの小説がきっと、僕が本来書きたかったものの一つとしてあったのだと思う。作家デビュー後、初めてそれっぽい長編に挑んでみたのが『人形館』だったわけで、だからあの頃、ことさらのようにこの作品への想いを表明していたのだろう。

——と、少々また突き放した物云いになってしまったが、いやいや、そうは云ってもこれ、決して悪いものではないと思っている。物語を構成するある要素が、発表後しばらくですっかりある種の定番となっていったことは「やむなし」と捉《とら》えるしかないにしても、全体としてはやはりなかなかに大胆な、シリーズ中でも一、二を争う異色作として評価できるのではないか、と。

改訂作業における基本方針はこれまでの三作と同様、主として文章面で、もともとの読み味を損なわないように心がけながら細やかな手入れを行なった。——のだが、中に一つ、この場で特にお断わりしておくべき変更点がある。

講談社ノベルス版の親本および講談社文庫の旧版では、章末にいくつかの「作者註《ちゅう》」を付けていたのを、この改訂版ではなくすことにしたのである。当時はそれなりの目論見《もくろみ》をもって付した註記だったのだが、今となってはそうこだわる必要もないだろう、との判断で。

ただ、本書一四二ページの「戦前の梅沢《うめざわ》家事件」に付していた註に関しては、最後まで残すべきかどうか迷った。他はすべて「館」シリーズ関係のリンクだったのだけれども、これだけは自作絡みのものではないからである。

云わずもがなのことかもしれない。そんな話は先刻承知という向きも少なくなかろうが、そうではない読者もおられるだろうと想定して、親本および文庫旧版にあった当該の「作者註」を次に示しておこう。

＊戦前の梅沢家事件……この事件については、島田荘司『占星術殺人事件』（講談社、一九八一年）に詳しい。

そもそもこのシリーズ、探偵役に「島田潔」なる名前を使っているくらいなので、ここはあの『占星術殺人事件』で語られるあの「梅沢家事件」を、あたかも実際に起こった事件であるかのように語らせてしまおう、と考えたわけだった。ミステリ愛好家にありがちな、ちょっとした遊び心の産物でもあった。

今回の改訂に際して、この部分をごっそり割愛してしまうことも検討したのだけれど、これはやはり残したいと思った。現在もなお、むかし僕が出会った頃と変わらぬ情熱をもって「本格」に取り組みつづけておられる島田荘司さんへの、大いなる敬愛の念を込めて、である。

八〇年代初頭のあの時期、島田さんのこの『占星術殺人事件』と次作『斜め屋敷の犯罪』の発表がなければ、いわゆる「新本格」まわりのミステリ史は恐らく違ったものになっていただろう。それほど当時の僕たちに衝撃を与えた傑作である。

未読の方はぜひともお読みになってください。


なお、これもまた云わずもがなのこととかとも思うのだが、一応——。

『人形館の殺人』の物語は、一九八七年から八八年の日本を舞台にしている。今からだいたい二十三年前。——なので、作中に現われるある分野の用語については、その時点でごく一般的であったものを使っているし、ある分野のある科学的知見についても、八七〜八八年当時の標準的な資料に拠《よ》っている。それらを二〇一〇年現在の事情に従って書き換えることはしていない。

本作の話ではなくなるが、たとえば一九八〇年代の日本を舞台にした物語に、当時は存在しなかった(あるいは社会的に広く共有されていなかった)「看護師」や「キャビンアテンダント」などの名称は出したくないし、「パワハラ」だの「認知症」だの「ニート」だのの言葉も使いたくないわけである。七〇年代が舞台であれば、子供が学校へ行きたがらない現象はやはり、「不登校」ではなくて「登校拒否」と書くべきだろう。——語り方や視点の取り方などによっては当然ながら例外も出てくるし、時代がもっと大きく過去に離れていたりすると理屈はだいぶ異なってくるが。

もちろん推理小説はフィクションなのだから、必ずしも作中の記述が〝現実〟のあれこれに忠実である必要はない。「こんなとんでもない屋敷が実際に建っているはずがない」とか「そんな莫迦《ばか》げたトリックを使って人を殺すような者はいない」とかいう〝現実〟との乖離《かいり》については、きわめて鷹揚《おうよう》に構えている僕だけれども、それとこれとはまた違ったレベルの問題である。

ところで、本作は「館」シリーズでは珍しく、京都市内の「閉ざされていない家」を主な舞台としている。主人公が住まう左京区のこの界隈は、僕自身の長年の生活圏と重なり合う場所でもある。

ここ何年かにわたって僕は、同じ生活圏に暮らすミステリ作家「私」の一人称による短編の連作を続けていて、二〇〇八年にはその第一集を『深泥丘奇談《みどろがおかきだん》』と題して上梓したのだが、ああこの連作の原点はここにあったのか――と、今回『人形館』の改訂作業を進めながら気づいた。

とは云うものの――。

『人形館の殺人』を書いたのは、僕がまだ二十八歳の頃だった。二十歳も年を取ると人間、世界との接し方がずいぶん変わってくるものだなあ、と今さらながらに思うわけである。たとえば、本作では「私」と「希早子《きさこ》」の出会いの背景として描かれている「五山の送り火」が、二十年後の「深泥丘」連作では「六山の夜」という奇妙な幻想譚《げんそうたん》の材料になってしまったり……と、小説の種類がいささか異なるとは云え、このような変化が自分自身いよいよ興味深く感じられる昨今である。

二〇一〇年　七月

綾辻　行人

解説

太田忠司

「新本格」という言葉に関心を寄せる人にとって、一九九二年というのはある意味で象徴的な年だったのではないでしょうか。

この年、法月綸太郎の『ふたたび赤い悪夢』、我孫子武丸の『殺戮にいたる病』といった、それぞれの作者にとってのターニングポイントとなるであろう作品が発表される一方で、オリジナル・アンソロジー『奇想の復活』が、あらたな書き手の登場を予感させてくれたのです。

それはあたかも、同じ港を出港した船たちが、大洋に出た時点でそれぞれの目的地に赴くべく航路を大きく転回してゆくような光景でした。そんな流れを一望することができたのが、この年だったわけです。

その中で、先頭を切って走りつづけていたひときわ巨大な一艘《そう》、それが綾辻行人でした。

この年、綾辻行人は前年に発表した『時計館の殺人』により、第四十五回日本推理作家協会賞を三十一歳という若さで受賞しました（ちなみに『龍は眠る』で同賞を一緒に受賞した宮部みゆきさんは同年同月同日生まれ）。

その際の「受賞のことば」において氏は、「このような『ミステリ以外の何ものでもない作品』によって今回推理作家協会賞を受賞できたことは、やはり最高の喜びです」と記しています。この短い言葉の中には、綾辻行人という作家の姿勢が端的に現われているように思えます。

「ミステリ以外の何ものでもない作品」を書く。

このスタンスこそが、「ミステリ以外の何ものでもない作品」を読みたがっていた読者に共感され、熱狂的に支持された理由なのでしょう。

ではしかし、綾辻行人にとって「ミステリ」とはどういうものであるのか。

それについては氏自身が著書のあとがきや島田荘司氏との対談などで、折りにふれて話しています。そうしたことを踏まえつつ、僕はこの場で「館」シリーズを再読してみた上での私見を述べてみたいと思います。ここで「私見」と断ったのは、僕の見方が偏《かたよ》っていることをあらかじめ表明しておきたいからです。あらゆるテキストは誤読されるものではありますが、もとより評論家などではない僕には、自分の側に引き寄せずに論を進めるといった芸当はできそうもありません。ましてやデビュー以来熱狂的に愛読しつづけている作家の作品について客観的に論ずることなど、できようはずもない。

だからこれは「極私的綾辻行人論」なのです。

結論から言えば、綾辻行人は「世界」を構築する作家です。そして「世界」を破壊する作家でもあります。

しかしそのことについて論ずる前に、昭和三十年代以降、いわゆる「清張以後」の日本ミステリが「世界」をどのように描いていたかを見ておきましょう。「清張以後」というのは昭和三十二年に松本清張が『点と線』でミステリ界に革命的な風を送り込んで以降の時代を指すのですが、この時期は江戸川乱歩、横溝正史に代表されるような怪奇幻想の探偵小説や、奇抜なトリックをメインにした本格的なミステリを「非日常的な絵空事」として排し、テーマの中心に社会的観点を据え、ミステリをより「現実的」なものへと変えていこうとする風潮が支配的でした。こうした動きはミステリが小説として成熟していく上での過程として、積極的に評価することもできます。しかし清張に続いて出版された膨大な「社会派推理小説」の中には形としての「社会派」にこだわるあまり、それがなぜミステリとして書かれなければならなかったのかという視点が欠けている作品も見られるようになり（さすがに先駆者である清張はコツをはずすようなことはありませんでしたが）、結果的にこのジャンルの作品を衰退させていく結果を招いたのでした。

しかしジャンルとしての社会派は衰えても風潮は残りました。ミステリは「現実」を描くものであり、非日常的なトリック小説などもう時代遅れであると見なされていたのです。

そんな時代に綾辻行人は生まれ、そしてミステリを知ったのです。

「小学校のときに少年探偵団やルパン、ホームズを読んでミステリーが好きになるでしょ。次にクイーンやクリスティを読んで、黄金期の本格物に魅せられて、じゃあ今の日本のミステリーはどうなんだろうと見まわすと、社会派しかない。『本格推理』と銘打たれていても、読んでみると全然、自分が魅せられたような『本格』じゃない。これはどうしたことだ……って」（『本格ミステリー館にて』〈森田塾出版刊〉よ

り）

僕自身、氏と同年代なので「これはどうしたことだ」という呟《つぶや》きの意味はよくわかるつもりです。ふりかえってみればあの頃、特に大学生活を送っていた昭和五十年代あたりのミステリ状況は、本当に奇妙でした。横溝映画の人気に端を発したミステリブーム、また夢野久作、小栗虫太郎といった探偵小説作家の再評価もあいまって、戦前戦後の名作群が文庫の形で比較的容易に読めるようになったという状況が一方にあり、僕たちは砂漠のオアシスで渇いた喉を潤すように、それらの作品を読み続けたのでした（これは蛇足ですが、その頃に比べると現在〈一九九三年〉はある意味で不幸な時代かもしれません。古典的地位を確立した作品でさえ、容易には読めなくなっているからです。鮎川哲也の『黒いトランク』や泡坂妻夫の『乱れからくり』が本屋に置かれていないなんて、この国の文化はなんと不毛なのでしょうか）。

しかし名作はやがて読み尽されてしまいます。僕たちは渇きを癒《いや》すために、次々と出版されている現在進行形の作品群も読みはじめました。だが新作として世に出される作品には、（一部の作品を除いて）名作たちが持っているような魅力が感じられませんでした。僕たちがミステリに求めていたものは、現代のミステリ界が追放してしまった物の中にあったようなのです。

こうした経験を持つ綾辻行人が自らミステリを書こうとしたとき、かつて自分を魅了した作品たちと同じものを志向するのは当然のことだったのでしょう。

しかしここで間違ってはならないのですが、綾辻行人は決してかつての名作たちの模倣《もほう》をしたわけではありませんでした。このあたり、作品の「形」だけを見て批判をしている人もいるようです。つまり「いまどき無気味な洋館を舞台にした殺人事件なんて時代遅れな作品を書いている」といったような。

これは、誤解にほかなりません。そうした先入観で眼を覆っている限り、綾辻作品の凄さは見えてこないでしょう。作品の舞台は現実的な地平に建っています。離れ小島に建てられた十角形の館も、山間の川の流れで三連水車を廻《まわ》している城のような館も、（この際、建築基準法がどうとかいう話は抜きにして）現代日本に建てることを許されないわけではないのです。館に住む人々にしても、間違いなく現代の人間です。ただ、館も人間も綾辻行人の用意した世界に支配されているだけなのです。

世界による支配――それは何も閉鎖的な館を舞台にしているというだけの意味ではありません。むしろ逆にこう言ったほうがいいかもしれない。館も人間も、作品の中にあるものすべてが共犯して、ひとつの世界を形作っているのだ、と。

今までに綾辻作品を読んでいる方なら理解していただけると思いますが、氏の作品は冒頭に奇抜な謎が提示されるといった形のものではありません。読者はまず、物語の舞台となる場所に案内されます。そしてときにはしつこいと思われるほどじっくりと、館の情景や由来についての説明を受け、人物の関係について知らされます。いつの間にか読者は館にもその住人にも馴染《なじ》み、そして気がつくとすっかり作品世界に浸りきっている自分を発見するのです。

やがて事件が起こります。当初からかすかな歪《ゆが》みを内包していた世界は、事件によって少しずつ綻《ほころ》びを露わにしてきます。過去が掘り起こされ、罠は読者が訪れたときすでに仕掛けられていたことに気づかされます。

そして、カタストロフ。事件の真相が語られ、トリックが、犯人が明かされます。その瞬間、今まで読者の前に見えていた世界があっと言う間に崩壊します。表向きの顔は消え、中に隠されていた本当の顔が現われるのです。

この一瞬、緻密に構築されていた世界が瓦解し散華するときのカタルシス。これこそが綾辻ミステリの真骨頂ではないでしょうか。そしてそれこそが、かつて綾辻行人を本格ミステリにのめりこませていた甘美な毒の正体なのではないでしょうか。

現実とは一見強固な基盤の上に立っているように思われます。その強固さが個人としての人間を圧迫し、ときには殺しもします。しかし僕たちは内心気づいているのです。揺るぎない現実というものなど存在せず、実は様々な幻想が折り重なってひとつの様相を呈しているにすぎないことを。

本格ミステリにおいて探偵が「さて……」と真相を語りはじめるとき、僕たちは世界がひび割れる音を聞くことができるのです。探偵が玩《もてあそ》ぶ論理は、世界を打ち砕く槌《つち》なのです。

前もって釈明しておいたように、これは僕の私見にすぎないかもしれません。ただ僕個人は、綾辻作品の現実破壊の力に魅せられている。それは間違いのないことなのです。そうした観点に立って氏の作品を見回してみるとき、この『人形館の殺人』という作品の占める位置は、なかなかに大きいものがあるのです。

この作品は異色作です。どう異色なのかは読んでいただくほかはないのですが、とにかくそう言い切ってしまいます。

異色であるがゆえに、この作品は読者に困惑をもって迎えられたようです。正直な話、僕も最初に読んだときは驚きました。その驚きの質が望んでいたものと違っていたがゆえに、(個人的にはその語り口が僕の好みに一番合っていたにもかかわらず)それ以来ずっと『人形館の殺人』に対する評価は混乱したものでした。

しかし今回再読してみて、僕は自分の不明を恥じました。最初に読んだときにはこの作品の凄さを半分も感じていなかったようでした。

結末におけるカタルシスの深さにおいて、この作品を凌駕《りょうが》できるものは少ないでしょう。現実世界は粉々に砕かれ、跡形も残らなくなります。エピローグを読み終えたとき、読者はどこでもない完全な空白の中に置き去りにされてしまいます。

まさに、ノックアウトです。

作者自身が『時計館の殺人』のあとがきで「一番気に入っている作品」と言うだけのことはあったのです。それがどうして初読のときにわからなかったのか。恐らく読者である僕が「館シリーズ」という制約に自らを縛《しば》っていたからでしょう。先入観は百害あって一利なし、ということなのでしょうね。

できることなら、この文庫を読まれる皆さんには僕と同じ過ちを犯さないでいただきたいと思います。

もうひとつふたつ、この作品について言及しておきたいことがあります。ひとつは人形館の立地環境について。

今までの館は十角館にしろ水車館にしろ迷路館にしろ、一般社会とは隔絶した場所に建てられていました。ところがこの人形館は京都の左京区北白川《きたしらかわ》——京都駅からタクシーで三十分ほどのところにある、お屋敷町の一角に建っているのです。これだけでも充分に異色です。つまりこれは、隔絶した世界を設定しなくても、充分に本格ミステリを書くことができる、と綾辻行人自身が確信を抱いたからではないでしょうか。その確信は正しかった、と僕は思います。このことは後に続く新人作家にも考慮してもらいたいものです。

もうひとつは、先程少し触れた語り口について。

この作品は飛龍想一の一人称という形をとって語られていきます。『水車館の殺人』で部分的に一人称を使用していますが、これで押し切ったのは『人形館の殺人』が初めてでしょう。しかもその語り口は多分にニューロティックであり、氏のもうひとつの作品群である『囁き』シリーズ、それも最新作の『黄昏の囁き』に通ずるものを感じます。さらにそれはサイコホラー・ミステリとでも言うべき『殺人鬼』へと通じ……、つまり綾辻行人という作家に内在する、たぶんまだ充分には開花させてはいないであろうもうひとつの資質の片鱗《へんりん》を覗《のぞ》かせるものでもあるのです。

こうした意味からも『人形館の殺人』は、綾辻ミステリにおいてかなり重要な作品なのだ、というのが僕の解釈です。

読書とは格闘技である、と思います。

作品と真正面から立ち向かい、真剣勝負で闘うものである、と。しかし僕は、この勝負に勝ちたいとは思っていません。むしろ負けたいのです。思わぬ技に脳天を直撃され、こてんぱんにやっつけられてしまいたい。これこそが本読みの本懐である、と信じてやみません（もちろん、こんな読み方ばかりしていては疲れてしまうので、ときには軽く流せる読書も欠かせないのですが）。

そんな僕にとって、綾辻行人は理想的な格闘家のひとりです。彼の技は確実に僕をマットに沈めてくれます。だから綾辻行人の名を記された本を閉じるとき、僕はいつでも至福のテンカウントを聞くことができるのです。

（一九九三年五月）

新装改訂版解説

「タイトルは『映画館の殺人』ですよね?」

戸田山雅司
(脚本家)

綾辻行人はテレビ屋泣かせの作家である。

たとえば、綾辻さんの新作が本屋に平積みで並んでいるのを見つける。迷わず買って帰ると、荷物を置くのももどかしく放り出して「今回はどんな仕掛けを見せてくれるのだろう」とか「今度こそラストの前に見破ってやろう」などの雑念をはらいつつページを開く。登場する人物を脳内で勝手にキャスティングする。主人公は三十四歳の画家、一人称は「私」……だったらアイドルの×××のイメージかな。育ての母に付き添われて、どうやら病弱らしい、そうなると小劇場系の△△△の方がしっくり来るかな……タレント名鑑片手の思い入れキャスティングはスムーズに進む。なんと言っても綾辻さんの描く人物は、登場した瞬間から、まるで実在する人物をスケッチしたかと思えるほど、リアルかつキャラクターの輪郭が鮮明だからこそだろう。

主要な人物が出揃《でそろ》い、物語も中盤に近づく頃には、すっかり自分なりのキャスト表と、そして舞台となる「館《やかた》」の映像もほぼ完成している。綾辻さんの描写は印象的かつ具体的で判りやすく、何よりも巻頭には平面図まで添えられているのだから、頭の中でセットを組むこともたやすいのだ。

終盤に差しかかる頃には、かすかに音楽が聞こえて来る。どこかで聴き覚えがあるこの曲は、たしかイタリアのプログレ・バンド……そうか、綾辻さんがお気に入りの映画のテーマ曲じゃないか。なるほど、ピッタリ来るはずだ。

キャスティング、映像、音楽もすべて揃い、物語は一気にクライマックスに突入する………！！！　そうか、そうだったのか！　あそことあっちが実は繋《つな》がって、何気ないあの描写が実は伏線で……あー、やられた！　達成感二割、悔《くや》しさ八割、合わせて満足感十割で最後のページを閉じた後、必ずこうつぶやくことになる。

「……駄目だ。映像化は出来ない」

テレビでもいい、映画でもいい（あえて作品名を記することは避けますが）、綾辻さんの小説を映像化することをちょっとでも考えてみてください。ねっ、どれもこれも難しいでしょ？　と言うより不可能なのです。出来そうで出来ない。出来なそうで、やっぱり出来ない。仮にもし万が一、なんとか映像化出来るアイディアを発明したとしても、プロデューサーはこう言います。「こんな複雑怪奇な『館』、ロケ場所は日本中探しても見つかりませんし、セットで作るお金もありません」……………………

綾辻行人作品を映像化することは、かくも困難なのです。このことは脚本家にとって、何より悔しく屈辱的ですらあります。だって、どの作品も読むだけで無数のイメージが喚起され、そして当然のように衝撃的なのですから。ラストの台詞《せりふ》のたったひと言、あるいはラストシーンのワンカットで、視聴者や観客の度肝を抜ける……そんなひたすらかっこいいドラマを創りたくない人間なんていません。でも、綾辻さんの小説の映像化という難題は、テレビ人にとっては、目の前にあるのに登れない、さながら未踏峰のようにそびえ立っているのです。

そんな隠れアヤツジストの脚本家だった僕のもとに、十年以上前のある晴れた日、知り合いのプロデューサーから予期せぬ一報が届く。「懸賞金付きミステリで、まず出題編を放送して、次の週に解決編を放送する云々《うんぬん》」……なるほど、面白そうだけど、大変そうだなぁ。「で、原作は綾辻行人さんと有栖川有栖さんにお願いしていま す」！　山が動いた！　動いただけでなく、僕の方に近づいて来たのだ。スケジュールや詳細を聞く前に僕は「やります！　やらせていただきます！」と受話器に向かって叫んでいた。それが『安楽椅子探偵』シリーズ（朝日放送）の始まりであり、以来、七作すべてに亘《わた》ってシリーズの脚本を担当させてもらっている。

即答で引き受けたのは、ひとりのミステリファンとして、あの綾辻行人とあの有栖川有栖が合作したミステリの〝最初の読者〟になれるというチャンスを、他の誰にも渡したくないという思いがあったからだ。かくして、顔合わせと簡単なブレストを経た後、綾辻さんと有栖川さんの徹夜での打ち合わせがあり、ついにその日がやって来た（お二人の共同作業に関しては、『水車館の殺人〈新装改訂版〉』の有栖川有栖さんの解説で触れられています）。首を長くして待つ数名のプロデューサー陣と監督、そして僕の前に、綾辻さんと有栖川さんが姿を見せる。「お待たせしました」と綾辻さんが、自ら人数分コピーされてきた、出来立てホヤホヤのレジュメを配る。「まずは、読んでもらいましょうか、ね」と綾辻さん。プレゼン役は綾辻さんらしい。まさに「玉稿を賜《たまわ》る」感覚。そこには、登場人物の名前は仮のままに、区切られた日時や場所ごと、起きる出来事や示しておくべき伏線などが文章や箇条書きの形を織りまぜ簡潔に書かれている。なおかつ、ポイントごとにドラマを観る視聴者にどのレベルまで推理させるかのガイドラインまで記されている。そして、肝心のトリック……読んだ瞬間、ため息とともに「この手で来たか」と思わず声が漏れる。手持ち無沙汰に有栖川さんと煙草《たばこ》を燻《くゆ》らせていた綾辻さんの口元が、はにかんだように一瞬だけゆるむ。結論から言おう。最初の読者となる栄誉は、かつて経験したことのない、至福であり同時に衝撃の瞬間であった。

何よりも一番驚いたのは、『安楽椅子探偵』シリーズ（当時はまだ次があるとは夢にも思っていなかったのだが）の最初に、綾辻さん有栖川さんが選んだのは「映像でなければ描けないトリック」だったことだ。ひょっとすると、綾辻行人作品が映像化が困難なことを一番悔しがっていたのは、読者である僕たちではなく、綾辻さん本人だったのではないかと思ってしまうくらい、綾辻さんの頭の中には、ミステリを映像化することに関する強い興味と、深い洞察と優れた分析があったに違いない。大げさな表現ではなく、そのA４版数枚のレジュメに僕は圧倒されていた。「映像化、出来たらいいな」と諦《あきら》めのため息で見上げていた大きな山が、「これならどうだ！」とのしかかって来たように思えたからだ。

今回、『人形館の殺人〈新装改訂版〉』の解説を書かせていただくことになってから、過去の作品の解説を、その錚々《そうそう》たる筆者の顔ぶれに自分が気軽に引き受けたことを後悔しながらも読み返してみました。その中で一番心に残ったのは、最初の文庫版『十角館の殺人』の鮎川哲也氏のこの一文でした。

つまり本格物の作家は、驚きを味わいたいという読者の際限のない要求に奉仕しつづけなくてはならないのだ。

まさに綾辻さんこそ、読者を、そしてテレビの向こうの視聴者に驚きを味わわせる奉仕者です。そのことを、綾辻さんと一緒に仕事をする機会を得て痛感しました。完成されたレジュメからは、有栖川さんと幾晩も意見を戦わせ、推理に穴がないかを何度も検証した痕跡が常にうかがえます。人を驚かせることへの、あくなき執念が回を追うごとに強く感じられるのです。

綾辻さんは天性の〝悪戯《いたずら》っ子〟だと感じる時があります（誤解のないように、あくまでも〝善《よ》い悪戯っ子〟です）。悪戯っ子は、人を驚かせるためには、真っ暗な井戸の中で何時間も誰かが来るのを我慢出来るだろうし、ちょっとぐらい服が汚れても、蜂に刺されても、見事に引っ掛かった相手の反応を見れば、その痛みさえ忘れてしまうでしょう。なおかつ肝心なのは、その悪戯は必ず相手を楽しませるということです。そうです。綾辻さんこそ、奉仕する悪戯っ子に違いありません。いまや『安楽椅子探偵』シリーズ恒例の儀式と化したレジュメ披露の場で、レジュメを配る時の、数分後に来る全員の反応を心待ちにしているワクワクした表情や、僕たちが読みながら思わず漏らす感嘆のため息を横目に見ながらのはにかんだ微笑《ほほえ》み、そして読み終えた後の僕らの表情を確かめた瞬間の「してやったり」という満足そうな顔を見るたびに、そう思えてなりません。

テレビドラマというのは、制約の多いメディアだと常々感じています。放送時間、そして放送される本数という基本的な条件もあれば、制作予算内で実現不可能なアイディアを泣く泣く実現可能なものにスケールダウンしたり、スポンサーの都合で殺害方法すら変更しなくてはならないという不合理な〝縛《しば》り〟さえ限りなく存在します。ところが、こと『安楽椅子探偵』に限って言えば、綾辻さんは、テレビというメディアの制約さえ面白がって、逆にミステリの中のアイテムに組み込もうとさえしています。ひょっとすると綾辻さんは、小説の時には「小説でしか表現出来ない」という制約を自らに課して、あれほどまでも「映像化出来ない」作品をわざと書き続けたのではないか、そんな風に勘繰《かんぐ》ってしまいます。

そんな僕は、今こんなシーンを期待しています。夜半の突然の電話。受話器の向こうからは、綾辻さんの悪戯っ子のような声――

「映画館でしか成立しないトリックを思いついたんですけど、戸田山さん、書きませんか？」

綾辻行人著作リスト（２０２２年８月現在）

【長編】

1 『十角館の殺人』
講談社ノベルス／１９８７年９月
講談社文庫／１９９１年９月
講談社文庫――新装改訂版／２００７年10月
講談社 YA! ENTERTAINMENT／２００８年９月
講談社――限定愛蔵版／２０１７年９月

2 『水車館の殺人』
講談社ノベルス／１９８８年２月
講談社文庫／１９９２年３月
講談社文庫――新装改訂版／２００８年４月
講談社 YA! ENTERTAINMENT／２０１０年２月

3 『迷路館の殺人』
講談社ノベルス／１９８８年９月
講談社文庫／１９９２年９月
講談社文庫――新装改訂版／２００９年11月

4 『緋色の囁き』
祥伝社ノン・ノベル／１９８８年10月
祥伝社ノン・ポシェット／１９９３年７月
講談社文庫／１９９７年11月
講談社文庫――新装改訂版／２０２０年12月

5 『人形館の殺人』
講談社ノベルス／１９８９年４月
講談社文庫／１９９３年５月
講談社文庫――新装改訂版／２０１０年８月

6 『殺人方程式――切断された死体の問題――』
光文社カッパ・ノベルス／１９８９年５月
光文社文庫／１９９４年２月
講談社文庫／２００５年２月

7 『暗闇の囁き』
祥伝社ノン・ノベル／１９８９年９月
祥伝社ノン・ポシェット／１９９４年７月
講談社文庫／１９９８年６月
講談社文庫――新装改訂版／２０２１年５月

8 『殺人鬼』
双葉社／１９９０年１月

双葉ノベルズ/1994年10月
新潮文庫/1996年2月
角川文庫(改題『殺人鬼 ——覚醒篇』)/2011年8月

9
『霧越邸殺人事件』
新潮社/1990年9月
新潮文庫/1995年2月
祥伝社ノン・ノベル/2002年6月
角川文庫——完全改訂版(上)(下)/2014年3月

10
『時計館の殺人』
講談社ノベルス/1991年9月
講談社文庫/1995年6月
双葉文庫(日本推理作家協会賞受賞作全集68)/2006年6月
講談社文庫——新装改訂版(上)(下)/2012年6月

11
『黒猫館の殺人』
講談社ノベルス/1992年4月
講談社文庫/1996年6月
講談社文庫——新装改訂版/2014年1月

12
『黄昏の囁き』
祥伝社ノン・ノベル/1993年1月
祥伝社ノン・ポシェット/1996年7月
講談社文庫/2001年5月
講談社文庫——新装改訂版/2021年8月

13
『殺人鬼II——逆襲篇——』
双葉社/1993年10月
双葉ノベルズ/1995年8月
新潮文庫/1997年2月
角川文庫(改題『殺人鬼 ——逆襲篇』)/2012年2月

14
『鳴風荘事件——殺人方程式II——』
光文社カッパ・ノベルス/1995年5月
光文社文庫/1999年3月
講談社文庫/2006年3月

15
『最後の記憶』
角川書店/2002年8月
カドカワ・エンタテインメント/2006年1月
角川文庫/2007年6月

16
『暗黒館の殺人』
講談社ノベルス—— (上)(下)/2004年9月

講談社――限定愛蔵版／２００４年９月
講談社文庫――（一）（二）／２００７年10月
講談社文庫――（三）（四）／２００７年11月

17『**びっくり館の殺人**』
講談社ミステリーランド／２００６年３月
講談社ノベルス／２００８年11月
講談社文庫／２０１０年８月

18『**Another**』
角川書店／２００９年10月
角川文庫――（上）（下）／２０１１年11月
角川スニーカー文庫――（上）（下）／２０１２年３月

19『**奇面館の殺人**』
講談社ノベルス／２０１２年１月
講談社文庫――（上）（下）／２０１５年４月

20『**Another　エピソードS**』
角川書店／２０１３年７月
角川書店――軽装版／２０１４年12月
角川文庫／２０１６年６月

21『**Another 2001**』
ＫＡＤＯＫＡＷＡ／２０２０年９月

【中・短編集】

1『**四〇九号室の患者**』（表題作のみ収録）
森田塾出版（南雲堂）／１９９３年９月

2『**眼球綺譚**』
集英社／１９９５年10月
祥伝社ノン・ノベル／１９９８年１月
集英社文庫／１９９９年９月
角川文庫／２００９年１月

3『**フリークス**』
光文社カッパ・ノベルス／１９９６年４月
光文社文庫／２０００年３月
角川文庫／２０１１年４月

4『**どんどん橋、落ちた**』
講談社／１９９９年10月
講談社ノベルス／２００１年11月
講談社文庫／２００２年10月
講談社文庫――新装改訂版／２０１７年２月

5『**深泥丘奇談**』
メディアファクトリー／２００８年２月
ＭＦ文庫ダ・ヴィンチ／２０１１年12月
角川文庫／２０１４年６月

6『**深泥丘奇談・続**』
メディアファクトリー／２０１１年３月
ＭＦ文庫ダ・ヴィンチ／２０１３年２月
角川文庫／２０１４年９月

7『**深泥丘奇談・続々**』
ＫＡＤＯＫＡＷＡ／２０１６年７月
角川文庫／２０１９年８月

8『**人間じゃない　綾辻行人未収録作品集**』
講談社／２０１７年２月
講談社文庫（増補・改題『人間じゃない〈完全版〉』）／２０２２年８月

【雑文集】

1『**アヤツジ・ユキト　１９８７―１９９５**』
講談社／１９９６年５月
講談社文庫／１９９９年６月
講談社―復刻版／２００７年８月

2『**アヤツジ・ユキト　１９９６―２０００**』
講談社／２００７年８月

3『**アヤツジ・ユキト　２００１―２００６**』
講談社／２００７年８月

4『**アヤツジ・ユキト　２００７―２０１３**』
講談社／２０１４年８月

【共著】

○漫画

＊『**ＹＡＫＡＴＡ①**』（漫画原作／田篭功次画）
角川書店／１９９８年12月

＊『**ＹＡＫＡＴＡ②**』（同）
角川書店／１９９９年10月

＊『**ＹＡＫＡＴＡ③**』（同）
角川書店／１９９９年12月

＊『**眼球綺譚―yui―**』（漫画化／児嶋都画）
角川書店／２００１年１月
角川文庫（改題『眼球綺譚―COMICS―』）／２００９年１月

＊『**緋色の囁き**』（同）
角川書店／２００２年10月

＊『**月館の殺人（上）**』（漫画原作／佐々木倫子画）
小学館／２００５年10月
小学館―新装版／２００９年２月
小学館文庫／２０１７年１月

＊『**月館の殺人（下）**』（同）
小学館／２００６年９月

小学館――新装版／２００９年２月
小学館文庫／２０１７年１月
＊『Another ①』（漫画化／清原紘画）
角川書店／２０１０年10月
＊『Another ②』（同）
角川書店／２０１１年３月
＊『Another ③』（同）
角川書店／２０１１年９月
＊『Another ④』（同）
角川書店／２０１２年１月
＊『Another 0巻　オリジナルアニメ同梱版』（同）
角川書店／２０１２年５月
＊『十角館の殺人①』（漫画化／清原紘画）
講談社／２０１９年11月
＊『十角館の殺人②』（同）
講談社／２０２０年８月
＊『十角館の殺人③』（同）
講談社／２０２１年３月
＊『十角館の殺人④』（同）
講談社／２０２１年10月
＊『十角館の殺人⑤』（同）
講談社／２０２２年５月

○絵本
＊『怪談えほん８　くうきにんげん』（絵・牧野千穂）
岩崎書店／２０１５年９月

○対談
＊『本格ミステリー館にて』（vs.島田荘司）
森田塾出版／１９９２年11月
角川文庫（改題『本格ミステリー館』）／１９９７年12月
＊『セッション――綾辻行人対談集』
集英社／１９９６年11月
集英社文庫／１９９９年11月
＊『綾辻行人と有栖川有栖のミステリ・ジョッキー①』（対談＆アンソロジー）
講談社／２００８年７月
＊『綾辻行人と有栖川有栖のミステリ・ジョッキー②』（同）
講談社／２００９年11月
＊『綾辻行人と有栖川有栖のミステリ・ジョッキー③』（同）
講談社／２０１２年４月

＊『シークレット　綾辻行人ミステリ対談集in京都』
光文社／２０２０年９月

○エッセイ

＊『ナゴム、ホラーライフ　怖い映画のススメ』（牧野修と共著）
メディアファクトリー／２００９年６月

○オリジナルドラマDVD

＊『綾辻行人・有栖川有栖からの挑戦状①
安楽椅子探偵登場』（有栖川有栖と共同原作）
メディアファクトリー／２００１年４月

＊『綾辻行人・有栖川有栖からの挑戦状②
安楽椅子探偵、再び』（同）
メディアファクトリー／２００１年４月

＊『綾辻行人・有栖川有栖からの挑戦状③
安楽椅子探偵の聖夜〜消えたテディ・ベアの謎〜』（同）
メディアファクトリー／２００１年11月

＊『綾辻行人・有栖川有栖からの挑戦状④
安楽椅子探偵とUFOの夜』（同）
メディアファクトリー／２００３年７月

＊『綾辻行人・有栖川有栖からの挑戦状⑤
安楽椅子探偵と笛吹家の一族』（同）
メディアファクトリー／２００６年４月

＊『綾辻行人・有栖川有栖からの挑戦状⑥
安楽椅子探偵 ON AIR』（同）
メディアファクトリー／２００８年11月

＊『綾辻行人・有栖川有栖からの挑戦状⑦
安楽椅子探偵と忘却の岬』（同）
KADOKAWA／２０１７年３月

＊『綾辻行人・有栖川有栖からの挑戦状⑧
安楽椅子探偵 ON STAGE』（同）
KADOKAWA／２０１８年６月

【アンソロジー編纂】

＊『綾辻行人が選ぶ！　楳図かずお怪奇幻想館』（楳図かずお著）
ちくま文庫／２０００年11月

＊『贈る物語 Mystery』
光文社／２００２年11月
光文社文庫（改題『贈る物語 Mystery
九つの謎宮《めいきゅう》』）／２００６年10月

＊『綾辻行人選　スペシャル・ブレンド・ミステリー
謎009』（日本推理作家協会編）

講談社文庫／２０１４年９月

＊『連城三紀彦　レジェンド　傑作ミステリー集』

（連城三紀彦著／伊坂幸太郎、小野不由美、米澤穂信と共編）

講談社文庫／２０１４年11月

＊『連城三紀彦　レジェンド２　傑作ミステリー集』（同）

講談社文庫／２０１７年９月

【ゲームソフト】

＊『黒ノ十三』（監修）

トンキンハウス（ＰＳ用）／１９９６年９月

＊『ナイトメア・プロジェクト　ＹＡＫＡＴＡ』（原作・原案・脚本・監修）

アスク（ＰＳ用）／１９９８年６月

【書籍監修】

＊『ＹＡＫＡＴＡ― Nightmare Project ―』（ゲーム攻略本）

メディアファクトリー／１９９８年８月

＊『綾辻行人　ミステリ作家徹底解剖』（スニーカー・ミステリ倶楽部編）

角川書店／２００２年10月

＊『新本格謎夜会《ミステリー・ナイト》』（有栖川有栖と共同監修）

講談社ノベルス／２００３年９月

＊『綾辻行人殺人事件　主たちの館』（イーピン企画と共同監修）

講談社ノベルス／２０１３年４月

初刊、一九八九年四月講談社ノベルス。
本書は一九九三年五月に刊行された講談社文庫版を全面改訂した新装改訂版です。

|著者|綾辻行人　1960年京都府生まれ。京都大学教育学部卒業、同大学院修了。'87年に『十角館の殺人』で作家デビュー、〝新本格ムーヴメント〟の嚆矢となる。'92年、『時計館の殺人』で第45回日本推理作家協会賞を受賞。『水車館の殺人』『びっくり館の殺人』など、〝館シリーズ〟と呼ばれる一連の長編は現代本格ミステリを牽引する人気シリーズとなった。ほかに『殺人鬼』『霧越邸殺人事件』『眼球綺譚』『最後の記憶』『深泥丘奇談』『Another』などがある。2004年には2600枚を超える大作『暗黒館の殺人』を発表。デビュー30周年を迎えた'17年には『人間じゃない　綾辻行人未収録作品集』が講談社より刊行された。'19年、第22回日本ミステリー文学大賞を受賞。

人形館《にんぎょうかん》の殺人《さつじん》〈新装改訂版《しんそうかいていばん》〉

綾辻《あやつじ》行人《ゆきと》

© Yukito Ayatsuji 2010

1993年5月15日旧版　第1刷発行
2010年3月15日旧版　第44刷発行
2010年8月12日新装改訂版第1刷発行
2025年5月13日新装改訂版第42刷発行

発行者――篠木和久
発行所――株式会社　講談社
東京都文京区音羽2-12-21　〒112-8001
電話　出版（03）5395-3510
　　　販売（03）5395-5817
　　　業務（03）5395-3615

Printed in Japan

講談社文庫
定価はカバーに
表示してあります

KODANSHA

デザイン―菊地信義
本文データ制作―講談社デジタル製作
印刷――株式会社KPSプロダクツ
製本――株式会社国宝社

落丁本・乱丁本は購入書店名を明記のうえ、小社業務あてにお送りください。送料は小社負担にてお取替えします。なお、この本の内容についてのお問い合わせは講談社文庫あてにお願いいたします。
本書のコピー、スキャン、デジタル化等の無断複製は著作権法上での例外を除き禁じられています。本書を代行業者等の第三者に依頼してスキャンやデジタル化することはたとえ個人や家庭内の利用でも著作権法違反です。

ISBN978-4-06-276716-3

講談社文庫刊行の辞

二十一世紀の到来を目睫に望みながら、われわれはいま、人類史上かつて例を見ない巨大な転換期をむかえようとしている。

世界も、日本も、激動の予兆に対する期待とおののきを内に蔵して、未知の時代に歩み入ろうとしている。このときにあたり、創業の人野間清治の「ナショナル・エデュケイター」への志を現代に甦らせようと意図して、われわれはここに古今の文芸作品はいうまでもなく、ひろく人文・社会・自然の諸科学から東西の名著を網羅する、新しい綜合文庫の発刊を決意した。

激動の転換期はまた断絶の時代である。われわれは戦後二十五年間の出版文化のありかたへの深い反省をこめて、この断絶の時代にあえて人間的な持続を求めようとする。いたずらに浮薄な商業主義のあだ花を追い求めることなく、長期にわたって良書に生命をあたえようとつとめるところにしか、今後の出版文化の真の繁栄はあり得ないと信じるからである。

同時にわれわれはこの綜合文庫の刊行を通じて、人文・社会・自然の諸科学が、結局人間の学にほかならないことを立証しようと願っている。かつて知識とは、「汝自身を知る」ことにつきていた。現代社会の瑣末な情報の氾濫のなかから、力強い知識の源泉を掘り起し、技術文明のただなかに、生きた人間の姿を復活させること。それこそわれわれの切なる希求である。

われわれは権威に盲従せず、俗流に媚びることなく、渾然一体となって日本の「草の根」をかたちづくる若く新しい世代の人々に、心をこめてこの新しい綜合文庫をおくり届けたい。それは知識の泉であるとともに感受性のふるさとであり、もっとも有機的に組織され、社会に開かれた万人のための大学をめざしている。大方の支援と協力を衷心より切望してやまない。

一九七一年七月

野間省一

講談社文庫　目録

芥川龍之介　藪の中
有吉佐和子　新装版 和宮様御留
阿刀田　高　ナポレオン狂
阿刀田　高　新装版 ブラック・ジョーク大全
安房直子　春の窓〈安房直子ファンタジー〉
相沢忠洋　「岩宿」の発見〈幻の旧石器を求めて〉
赤川次郎　偶像崇拝殺人事件
赤川次郎　人間消失殺人事件
赤川次郎　三姉妹探偵団
赤川次郎　三姉妹探偵団2〈キャンパス篇〉
赤川次郎　三姉妹探偵団3〈珠美・初恋篇〉
赤川次郎　三姉妹探偵団4〈怪奇篇〉
赤川次郎　三姉妹探偵団5〈復讐篇〉
赤川次郎　三姉妹探偵団6〈危機一髪篇〉
赤川次郎　三姉妹探偵団7〈駈け落ち篇〉
赤川次郎　三姉妹探偵団8〈人質篇〉
赤川次郎　三姉妹探偵団9〈青ひげ篇〉
赤川次郎　三姉妹探偵団10〈父恋し篇〉
赤川次郎　死が小径をやってくる〈三姉妹探偵団11〉

赤川次郎　死神のお気に入り〈三姉妹探偵団12〉
赤川次郎　次女と野獣〈三姉妹探偵団13〉
赤川次郎　心地よい悪夢〈三姉妹探偵団14〉
赤川次郎　ふるえて眠れ、三姉妹〈三姉妹探偵団15〉
赤川次郎　三姉妹、呪いの道行〈三姉妹探偵団16〉
赤川次郎　三姉妹、初めてのおつかい〈三姉妹探偵団17〉
赤川次郎　恋の花咲く三姉妹〈三姉妹探偵団18〉
赤川次郎　月もおぼろに三姉妹〈三姉妹探偵団19〉
赤川次郎　三姉妹、ふしぎな旅日記〈三姉妹探偵団20〉
赤川次郎　三姉妹、清く貧しく美しく〈三姉妹探偵団21〉
赤川次郎　三姉妹と忘れじの面影〈三姉妹探偵団22〉
赤川次郎　三姉妹、舞踏会への招待〈三姉妹探偵団23〉
赤川次郎　三人姉妹殺人事件〈三姉妹探偵団24〉
赤川次郎　三姉妹、さびしい入江の歌〈三姉妹探偵団25〉
赤川次郎　三姉妹、恋と罪の峡谷〈三姉妹探偵団26〉
赤川次郎　静かな町の夕暮に
赤川次郎　キネマの天使〈レンズの奥の殺人者〉
赤川次郎　キネマの天使〈メロドラマの日〉
新井素子　グリーン・レクイエム〈新装版〉

安能　務訳　封神演義　全三冊
安西水丸　東京美女散歩
綾辻行人　殺人方程式〈切断された死体の問題〉
綾辻行人　鳴風荘事件 殺人方程式II
綾辻行人　十角館の殺人〈新装改訂版〉
綾辻行人　水車館の殺人〈新装改訂版〉
綾辻行人　迷路館の殺人〈新装改訂版〉
綾辻行人　人形館の殺人〈新装改訂版〉
綾辻行人　時計館の殺人〈新装改訂版〉
綾辻行人　黒猫館の殺人〈新装改訂版〉
綾辻行人　暗黒館の殺人　全四冊
綾辻行人　びっくり館の殺人
綾辻行人　奇面館の殺人(上)(下)
綾辻行人　どんどん橋、落ちた〈新装改訂版〉
綾辻行人　緋色の囁き〈新装改訂版〉
綾辻行人　暗闇の囁き〈新装改訂版〉
綾辻行人　黄昏の囁き〈新装改訂版〉
綾辻行人　人間じゃない〈完全版〉
綾辻行人ほか　7人の名探偵

講談社文庫 目録

講談社文庫　目録

あさのあつこ　NO.6〔ナンバーシックス〕#4
あさのあつこ　NO.6〔ナンバーシックス〕#5
あさのあつこ　NO.6〔ナンバーシックス〕#6
あさのあつこ　NO.6〔ナンバーシックス〕#7
あさのあつこ　NO.6〔ナンバーシックス〕#8
あさのあつこ　NO.6〔ナンバーシックス〕#9
あさのあつこ　NO.6beyond〔ナンバーシックス・ビヨンド〕
あさのあつこ　待ってる〈橘屋草子〉
あさのあつこ　さいとう市立さいとう高校野球部(上)(下)
あさのあつこ　甲子園でエースしちゃいました〈さいとう市立さいとう高校野球部〉
あさのあつこ　おれが先輩？〈さいとう市立さいとう高校野球部〉
阿部夏丸　泣けない魚たち
朝倉かすみ　肝、焼ける
朝倉かすみ　好かれようとしない
朝倉かすみ　ともしびマーケット
朝倉かすみ　感応連鎖
朝倉かすみ　たそがれどきに見つけたもの
朝比奈あすか　憂鬱なハスビーン
朝比奈あすか　あの子が欲しい

天野作市　気高き昼寝
天野作市　みんなの旅行
青柳碧人　浜村渚の計算ノート
青柳碧人　浜村渚の計算ノート 2さつめ〈ふしぎの国の期末テスト〉
青柳碧人　浜村渚の計算ノート 3さつめ〈水色コンパスと恋する幾何学〉
青柳碧人　浜村渚の計算ノート 3と1/2さつめ〈ふえるま島の最終定理〉
青柳碧人　浜村渚の計算ノート 4さつめ〈方程式は歌声に乗って〉
青柳碧人　浜村渚の計算ノート 5さつめ〈鳴くよウグイス、平面上〉
青柳碧人　浜村渚の計算ノート 6さつめ〈パピルスよ、永遠に〉
青柳碧人　浜村渚の計算ノート 7さつめ〈悪魔とポタージュスープ〉
青柳碧人　浜村渚の計算ノート 8さつめ〈虚数じかけの夏みかん〉
青柳碧人　浜村渚の計算ノート 8と2分の1さつめ〈つるかめ家の一族〉
青柳碧人　浜村渚の計算ノート 9さつめ〈恋人たちの必勝法《マーチンゲール》〉
青柳碧人　浜村渚の計算ノート 10さつめ〈ラ・ラ・ラ・ラマヌジャン〉
青柳碧人　浜村渚の計算ノート 11さつめ〈エッシャーランドでだまし絵を〉
青柳碧人　霊視刑事夕雨子《ゆうこ》1〈誰かがそこにいる〉
青柳碧人　霊視刑事夕雨子2〈雨空の鎮魂歌《レクイエム》〉
朝井まかて　花《はな》競《くら》べ〈向嶋なずな屋繁盛記〉
朝井まかて　ちゃんちゃら

朝井まかて　すかたん
朝井まかて　ぬけまいる
朝井まかて　恋歌
朝井まかて　阿《お》蘭《らん》陀《だ》西《さい》鶴《かく》
朝井まかて　藪医《やぶい》 ふらここ堂
朝井まかて　福袋
朝井まかて　草々不一
歩《あゆみ》りえこ　ブラを捨て旅に出よう〈貧乏乙女《ぜろか》の〃世界一周〃旅行記〉
安藤祐介　営業零課接待班
安藤祐介　被取締役新入社員《とりしまられやくしんにゅうしゃいん》
安藤祐介　おい！山田〈大翔製菓広報宣伝部〉
安藤祐介　宝くじが当たったら
安藤祐介　一〇〇〇ヘクトパスカル
安藤祐介　テノヒラ幕府株式会社
安藤祐介　本のエンドロール
青木理　絞首刑
麻見和史　石の繭〈警視庁殺人分析班〉
麻見和史　蟻《あり》の階段〈警視庁殺人分析班〉
麻見和史　水晶の鼓動〈警視庁殺人分析班〉

講談社文庫　目録

2025年3月14日現在